Kadokawa F

田中

TANAKA THE WIZARD

年齡等於單身資歷的魔法師

4

Story by Buncololi, Illustration by M-da S-taro

Kadokawa Fantastic Novels

TANAKA THE WIZARD

年齡等於
單身資歷的
魔法師

4

作者
ぶんころり
Story by Buncololi

插畫
MだSたろう
Illustration by M-da S-taro

CONTENTS

"Tanaka the Wizard"
4
Story by Buncololi, Illustration by M-da S-taro

開拓領地（一）

Territory Pioneering (1st)

飛到太陽下山，夜色漸深，我們終於到達目的地。底下就是我當前最大的問題——我的領地拉吉烏斯草原，也是日前我們與普希共和國國軍交戰之地。路上小繞了一下，沒想到最後還是在午夜前到位了。

「晚上看的感覺又完全不一樣了呢。」

「對呀，真的。」

深夜，我們站在高丘上注視底下的草原。

用不同心境重遊舊地，令人感慨萬千。和我在首都卡利斯買房子那時很類似。

「從這裡看得見的範圍，全部都是陛下賜給你的領地……」

「好像很大又好像很小呢。」

從兩軍交戰時蘇菲亞用來避難的山丘可以望遍整片草原。天上像是月亮的星體讓我們在黑夜中也能看出個大概。黑暗掩蓋了遍布四處的血肉，沒白天那麼恐怖。

草原一邊是我們這座山丘和通往多利庫里斯的林道，另一邊鄰接普希共和國國境。國境這邊是一片廣大的森林，草原往森林深入，也就是夾在山丘與森林之間。

所謂的國境並沒有設立明確的界線，模糊不清。

如果有美墨邊界圍欄那種明確的基準就方便多了。

遠處普希共和國那邊有哨塔類的建築，表示這個地區是兩國的緩衝地帶。

從宰相硬要塞這種地方給我作領地，足見我是受到怎樣的看待。

「男爵地位雖然低，一般也不會配發這麼極端的土地呢。」

「我想也是。」

過了十多年套房生活的人一下子被人告知眼前這片土地全是我的，感覺是很大沒錯。然而要用這種土地每個月都生出五十枚金幣，想不嫌小也難。

簡直就像給我一個青梅的寒村，不由分說地要我在一年內建設成新宿那樣，或者退一步，像府中那樣的城市。光是這樣想，難度就好像三級跳了。日本的土地問題真是奇妙。

但事情都說定了，後悔也是枉然，現在唯有積極奮鬥一途。跟社畜時代嘗過的種種無理遭遇相比，這根本不值得說嘴，還算可愛的呢。真是的，宰相老爺子實在是太可愛了。

就當作這樣吧。

「領地封都封了，這也是沒辦法的事。我們加油吧。」

「你有什麼想、想法嗎？」

「這個嘛……」

這裡沒有城鎮或村落，也沒有山川等自然資源，當然是不必期待任何產業。考慮到期限，也沒有時間讓我開墾土地種植作物。要什麼沒什麼。

這麼一來，只剩下觀光產業能走了。然而悲慘的是日前的戰事造成現場遍地血肉，形象爆爛。要是倒楣一點，還可能發生瘟疫……屍體不會變僵屍吧？

何況乘載這一切的大地還散發淡藍色光輝——

「艾絲特我問一下，地上是不是有淡淡的光啊？」

「……對、對呀。好像是！」

「果然沒看錯。不過真的很淡，到了白天可能就看不出來了。」

從丘上望見的草原發出柔和的微光。被夜晚籠罩後，那微弱的光輝滲入黑暗之中，使邊緣朦朧顯現。亮度比螢火蟲的光還弱多了。

原本以為只是反映月光，但發光的草原有邊際，再過去就只是無垠的陰暗，可見那肯定是草原本身在發光。

「原本就有這種現象嗎？」

「沒有，我從沒聽說。」

「這樣啊。」

為什麼呢？完全搞不懂。

早知道就帶魔導貴族過來了。

「我下去看看喔。」

「我、我也要去！」

「艾絲特小姐，妳就留在這裡吧。那裡說不定會有危險。」

「那我更要跟你一起去！」

「……這樣啊。那千萬不要離開我身邊喔。」

「！知、知道！我不會的！絕對不會！」

我就這麼帶著鬼叫的蘿莉婊下丘陵，往草原中央飛去。

落地的同時，一股無法言喻的舒爽包圍了我。就像冬天在戶外吹了一天寒風之後，將凍僵的身體泡進熱呼呼的浴缸那種「啊嘶嘶嘶嘶」的舒爽。

「怎、怎麼會這樣……」

「雖然非常緩慢，但的確能感覺到肉體的疲勞在消退呢。」

這是為什麼呢？

又沒人在燒熱水。

氣溫和濕度也並不高。

「就是說啊。」

「……好舒服喔。」

我當自己在泡澡，繼續放空站了一會兒。

超爽的啦！

稍微想了一下後，我導出一個假設。

「那個，我、我想到一個可能的原因……」

看來我們想到了同一件事。

她抬眼對醜男說。

「會不會是因為你用了太多次治療魔法？地面會發光，是因為那場戰鬥在這附近沒錯吧？這個光和你用的魔法真的很像。」

「真巧，我也是這麼想。」

「！」

艾絲特的眼睛濕潤起來。

這年紀的女孩就是多愁善感。

「既然如此，說不定能利用這一點。」

「真、真的嗎？」

「真的。」

不過，這需要很多人幫忙。

＊

看過領地之後，我們前往多利庫里斯。

又用公主抱帶艾絲特飛了約一小時，前幾天才離開的城鎮進入視野。時刻接近午夜，除了花街以外幾乎是一片寂靜。

這當中，我們要找的是冒險者公會。

在關門之際滑壘成功。

「慢著慢著！不管你們是誰，我們要關門——」

櫃檯後的凶臉猛男轉過頭來，傻在原處。

視線另一端是艾絲特。

「大、大人恕罪，請問大人來這破地方有何指教？」

這個高大的光頭凶臉猛男一見到她就全身僵硬，表情頗為緊張。可能是在這麼晚的時間突然上門，對我們非常警戒。

然而要找他的是我，不是艾絲特。

「不好意思，能替我聯絡岡薩雷斯先生嗎？」

我在蘿莉婊身旁對猛男發問。

岡薩雷斯說過，想找他時問公會就行了。

「……請問大人找岡薩雷斯那傢伙做什麼？」

結果猛男櫃員表情變得更凶了。

看來黃昏戰團跟鎮上的人關係很好。貴族厭惡、百姓愛戴這種標準的義賊角色真是太帥啦，讓我想起某個大盜。不過大盜比較輕率一點。

「能請您跟他說，田中有事找他嗎？」

「您說田中嗎？」

這個猛男好像不記得我這張臉了。

我幾天前才在這裡跟他報到過呢。只不過當時整個城鎮都因為要打仗了而鬧翻了天，場面非常混亂，冒險者又那麼多，不記得也是沒辦法的事。

「對。這樣他應該就懂了。」

「只需要說這樣嗎？」

「可以的話，請他到多利庫里斯城堡找我。」

「領主大人的城堡？」

「是的。」

「……好，知道了。」

光頭猛男看似半信半疑，礙於艾絲特當前，只好乖乖點頭。他說不定不會老實傳話，但我也沒有其他聯絡方式，只能祈禱他照辦了。

「那我們告辭了……」

我即刻轉身。

見到同樣這麼晚還來到冒險者公會的人。

「抱歉啊，會長。關於前天那件我們團裡小朋友的事……」

「啊……」

是岡薩雷斯。

岡薩雷斯上線啦！

「喂，這不是田中先生嗎？這麼晚來公會做什麼？」

「岡薩雷斯先生，你來得實在太好了！」

不愧是戰團首領，這麼晚了還要忙工作。他一進門就注意到我們，沒跟櫃員說完話就靠過來了，臉上同樣帶著那張狂野笑容。今天也是猛得好帥啊！

我絕不能放過這個天賜良機。

「該不會是來找我吧？」

「對，就是來找你的。不好意思，我知道現在很晚了，但能請你給我們一點時間嗎？這件事還滿急的。」

「讓你急到現在找我？喂喂喂，什麼事這麼大條？」

「如果現在不方便，可以明天再約時間——」

「不，沒關係。」

「真的嗎？謝謝你。」

「可是這裡要關門了，不嫌棄就到我們的據點來談吧？只有你和這位貴族的話，黃昏戰團還是有地方可以坐的。」

「那真是太好了，岡薩雷斯先生。」

好耶，要開始談嘍！

「那就這樣嘍。我先處理公會的事，等我一下。」

「好，請便。」

接下來就是關鍵時刻了，加油。

＊

岡薩雷斯所率領的黃昏戰團的據點位在多利庫里斯貧民窟與鬧區的交界處。那是一棟用磚頭砌成，小有規模的獨棟三樓建築，建地大概五十平方公尺吧。

正門面對約三公尺寬的巷道，往北是鬧區，往南是貧民窟，根本是三不管地帶。從他的長相來看，沒有比這更適合他的據點了。

「沒什麼好招待的，隨便坐。」

岡薩雷斯帶我們來到二樓的會客室。

兩張沙發隔著矮桌相對並列，他坐一張，我和艾絲特坐一張。

桌上擺了玻璃杯，裡頭斟滿琥珀色的液體，多半是酒吧。近似高地威士忌的香甜芬芳擾動鼻腔。

「這麼晚了還來打擾，真是不好意思。」

「無所謂啦，我們這時候還有很多人沒睡。」

「那我就放心多了。」

「話說你這是要跟領主大人跑路啊？難道多利庫里斯要完蛋了嗎？」

「才、才、才不是跑路呢……」

岡薩雷斯的隨口玩笑讓純情婊羞得滿臉通紅。

表情整個在暗爽。

現在談跑路還太早，且讓我當作最後的手段。

「我要談的不是別的，就是之前她所講過的……」

時間不早，我決定長話短說直衝主題。然而就在我鼓起勇氣時，會客室的門突然一掀，一大群腳步聲乒乒乒乒滝進房裡。

錯愕之餘見到的是——

「小岡哥哥你回來啦～～～」「小岡哥哥我等你好久了耶！」「我也是！我都沒睡覺在等你喔！」「岡薩雷斯哥哥，你回來啦。」「喂，岡薩雷斯！明天也來陪我練劍！」

「你們幾個，岡薩雷斯大人在會客啦！」「岡大人，拜託您今晚陪陪我吧！」「小岡！小岡！」「啊～奸詐耶！我也要跟小岡愛愛～！」

幼女、少女、幼女又少女，再加上一個正太。哪來的軟嫩蘿莉後宮。

近十個孩子一口氣跑進會客室裡來。

「你們幹什麼，不要隨便進來啦！」

小岡兄吼人了。

「岡薩雷斯先生，你這麼受小孩歡迎啊！」

「還、還好啦……」

岡薩雷斯搔起後腦杓。

這種害羞法反差真大。

「讓兩位見笑了。」

「這些孩子是……？」

「他們都是我們戰團的小朋友，實不相瞞，都是一些繼子女和沒爹沒娘的孩子，不知不覺就變成這麼多了。不好意思，別跟他們計較。」

「這樣啊。」

果真是個胸襟廣闊的男子漢。

話說回來，這個蘿莉率是在高怎樣的？還都很可愛。有獸人有精靈，種類豐富，根本是品蘿會。而且每一個小岡來小岡去地滿口愛的呼喚。

比較小的還馬上衝到他身邊，抱胸抱大腿或爬到背上，給予頂級的肌膚之親。大幾歲的年長組這邊就算沒摟摟抱抱，也對他投注熱情的眼神。

啊啊，何其羨慕、何其羨慕啊！

醜男的人生目標、終點就在眼前！

是地點嗎？重點在住址嗎？貧民窟和鬧區中間才搶手嗎？

「愛依妲，麻煩妳把孩子們塞到房間裡。我相信這位貴族不會計較這點無禮，但總不能這樣下去。」

小岡往艾絲特瞥一眼。

是在說這是不可抗力，請她海涵吧。

當然，我們家的蘿莉婊心眼沒小到會這樣就生氣。

「好、好的！」

喚作愛依妲的少女表情緊張地點頭。與其他蘿莉相比，她比較穩重一點，大概十三四歲。褐色的頭髮綁成兩條辮子，感覺不太起眼，應該是負責照顧這團孩子的人。胸部有點料。

當她回話時，所有蘿莉的視線都射向了艾絲特，喊個不停的小岡呼聲也戛然而止。看來她們是直到現在才發現有貴族在場，到底是多愛小岡啊。

每個人都當場臉色發白，愣住不動。即使是這種接近貧民窟的地方，貴族和平民的界線似乎仍是不容侵犯。

封建制度真是罪惡深重啊。岡薩雷斯的臉頰似乎也跟著緊繃起來了。

艾絲特，這是妳展現氣度的時候。

「小孩是國家之寶，活潑是很好的事。」

她仍坐在沙發上，誇張地換邊翹腳說：

「不過呢，熬夜就不是好事了。晚上不好好睡覺，就不會有他這麼強健的體魄。如果想要長高長壯，就更要早點睡覺才行。」

這就是她的教育方式吧。她稍微板起臉，一個個掃視這群蘿莉。她是考慮到假如今天不是其他貴族，事情說不定會很嚴重，才故意嚇唬她們吧。

不過從第三者角度來看，她趁機給岡薩雷斯做面子讓我有點高興。和剛認識那時相比，她個性穩重了不少。

「懂了嗎？」

蘿莉們全都一個樣地猛然繃直。

「聽到了吧，麻煩你們到外面去嘍。」

接著岡薩雷斯這麼說，於是場面很快就收拾乾淨了。

看似最年長的愛依姐將孩子們聚成一團，趕到走廊上，最後自己發著抖鞠躬，夾著尾巴消失在門的另一邊。

話說亞倫跟岡薩雷斯這些帥哥還真的都有後宮耶，讓我男性自信大失血。HP一次噴掉一半的感覺。

「不好意思，打斷你們說話了。」

「沒、沒關係，別放在心上。」

冷靜，要冷靜。鎮定一點。

反過來想，只要度過這一劫，醜男就有機會開後宮了。到時候我可是貴族大爺，愛人成群也是理所當然。實實在在的正港後宮之路如今就開在我眼前。

沒錯，縱使困難重重，我也要用自己的腳走過去。

「所以，你們要我幫什麼忙？」

「這說來話長……」

總之我把自己成為男爵的一連串破事告訴了小岡。

*

「……原來如此。不是男爵就是奴隸啊。」

聽完來龍去脈，岡薩雷斯深深頷首。

可能是蘿莉軍團的擅闖讓氣氛變得有點緊張，誰也沒碰桌上的酒。其實他剛倒出來那時，那些許的飄香讓我好奇得不得了。好想喝酒啊！

「是的。」

「領主大人您也真是亂來呢。」

「這、這個，我……對，這一切都是我、我的錯……」

蘿莉婊難得這麼溫順。

但現在不是究責的時候，不如說那其實給了我開後宮的大好機會。那麼醜男也不可以糟蹋人家的好意，應該全力以赴才對。

剛才親眼所見的蘿莉樂園就是我將至的未來。窺見到目標就在伸手可及之處讓我感到鬥志滾滾而上。為了後宮，我上刀山下油鍋在所不辭。

「每個月要從拉吉烏斯草原擠出五十金幣這種事，未免也太扯了。」

「或許是這樣沒錯，可是我還沒放棄。」

「哦？這可是一件很不得了的事耶，好想知道你打算怎麼做啊。」

小岡終於伸手拿酒，昂首飲盡。

好耶，這樣和風臉也能大膽喝了。

我趁機拿起玻璃杯，同樣一口喝光。真是好喝極了。感覺是蒸餾酒，有點烈的酒精燒得喉嚨很痛快。滋味如香氣所示，很接近威士忌。

「……你還挺能喝的嘛。」

「是啊。」

「等這件事解決了，我們再去喝一杯。」

「沒問題。」

「萬一你真的被貶為奴隸，我們黃昏戰團就把你買下來吧？」

「等、等一下，不可以！我已經先訂下來了！」

「是喔？難得有這麼好的機會，真可惜。」

剛才的溫順不曉得上哪去了。岡薩雷斯開個玩笑，艾絲特就緊張兮兮地開始吠。板起臉的同時，還用懷疑的眼光看面前的猛男。

「你該不會，對、對男人有興趣吧……」

「喂喂，這種玩笑可不能亂開喔。我純粹是欣賞田中先生的能力而已。雖然我們團裡真的有這樣的人，不過我喜歡的可是女人啊。」

「……是喔？那就好。」

你們團裡還真的有那種喔。

就在這一刻，我決定死也不加入。

我可是只買女性股的人。

「有件事我想問清楚，可以嗎？」

「什麼事？」

「方便的話，能告訴我黃昏戰團有多少人嗎……」

「我們？我們大概四百個吧。算上在幕後幫忙的人會再多一點，只是基本上不會把他們算進來。」

「這樣啊。」

四百人。

這樣的組織能力很有吸引力啊！

「不好意思，那我就直說了。」

「喔，要說你想找我做什麼了是吧？」

「岡薩雷斯先生，可以暫時借我黃昏戰團一半的人手嗎？名義上是我領地的騎士團，也會有同等的待遇。酬勞雖然不多，但我已經準備好現金了。」

「要收我們為騎士團？」

「對。借兩百個人一個月，總共付一百枚金幣，這樣會太勉強嗎？」

「喂喂，你是要做什麼大事業啊？」

他已經從我的說明猜到我要借人了吧。

話說得很驚訝，但沒有退卻的樣子。

「我知道岡薩雷斯先生你甚至拒絕了王立騎士團的邀請，現在請你加入鄉下地方又前途堪慮的男爵騎士團簡直可笑。可是我真的很需要幫忙，能請你考慮考慮嗎？」

和風臉盯著對方的雙眼說話，一副背水一戰的架勢。

這時要是得不到他的協助，奴隸結局的機率就要三級跳了。

「酬勞我可以全額預付。」

「你是認真的嗎？」

「我怎樣也不想被貶為奴隸嘛。」

「說得也是啦。」

一枚金幣等於一百枚銀幣，也就是一人每個月有五十枚銀幣。以物價換算，一枚銀幣相當於一萬日圓，即月收五十萬。這樣是賺是虧，全看工作內容而定。

「工作主要是開拓領地。」

「你是真的要從零開始蓋一個城鎮啊？」

「最後能否稱得上城鎮還不曉得，總之要先蓋出能吸引人潮的設施，所以需要人手拓荒。當然，我自己會帶頭工作。」

「…………」

經過這些說明後，岡薩雷斯略顯難色。

幾百人不是帶假的。

不會這麼容易就點頭。

「真的只是拓荒嗎？我擔心這會刺激到鄰國。」

「對，真的只是開拓。鄰國那邊，我已經透過她的父親談好了。另外，與我們相鄰的普希那邊的領主和我有點交情，應該是可以多少通融一下。」

「……這樣啊。」

「能拜託你幫這個忙嗎？」

到底行不行？

啊啊，心跳得好快。

拜託啦，小岡。

「…………」

「不然一百個就好。不，五十個也可以。」

先減少人數試試反應。

再不然三十個也行……

「……好吧。」

「真的嗎？」

「嗯。接下來一個月，就讓我們黃昏戰團陪你這個田中男爵玩玩吧。說起來，我們的命也都是你救回來的嘛，現在輪到我們救你了。沒錯，非常合情合理，不是嗎？」

「真的太謝謝你了。實在是、實在是感激不盡！」

岡薩雷斯果然是個好人啊！

好個可靠的猛男。

我急忙從懷裡掏出金幣袋。

「給各位的酬勞就在這裡，請笑納。」

占我一半財產。

另一半需要用來做其他事，先留起來。

「錢你就先留著吧。」

「咦……」

「我們都還有點積蓄，一個月餓不死的啦。」

「可是，這樣不會太——」

「哪有人全額預付的啊，好心也不是這樣的好不好？

要是我們拿了錢就跑，你怎麼辦？你現在是只要踏錯一步就會摔成奴隸耶，再好心也得為自己想一想吧？」

「如果是你帶路，我閉著眼睛也敢走。」

「呃啊啊啊啊啊啊啊啊！」

我老實回答，結果小岡發出了怪叫。

接著和蘿莉入侵時一樣，又搔起後腦杓。

看來那是在害羞。

「受不了你耶，怎麼能用這麼正經的臉講這種話啊！」

小岡咧出一口白牙爽朗地笑。

他拿起桌上的酒瓶，豪氣地往下一倒，給我們空了的杯子灌注琥珀色液體。隨著咕嘟咕嘟的悅耳聲響，酒都要跟杯口齊平了。

好香啊！這酒真好喝。

「來，敬我們的工作！」

「謝謝你。」

「我、我也要！」

艾絲特一陣手忙腳亂。

也舉起還沒碰過的酒杯。

「為田中先生的成功乾杯！」

「乾杯。」

「乾杯！」

三人互碰酒杯，舉起並一飲而盡。

這樣喝酒實在太帥啦！是我多年來的夢想啊。

*

岡薩雷斯答應協助後隔天。

回多利庫里斯城過夜的艾絲特天一亮就到首都卡利斯去辦騎士團的設立手續。她要求來回都搭田中航空，但我以她應該會在卡利斯忙很久為由婉拒了。

而我也因此發現，自己會對失去用全身品嘗軟嫩蘿莉肉體的機會感到遺憾。同時她克制自身欲求來遷就我，也讓我的意志為這份體貼產生不小動搖。最近艾絲特婆力爆發，讓我很傷腦筋啊。

不婊一點，我就頭痛了。

會有背叛亞倫的危險。

老實說，我真的很想跟艾絲特摩擦。

至於岡薩雷斯那邊則是因為事情關係到許多團員，又是個長征，需要兩三天做準備。老實說，聽到這麼快就能準備好，我還嚇了一跳呢！

就這樣，我請他一準備好就把人帶到拉吉烏斯草原，並將事先準備好的必要材料清單交給他。下次再見面時，這些東西也該運來工地。

至於順利達成初步目的的我呢，則是先一步前往工地。單程一小時，用魔法迅速飛向草原。

「到了……」

雙腳降落在昨晚也來過的高丘上。

環視國王賜給我的領地。

在日頭高掛時來看，大地的光輝是收斂不少。若不是事先知道有光，恐怕不會注意到。不過地上還是在發光，等太陽下山就能見到昨晚的畫面吧。

很好很好。

既然是這麼回事，再來該做的就不在話下了。

「……要先把地清乾淨才行。」

這一帶不管走到哪裡，都是一灘血一堆肉的。我叫出幾十個火球要把它們一次火葬。嗡、嗡，在一連串重低音之後，草原的一端列起了魔法陣。法線指向地平線另一端，漂亮地排成一直線。

一會兒後，魔法陣正前方冒出火球。

每一個都有直徑十多公尺那麼大。

「好。」

滾火球作戰開始。

「慢慢來，慢慢來……」

我等速推動排成一列的火球，焚化日前大戰所造成的血肉與遭到汙染的草木。每樣都很怕火，兩三下就燒成了灰燼。

眼下所望之處盡是火球滾過而留下的土色。

作業時，我不忘在火球與地面之間留了點間隔，以免燒焦。先前燒鑽頭捲和噁長毛時得來的教訓此時此刻也毫不保留地發揮功能。太棒了。

等火球滾到另一端，部隊迴轉。用擦地板的方式把領地每個角落的雜草燒得乾乾淨淨。

「這還滿爽的嘛！」

有點上癮。

在燒出樂趣的幫助下，草除得很快，大約一小時就搞定。

兼清掃的除草結束後，草原露出一大塊長方形的地皮。這一帶都是平坦的原野，應該不需要進一步整平。看起來像住宅區的分售地，差別就只是有沒有畫分界線的水泥條而已。

隨後，醜男發現了一件重要的事。

「……地面怎麼不發光了。」

亮晶晶跑哪裡去了？

為什麼？

「…………」

是被火球燒掉了嗎？

不太可能吧。

那不然是為什麼？

那個舒爽的發光現象是我達成月收五十金幣的最大希望啊。

沒了就糟了。

「…………」

滾火球作戰過後少了什麼？就只有血肉跟草這兩樣。當然，原因何在不難分辨。前者不太可能會發光，是草的機會就大多了。

我跳下山丘，用魔法咻一下飛到領地外，隨便拔一根草仔細觀察。

「……這該不會是紫色韭菜吧？」

捏在指尖之間的發光草，是長了紫色葉片的植物。摻雜在其他草叢之間，零星散布。

「…………」

我忽然想起艾迪塔老師的鉅作《我與貧窮》。

我稱作紫色韭菜的佩薩利草，具有能積蓄微量魔力的特性。

自然狀況下，它會從地面吸取微量魔力積蓄在葉片中。老師是假設其色素源自於魔力，成功分析出它的特性。先前在學校的考試裡，我也曾模仿老師，挑戰從色素中萃取魔力。

那麼這次的發光現象，會不會是同一特性逆轉的結果？可能是我在戰事中反覆施放治療魔法，而紫色韭菜的色素從中吸取了微量魔力，所以才會發光。

「…………」

也就是說，那片治療系光輝不是來自大地，而是我剛燒去的佩薩利草。

「這下糗了。」

一時太起勁就全部燒掉了。搞砸的感覺大爆發。

我都燒得連灰都不剩了。

但冷靜想想之後，發現問題其實不大。

「等等，這種草明明到處都是啊。」

除了我燒掉的領地之外，界線另一側依然雜草叢生，直到天邊。像素人自拍的毛一樣茂盛。

如果不想挖自己這邊的草來補，到普希那邊拿點過來就好。對方是鑽頭捲，十足有商量的餘地。

話說回來，會知道大量灌注治療魔法能使紫色韭菜發出舒爽柔光純粹是好運。舒爽是好事，那對身體一定很好。治療魔法也是魔法，是魔力。要灌注魔力，用治療魔法就對了。一定是這樣。

「……喔。」

還是不太放心。

做個實驗好了。實驗實驗。

「我看看……」

我卯起來對手上的草枝施放治療魔法。一放再放，狂放猛放。破百次以後，紫色韭菜開始發出微光。先前大地發光果然是因為這個草沒錯。

如果把魔力換成治療魔法，就會變成補血藥那樣嗎？

可是這種做法效率非常差。打了上百發治療魔法就只是讓身體爽一下。如果要讓斷肢長回來，不曉得要對紫色韭菜打上幾天幾夜。這樣的吸魔性實在算不上實用。

「…………」

話說攤販上還看得到魔力藥水，生命藥水倒是沒見過呢。

說不定治療創傷的恢復道具非常稀少。例如大家知道能解毒或麻醉的藥草，但吃幾口就能長回手腳的藥草就沒人見過了。

以前藥草哥布林給我的那些，也只是抹在傷口上能加速癒合而已。

冷靜想想，吃下去就能長回手腳的藥草怪恐怖的。怎麼說呢，魔法只要不伴隨具體的生理活動感覺就不會那麼排斥。用一句魔法就是這麼神奇就能解決。

「……這下怎麼辦呢？」

雖然只是假設，可是愈想愈合理。從冒險者公會窺見到的補職搶手到爆，也是這個道理。想快速療傷，就需要會用治療魔法的人和施法所需的魔力藥水。這世界就是這麼回事。

「其實還滿恰當的嘛。」

可惜沒帶魔導貴族來。說不定艾絲特也能替我解答。等黃昏戰團到了以後，再問問看他們有沒有人聽說過那種藥草好了。

「…………」

不過無論如何，現在該考慮的是如何招攬遊客。

在月底前要生出五十枚金幣。

「應該沒人做過這種生意吧……效率差成這樣。」

至少我在首都卡利斯晃了這麼久，也沒見過哪個設施在提供這種碰一下就會渾身舒暢或獲得治療的光。應該沒問題。況且都到了這時候，沒時間改變方向了。

「……總之先蓋個房子出來吧。」

煩惱得再多，還是得從這裡開始。

屬性視窗，有勞了。

名字：田中
性別：男
種族：人類
等級：113
職業：鍊金術師
HP：101400／101400
MP：220550300／220550300
STR：8210
VIT：12010
DEX：13999
AGI：10112
INT：16392102
LUC：101

很好，果然有升級。

我在戰鬥中那麼賣力，賺到了不少經驗值吧。升了五級，數據提昇幅度沒有破百前那麼高。看來這個看不見的經驗值條所需的經驗值曲線還是有其弧度。

不過就目前來說，這五級就很有用了吧。

技能視窗，請上前。

被動
魔力回復：LvMax
魔力效率：LvMax
語言知識：Lv1
主動
治療魔法：LvMax
火焰魔法：Lv45
淨化魔法：Lv5
飛行魔法：Lv55
剩餘技能點數：5

技能點數也確實增加了。

本來還怕沒拿到呢。

既然確定有點，再來就是至關重要，取決我是成是敗的配點了。我像個驗算分數的聯考考生，照過去那樣拚命祈求。學新技能的時候到了。

「來個土建魔法！土建魔法！給我土建魔法！」

我不斷複誦，一誦再誦。

大約祈求了幾十秒，噢，有叮的一聲。

就是它了吧。

被動
魔力回復：ＬｖＭａｘ
魔力效率：ＬｖＭａｘ
語言知識：Ｌｖ１
主動
治療魔法：ＬｖＭａｘ
火焰魔法：Ｌｖ45
淨化魔法：Ｌｖ５
飛行魔法：Ｌｖ55
土木魔法：Ｌｖ５
剩餘技能點數：０

土木魔法啊。

和我點的菜有點不同。大概是以地面和樹木為對象那種，靠大地之母的魔法。雖然名稱隱約有點汗臭味，但我要的就是那種能力，這也是沒辦法的事。就這樣吧。

話說現在這樣回顧起來，這個五級淨化魔法實在好礙眼啊，滿滿是浪費點數的感覺。過去就只有在驅趕幽靈模式的艾迪塔老師上用過一次。事到如今，再後悔也沒用了。好想被老師逆姦。

無論如何，現在要先把土木魔法練熟。

「上嘍，石牆術！」

我隨便喊一聲，手用力往下甩。

眼前的大地隨之浮現魔法陣。

接著從中冒出兩片與我身高相仿的石板。

這是所謂的石材吧。

「不錯嘛。」

妥妥地出來了。比想像中還像牆壁。乍看之下很像水泥牆，用手摳摳看表面，也沒有豆腐渣的感覺，反而是我的指甲磨掉一些。

於是我再對它踹一腳。

用流氓踹砰砰砰地踢。

石板似乎深紮於地底，同樣是動也不動，我的腳都踹痛了。本來看它等級比火焰魔法低，讓我相當不安，但看樣子是足以負荷我計畫的用途。

「……很有搞頭嘛。」

確認過性能之後立刻開始實作。

我以飛行魔法升上空中，以相同石板在應是我領地的草原中央圍起幾公頃的正方形，像空心柱那樣升到十多公尺高。

原本是打算包圍整個發光區域，但現在大地不發光，這樣就夠了。弄得太大，內容卻不夠充實，看起來反而寒酸。

然後，我同樣用土木魔法讓面朝佩尼帝國和普希共和國的牆縮回去一塊，開出寬幾公尺的開口，並在切斷處添上比牆粗一點的石柱。

連接牆內外的城門就此完成。

在兩邊派駐衛兵，感覺就很像樣了吧。

「感覺比想像中還行耶。」

興致來了。

用火球燒野草時就已經有這種感覺，我還滿喜歡建設的。

「好，再來做馬路。馬路！」

打鐵趁熱。

我浮在空中，再次施放土木魔法。

這次是高度只有幾公分，一點也不像牆壁的石牆。不過有好幾公尺厚，如萬里長城般延伸，以線對稱方式連結兩道城門。很有馬路的感覺，不錯。

我再以此為主幹，用同樣方式鋪設樹狀道路。

好像在玩模擬城市一樣，超有趣的。

「很～好很好很好。」

石牆生得比想像中漂亮，讓我愈弄愈起勁。輕鬆創造出心目中的形象，會令人沉浸在幸福的感覺裡呢。

路做完了，再來就是水井了。沒水能用別想找人來。畢竟我的領土沒有河川經過，如果挖不出井水，就只能從其他領土引水過來了。

不過既然是草原，應該多少有點地下水才對。

「拜託，給我水……」

挖洞。我要挖洞。

我呢喃祈禱，催動土木魔法。

「掘地術！」

我想應該有這種魔法，直接施法。

拜託，給我井水。沒水就沒戲唱了。

面前幾公尺處浮現魔法陣，圖案和石牆術不同。我以祈禱的眼神注視著它，而這堆幾何圖形的中央很快就噗咕一聲陷下去，尺寸大概有三十公分見方。

挖洞魔法姑且是成功了。

然而有沒有我要的東西還是未知數。

「…………」

我默默地注視洞中，緊張得心跳愈來愈快。

魔法陣依然發著光。

地面除了多了個洞，沒有其他反應。

只有ＭＰ慢慢消耗。

「……不行嗎？」

從地面上看不出現在到底挖了多深。感覺已經很深了，但說不準。至少在日本，挖井這種成功才能收錢的生意也做得下去。

多半是不到一百公尺就要噴了。

大地之母真是淫亂。

「再等一下好了。」

我盯著空空的洞慢慢地等。

大概是日本和異世界的大地感度不同吧。地表之下的構造很有可能和我們的地球不同。既然有魔法這種荒唐的東西存在，各種物理法則可能不再是我所認識的那樣。

「…………」

我愈想愈害怕。

快點、快點噴水出來嘛，小穴穴。

給我大地之母的愛液。

人類可是天生的舔穴好手啊，我會大口喝下去的。

「！」

來了。洞穴深處有東西在蠢動的感覺。

就在這麼想的下一刻，大地小姐噗唰地高潮啦。

「好燙！」

水噴到臉上了。

好燙，是熱水。

我下意識飛向幾公尺後的空中。

同時不忘治療魔法，迅速治癒燙得刺痛的皮膚。

「唔喔喔喔喔！」

噴出眼前洞穴的熱水沒有只噴那麼一下，還在醜男的注視中嘩啦嘩啦愈噴愈烈。甚至噴到好幾公尺高，完全是噴泉。

哇哩咧，這下該怎麼辦啊！

「喂喂喂……」

我到底要怎麼處理這堆猛烈噴發的熱水啊？再放著不管，才剛做好的馬路就要稀巴爛了。天啊，可惡，這怎麼行！儘管距離完工還很遠，我已經對它產生感情了。

總之先蓋起來再說。

「石牆術！」

隨和風臉一喊，地面長出厚厚的石牆蓋住噴發熱水的洞。與其說是牆，還不如說是大型建築的四角柱，像是用衛生紙堵住鼻血那樣。

熱水全壓在了那下面。

「……停了嗎？」

我稍等片刻，沒有再噗唰出來。

太好了。

恐遭水淹沒的洞穴周邊，只多了一灘稍微大了一點的積水。這點水用火球烘一烘就會馬上蒸發光光，恢復原狀吧。

原來挖井會噴成這樣。

喔不，這應該是溫泉。

「…………」

溫泉。

全裸。

混浴。

小縫縫。

「……很好。太棒了。」

ＬＵＣ明明隨升級降低，運氣還這麼好。

大地在指引死處男往小縫縫邁進啊！

不就只能衝過去了嗎！

我原先是有想過三溫暖或按摩這類。起初的想法是用我的廣域治療魔法搞養生中心。見到佩薩利草的光輝之後，這裡就是利用其療癒效果的放鬆空間了。

無論如何，這一個月我要用治療系樂園決勝負。

感覺就像是利用城市郊區的閒置地辦活動。不是常有人在大樓改建的幾週至幾個月間辦月租停車場、拉麵博覽會或生存遊戲場地嗎？

我這沒資源又沒人口，只能靠娛樂設施吸引人潮了。所幸草原地形交通方便，從多利庫里斯搭馬車過來只要一天，從鑽頭捲的城鎮則只要半天。況且這裡位在兩國稀少的流通路線上，絕不是不可能吧。

再加上現在挖到溫泉，在原先計畫中立起了溫泉事業這麼一根大梁。當然，重點項目依然是利用紫色韭菜和治療魔法的療癒效果。就讓我把窮人的沙拉變成新種的入浴劑吧。

放大絕的時候終於來了。

『請勿在溫泉中浸泡毛巾，以免汙染泉水。』

想出這藉口的人根本天才。

這樣人們在溫泉之前就失去遮掩性器的手段了。

「要拚一波了。無關貴族，是男人就要拚這一波！」

公眾澡堂。

我要做公眾澡堂。

「石牆術！」

快意高呼。

地面隨之長出高牆。

以湧泉口為中心，用石牆圍起約一百平方公尺。尺寸比先前的城牆稍微小一點，高大約五六公尺且只挖一個開口。

構成澡堂的四壁。

「繼續石牆術——！」

牆壁頂端再伸出石牆。

與牆面呈整整九十度垂直，掩蓋上方。石牆很快就遮蔽陽光，不久後磨出轟隆隆的聲響。從一側往另一邊長的石牆完全地遮蔽頭上原有的鏤空。整片石材的屋頂就此完成。

「不開窗的話，在白天也好暗……」

繼門口後，我在牆上開幾個方孔當窗口。

陽光隨之探入。

小有規模如會議室一般的空間現於眼前。

原本只是想應個急，想不到成果還不錯。石牆的水泥質感感覺像設計師公寓的清水模那樣，很有成就感。

「很好很好。再來做浴池，浴池浴池。」

愈來愈起勁。

創作欲源源不絕啊！

這感覺實在太銷魂啦！

*

【蘇菲亞觀點】

最近學校在辦一個叫學技會的活動。

是怎樣的活動呢？好像是關於魔法的發表會。主角不是學生，而是在學校裡執教的諸位貴族。這場每年一度的活動就是他們魔法研究的成果展。

我工作的學校除了是學舍外，似乎還有作為魔法研究設施的一面。如主角是教師所示，開學技會主要是因為後者吧。

聽說發表內容太差勁的還會遭到開除，所以平常出題考學生的教師面臨學技會時，也都是拚了老命。

像是一場給教師的考試呢。

「…………」

唯一奇怪的是，如此意義重大的盛會居然要我這個不過是一介女僕的平民小姑娘來參加。而且更傷腦筋的是我還被帶進了非常高級的貴賓席。

這裡和一般觀眾席分開，有幾張豪華座椅，到處金碧輝煌。正面有個像是大窗戶的構造，可以從大廳上方欣賞舞台，且不會讓其他客人覺得頭上有壓迫感。

舞台上有個教師正在發表。

老實說，不學無術的我完全聽不懂他在說什麼。

「…………」

好可怕。

坐在這裡實在讓我提心吊膽。

事情發生在今天清晨。法連大人跑到學校宿舍來，要找的果然又是我的主人田中先生，可是他昨天出門就沒回來了。

這麼說之後，法連大人面有難色地想了一會兒，最後要拿我交差，命令我跟他走。我鼓起勇氣詢問原因，才知道是因為有我在，「那個人」就不會隨便離席。

還是老樣子呢。

田中先生，感謝您的拖累。

謝謝田中先生這樣拖累我。

『陰性反應式？……無聊，這種反應連我一根毛都傷不了。哦？會連鎖反應？……哼哼，再怎麼連鎖也於事無補，不過是人類的小聰明罷了。』

龍小姐就坐在我旁邊，再過去是之前曾來宿舍拜訪的精靈小姐。而我的另一側不知為何竟然是佩尼帝國的公主殿下。

除了我以外的每個人都很專心地聽台上發表。

「…………」

肚子好痛。

肚子真的好痛好痛。

周圍的人動一下咳一聲，我的肚子就跟著抽痛，像胎動痙攣那麼痛。最後關卡的地方還咕嚕嚕地有水氣聚集的波動。

『……哦？利用溫差？果然人類的極限就只有這點程度，這種努力在我面前一點意義都沒有。太可悲了吧！你們這群小蟲真可悲！』

屁股也好痛。

屁股真的好痛好痛。

我已經跑了好幾次廁所，屁股的洞都辣辣的了。這裡的廁所連用來清理下面的紙都好高級，軟綿綿地好舒服。可是我上了太多次，都擦到痛了。

『哼，真的很無聊。用這點水準的魔力是能做什麼。前一個發表的還比較適合弱者呢，真是蠢得可以。』

而且龍小姐從剛才開始還一直喃喃自語。

好可怕，希望她安靜一點。

「……田中先生，拜、拜託您趕快回來啊！」

身心都瀕臨極限了。

我不是對誰說，就只是不斷祈禱。可能是老天懲罰我依賴別人吧，背後忽然傳來用力開門的聲音，嚇得我回過頭去。

只見法連大人一踏入貴賓席就對我大喊。

「女僕！他回來了沒？」

他大概一小時前才問過吧。

每當發表者上下台，他就跑回來看情況。

「還、還沒！田中先生還沒回來！」

我急忙站起來回答。腋下已經濕成一片了。汗流得亂七八糟。幸好女僕制服是以白色為主，如果哪天改成灰色，我的少女心一定會碎滿地。

「……是嗎？」

法連大人顯得很失望。

他很看重田中先生吧。我知道。

可是那跟我沒關係，拜託趕快放我回宿舍吧。

「第一天的發表大多都不夠水準，希望沒讓人看笑話。」

「…………」

「啊啊，想起來就讓人難受。沒用的人果真是應該早早割捨才對。以後我不會再猶豫了，再也、再也不能像這次這樣……」

「……那、那個……」

不認識的貴族要因為田中先生丟工作了。

前天田中先生好像也來過這裡，而且因故中途離席，讓法連大人很不高興。於是我在前往會場馬車上詢問學技會是怎樣的活動，還有田中先生發生了什麼事。

法連大人應該很少這麼關注一個人吧。

「之前也說了，他來了就立刻通知我。」

「遵、遵命，一定馬上通知！」

我深深鞠躬覆命。

然後法連大人就匆匆離開貴賓席了，簡直就像一陣暴風一樣。當我平身，門已經關上，只剩走廊另一邊的腳步聲。聲音愈來愈小，直至消失不見。

我這才輕輕喘一口氣，照原本那樣坐回分配給我的椅子上。

下一場發表像是在配合我一般，正好在這時開始了。

「接下來是我莉迪亞．南努翠的發表。」

我對這聲音和名字有點印象。

啊，對了。

以前莎布莉娜小姐找我去校舍時，我在回來的路上聽過這個名字。

「今年我要在學技會發表的項目具有提昇我國魔法戰力幾十倍的潛力。敬請各位耐心聽到最後。」

先前也有人說大話，但沒有一個口氣像她那麼大。差了幾十倍，太厲害了。就連魔法的魔字都不了解的我也感到有些好奇。

眼睛和耳朵的注意力都自然地從窗口往下轉，來到舞台上。站在舞台中央的是年約三十中旬的女性。當然，她和其他教師一樣都是貴族。

「就結論來說，我要向各位報告的研究成果是新發現的魔力溶媒。而且比現有用品廉價許多，可以大量生產，且以至今的標準而言，有中級的效果。」

貴族的這番話讓觀眾席鼓譟起來。

好像真的是很厲害的成果。

「哦……？」

貴賓席也響起讚嘆聲。

來自龍小姐再過去的精靈小姐。

她瞇得細細的眼睛緊盯著舞台，嘴邊有淺淺的笑意。可是就算說客套話，那種表情也不像是在笑，好恐怖。同時那張側臉又帶著一股凜然的氣息，感覺很帥。

外表像艾絲特小姐一樣小，不過她是精靈，年紀其實比我大很多吧。說不定比台上的發表者還大。聽說精靈非常長壽，成長速度也很慢。同樣是女人，真是羨慕死了。

「請各位看到這張圖。」

舞台上布置了巨大的圖表。

圖上有十字型軸線，還有彎來彎去的鋸齒狀折線。折線由左至右，一上一下地愈爬愈高。

「縱軸是我所開發的媒介含量上限。這種媒介經過特殊處理，魔力含量上限就會有飛躍性的成長。數值如前所述，最後會來到中級水準。」

南努翠大人的語氣很輕快。

「接下來，請各位看到這張圖。」

又一張圖上台了。

圖上同樣有彎彎曲曲的線。

「這是滲透率的折線圖。如各位所見，此媒介的滲透率同樣會在特殊處理之下大幅提昇。而數字在各種魔力溶媒之中也是中級左右。」

南努翠大人指著圖表說。

清澈響亮的聲音響遍全場。

感覺好帥氣喔。

「那麼，這個溶媒的原料究竟是什麼呢？」

南努翠大人挑戰觀眾似的對全場提問。

聽了她這麼問的人，一個個爭相回答。像我這樣的女僕都覺得很厲害了，其他觀眾一定是深感興趣吧。有好多人在回答。

南努翠大人滿意地看著這樣的反應，說出解答。

「各位想的多半是獨角獸的角、莉蘿塔草等等非常昂貴的材料吧，很可惜各位都猜錯了。這種溶媒的原料是——」

她稍微賣了點關子後所說的是我也知道的詞。

「佩薩利草。」

舞台上南努翠大人的說明使觀眾鼓譟得更厲害了。鼓譟又喚起鼓譟，整個會場吵成一團。人聲鼎沸指的就是這種事吧。

「哦……居然會看上這種草的特性，這女的有一套嘛。」

貴賓席這邊，精靈小姐也這麼說。

『哼，魔力這種東西自己就會恢復了，不會的去死一死。』

龍小姐還是老樣子呢。

而我則是完全聽不懂。

雖然不曉得哪裡厲害，但好像是世紀性的大發現呢。

「肅靜！」

舞台角落，坐在議長席上的法連大人大聲斥喝。

他是什麼時候回去的啊?儘管有點年紀，腳程還是很快呢。

「南努翠準男爵，請繼續發表。」

「是。」

在法連大人催促下，南努翠大人繼續說：

「我理論的根基在於佩薩利草的色素。用極為普通的方式精煉這種色素，就能產生前述效能的魔力媒介。那麼，我在這裡將過程講述一遍。」

她每一句話都引來觀眾的驚呼。

「首先將佩薩利草裝進燒瓶用水充分煮開，並在蒸餾過程中再用火球術烘烤含有其色素的液體，佩薩利草的色素就會產生反應……」

貴賓席上的精靈小姐感嘆地說：

「想不到人類貴族也會和我走一樣的路……」

話說田中先生經常誇她是高明的鍊金術師，還記得他說過治好公主殿下的配方也是她研發出來的呢。

想必是很優秀的鍊金術師。

「號稱佩尼帝國第一的研究機關，果真名不虛傳。」

這樣的人都這麼讚賞了，這發表一定是真的很棒。

如果不是事先知道一點內幕，我也會單純這麼想吧。

「可是她說用火球烘烤，表示我的理解還超前她一步。嗯，我的知識還是很有價值的呢。哼哼～哼哼哼～」

精靈小姐不曉得在高興什麼。

臉變得軟綿綿的，可愛極了。

真是個表情豐富的人。

「持續烘烤蒸餾液，抽取出粉末化的色素以後，以卡斯果為觸媒置於高壓之下。最後固化成形的佩薩利草色素，就是這個樣子。」

她慢慢從懷裡取出拇指末節大小的塊狀物。

所有人的注意力一下子全聚到那裡。

「我所提出的這種溶媒還具有方便運送的特點。魔力藥水一般都是以液態來運送，但這種溶媒能以固態送到指定地點，用當地的水溶解使用。」

南努翠大人將塊狀物放進手邊的燒瓶裡。

「加水之後會產生最後的反應，溶媒就完成了。」

瓶裡果真有冒泡的反應。

「那麼，我來實地注入魔力。」

南努翠大人對燒瓶張開雙掌。

那就是在注入魔力吧。有陣像是唸咒的低語響起，液體隨之激烈冒泡，像煮開了一樣，還發出閃亮亮的光。

「…………」

這步驟持續了一段時間。

最後燒瓶恢復平靜，等光輝退去，南努翠大人放下雙手，原本藍色的液體已經變成苔綠色了。乍看之下好像茶喔。

「魔力藥水就這麼完成了……」

她掃視全場，接著說：

「在場有哪位勇士，肯在全場觀眾面前嘗試這個由窮人的沙拉所製造的藥水嗎？方便的話，也煩請讓我知道您的大名。」

在我所知的範圍內，就有這麼一個一定會舉手的人，而他也在台上。啊啊，他真的立刻舉手了。一聲不響地馬上舉手了。

「直接拿過來吧。」

「居然是法連大人。感謝理事長親自嘗試。」

「我看看……」

滿燒杯的綠色液體就這麼流進了法連大人的喉嚨。

東西一入口，他的表情就扭曲得非常猙獰，但他怎麼也沒有放開燒瓶，一口氣喝光光。該不會是很難喝吧？

最後法連大人將空了的燒瓶置於手邊，說出評語。

「……看來妳沒有誇大其詞。」

他用手背擦去沾在嘴邊的液體，淡淡地繼續說：

「我也同意這個發現具有將我國魔法戰力提昇幾十倍的潛力。嗯，妳的研究的確非常出眾。」

全場隨即喝采。

喔喔喔喔的感覺。太厲害了。

空氣好像都震顫起來了。

「我莉迪亞．南努翠的發表到此結束。」

南努翠大人下台一鞠躬，引起全場如雷的掌聲。附近也傳來了啪啪啪的聲音，側眼看去，原來是精靈小姐在拍手。

「原來如此，用卡斯果當觸媒再加壓跟加水，就能提昇蓄魔量啊，還真沒想到可以用這種方法。單純又很有效果，真是太棒了。沒什麼比這樣更能刺激我的創作欲啦。」

她笑得好燦爛。

可是有一點想較勁的味道，對，還非常開心的樣子。那副模樣讓我自然而然覺得，她一定是打從心底熱愛著鍊金術。

另一方面，台上的兩人仍在對話。

「然而滋味真的太糟了，必須設法儘快改善這點。不然實在毫無實用性可言。」

「大人所言甚是。請各位再給親自嘗試的法連大人一次熱烈的掌聲！」

南努翠大人好會說話喔。

她只是準男爵，太強勢的言行可能引來其他貴族的反感。可是她在最後替法連大人做面子，應該是成功躲掉了這點。法連大人自己也相當高興的樣子。

這場發表的確是非常成功吧。

身為知道一點內情的人，心情卻有點複雜。不過對方是貴族，憑我說什麼也沒用，只能乖乖當一個平民代表拍手送她下台。

「…………」

精靈小姐看得這麼佩服，真讓人為她難過。

她依然用閃亮亮的眼神注視著舞台，簡直像一個拿到新玩具的小孩。跟外表一樣小的小孩。她的心靈應該很純真吧。

那也是最刺激我自卑感的地方。

真想像她一樣。

「感謝南努翠準男爵精采的發表。」

她的發表就這麼在法連大人的盛讚之下熱烈地結束了。

*

【蘇菲亞觀點】

「真是場精采的發表，妳不覺得嗎？」

法連大人來到貴賓席一開口就這麼說。

那相當興奮的樣子真的很法連大人，怎麼說呢，這樣的事實讓我感到安心。但我只是個小小女僕，又對魔法一竅不通，下意識地站起來之後就慌得不曉得該怎麼辦才好了。

而這時代替我回答的是隔一個座位的精靈小姐。她不知何時離席來到我的身邊，也就是從內側的座位往門口走過來。

「是啊，那場發表的確很棒。」

看來她不只認識田中先生，也認識法連大人呢。

她深深點頭表示贊同。

「開頭說的提昇魔法戰力也並不誇張的樣子。儘管這兩天的發表都有人說類似的大話或是理解粗淺的傻話，這一場還真不錯。數量雖少，但這裡也還是有些不錯的求知之士嘛。」

她的語氣顯得很滿意。畢竟聽講途中也頻頻點頭，應該不是在拍貴族馬屁。可能是太興奮了，用的也是平輩用詞。

看她聽得那麼專注的樣子，或許是個對某件事熱中起來就會看不見周遭的人吧。聽講最精采的地方也非常地集中。是所謂的工匠性格嗎？對方是法連大人，大概不會計較吧。

「妳看出了這學校的水準嗎？」

「我接受你這麼好的款待，但沒能說幾句好話，我也感到很抱歉。可是老實說，還是差學校都市一點。也許我所聽聞的讚譽已是過去的事了吧。雖然我的專門是鍊金術，卻也看出了不少可以反證的論述。」

「是啊，妳說得沒錯。說來慚愧，我們教師的素質是逐年下滑。而教師素質下滑，學生素質自然也跟著下滑。到最後還出現了以為這裡是社交場所而入學的學生。」

結果法連大人還比較抱歉的樣子。

果真是心裡全是魔法的人。

能這樣用對等口氣與平民說話的人太稀有了。

「算是源自佩尼帝國本身的衰敗吧。」

「嗯。從國家背景來看，說不定是躲不掉的宿命。我們的研究水準並沒有外傳的格調或評價那麼高。研究經費給得很闊綽，但是得到的成果卻一年不如一年，真是太諷刺了。」

「前天打招呼的時候，聽說你是理事長啊？」

「我是很想在我這一任找回往日的榮耀。」

「……這樣啊。」

他們之間的氣氛好像不太好耶。

女僕還是後退半步，和這場對話保持距離好了。

這時，精靈小姐想圓場似的改變話題。

「不過話說回來，那個，能在這樣的逆境之下發表那樣的成果，實在是非常了不起。如果剛才講的效果沒有誇大，很快就能實際使用了吧。」

「嗯，這一點我也非常滿意。只要有辦法解決味道的問題，我認為應該儘快投入量產。陛下是不計較開銷的人，應該不會拒絕。」

「佩薩利草的腥味的確是個棘手的問題。我是猜想在粉末化的過程裡或許會減輕一點，你是實際喝過的人，感覺怎麼樣？」

「還是很重。藥水畢竟是應急用的東西，一定要設法處理。」

「原來如此……」

兩人一轉眼又聊起魔法的事。

看來我不用陪法連大人說話了。

謝謝妳，精靈小姐。

「你招待我參加這麼棒的盛會，真的感激不盡。」

「只要是他的朋友，我隨時歡迎。」

「這樣啊，那我也得好好謝謝他才行呢……」

精靈小姐眼神飄渺地說。

而法連大人對她繼續說：

「對了，他還沒回來啊？」

他的心思依然在田中先生身上呢。

我家主人無視大貴族的邀請，到底跑到哪裡去做什麼啦？田中先生乍看之下好像很懶散，可是一不注意就會不曉得跑去哪裡。

「如果說那個男的，他一次也沒來過這裡。」

「這樣啊，他還沒回來。」

問完精靈小姐後，法連大人轉向了我。

我果然還是逃不過。

法連大人好恐怖喔。對不起。

「宿舍那邊，他也是從前天白天就沒回去了吧？對了，理查的女兒帶他去城堡之後怎麼樣了？問她就知道他去哪裡了吧？」

「非、非常抱歉，艾絲特小姐也是從前天就沒回來了……」

「一次也沒回來？」

「是，一、一次也沒有。」

我很肯定他們倆都沒回過宿舍。我是負責管理房間的女僕，不分日夜都要仔細查看有沒有人在家。能從早到晚都在客廳吃了就睡到處打滾，實在太享受了。

「…………」

說不定田中先生終於和艾絲特小姐搞愛情革命了。有很高的可能。最近艾絲特小姐的攻勢那麼猛烈，如果我是男人，恐怕連一天都撐不住。艾絲特小姐條件那麼好。

「就這樣吧。回來立刻通知我。」

「遵、遵命！」

我用力點頭回答。

舌頭自然就會打結，說話結巴，是因為平民性格嗎？

這時，一旁的精靈小姐說話了。

「話說，發現除了我以外還有人會對佩薩利草感興趣，讓我很驚訝。更想不到的是，這個人居然還是在王立學校教書的貴族。還以為就算有人想到，也應該是平民呢。」

「哦？妳也做過同樣的研究？」

「有一點我希望能讓那個發表者知道。在蒸餾佩薩利草色素的過程中，用火球烘烤的說法並不恰當。色素絕不是對熱起反應，是因為在冷卻途中受到火球光的照射而發生變化的。」

「……原來如此。」

「不過那之後的結晶化，以及用卡斯果為觸媒再加壓加水來提高蓄魔量的部分就是奇蹟般的新發現了。沒想到那樣就能提昇效果，真是盲點啊。單純又非常有效，實在太棒了。」

「反應不是因為熱，而是因為光嗎？」

「沒錯，就是光，熱反而還會減損效果呢。對於發現不該加熱，而是要用強光去照這點，我可是很自豪的。我已經再三驗證過了，絕不會錯。」

「……植物色素需要光照啊。原來如此，實在是很有意思。」

「你也有興趣啊？」

「怎麼會沒有呢？只要妳願意，我還能安排妳們當面聊聊。」

「唔，呃……當、當面？」

「不方便嗎？」

「不，也不是不方便啦……那個，怎麼說……」

「就訂在明晚好了，沒問題吧？」

「……知、知道了」

法連大人的猛烈進攻一波接一波，而精靈小姐一聽到要見面就變得很緊張，完全是兩樣情。

能用平輩口吻對大貴族法連大人說話，要和階級低得多的貴族見面卻會讓她這麼緊張，到底是出於什麼心理呢？

大概只是怕生吧。

「…………」

另外，法連大人和精靈小姐對話時還不時偷瞄龍小姐。明明是聊他最愛的魔法話題，注意力還會分散到其他地方，感覺好新鮮喔。

就算名震首都卡利斯的魔導貴族也還是會怕龍小姐吧。龍小姐這邊沒注意到他的視線，只顧猛灌貴賓席專屬女僕送來的果汁。

這種我行我素的感覺真是讓人太羨慕，太憧憬了。

＊

我來到拉吉烏斯草原已有幾天。

起初還是草木一路蔓延到地平線上，現在這中央卻出現由十幾棟石屋所構成的建築物群，跟歷史課本上的史蹟沒兩樣。

「太好啦……」

情不自禁就做了個勝利姿勢。

這可是我做出來的耶，是我做的！

乍看之下很像巴基斯坦的死亡之丘。

國營電視台歷史節目上的史蹟用現今CG技術復原之後大概就是這種樣子吧。而這群建築就在半空中的我腳下，圍在高高的城牆裡。

這是我從前天不眠不休的成果。

直接用治療魔法消除肉體疲勞連日趕工。

「……糟糕，成就感超大的。」

每個建築的出入口和窗口就只是在石牆上開個洞，屋頂不傾斜，與地面平行。為保持良好採光，有中庭的四合院占了大部分，滿滿是公元前的感覺。

不過各處都有舖設下水道，地上雖不至於造出淋浴的感覺，但好歹都有附設水道，花了我不少功夫。全都是讓石牆凹進去凸出來，用土木魔法發揮創意的成果。

例如想做管子，就先製造細長石牆，以製造窗框方式使內側從這端凹到另一端。重複如此單調的工程幾天之後，醜男面前出現了宏偉的浴池以及完整的排水設施。

屋內也沒忘舖設地板，而這當然也是用石牆術製成。直接從地面升起一整片，高度低得稱不上是牆。考慮到打水器之類我做不出來，所以事先列在清單上了。

「…………」

看著自己努力的成果，心中無限感動。

真的有石牆術萬能的感覺。

土木魔法不是叫假的。

我在這最先蓋的城牆裡這十幾棟建築全是公共澡堂。一半是在四合院的中庭裡設置戶外大浴池，從泉源引來溫泉。也就是露天澡堂。

另一半都是室內池。窗口裝不了玻璃，所以開得小一點。陰暗自然是免不了，營造出隱蔽氣氛，挑人淫慾。

所以室內池必定是混浴。

當然，由於沒有淨水設備，每座池都是從泉源引水，並讓水自然流出。

流出的溫水會經過下水道排放到附近的河川，廁所裡的汙物也是一起放水流。不期而遇的流水廁所，令人想到曾經的牢獄生活。當時的經驗居然在這時候發威了。

順道一提，河川我是擅自用普希共和國那邊的。以後可能會有人來抗議，可是我現在得以撐過這一個月為優先。要是真的無法收拾，了不起就是請克莉絲汀去鑽頭捲城玩一趟。

「……開始覺得當不當貴族都無所謂了。」

石牆術好好玩啊！

超過和風臉心中火球術的地位了。

創造力強大到不行。

有成為工程師兼開發商的感覺。

男人的工作就該是這樣才對。

「再擴大一點好了……」

原先的牆內空間已經被屋舍、道路和廣場填滿，不過破壞一度做好的牆太可惜，所以我覺得直接做另一圈圍牆，把既有的小城包起來比較好。

高高的牆層層包覆，像城塞都市一樣，滿帥的嘛！

「……這麼一來，就少不了貧民窟了吧。」

買色情ＲＰＧ卻發現地圖裡不包含貧民窟，那種絕望非同小可啊。樂趣頓失九成。我可不希望來這裡玩的人也嘗到這種悲痛。希望貧民窟裡普通美少女被輪姦的畫面能成為他們每天的精神糧食。

「好，開工。」

幹勁來啦！

現在有治療魔法，通宵三四天都是小意思。

我以魔法起飛，往牆外移動。

然後遇到了熟面孔。

「喂喂……田中先生，這是怎樣……」

「這不是岡薩雷斯先生嗎，辛苦你了。」

「這裡是拉吉烏斯草原沒錯吧？上次來沒這種高牆啊……」

岡薩雷斯表情驚愕地仰望高高的牆，後頭他所帶來的黃昏戰團成員也都是半張著嘴傻在原處。他真的帶來了很多人，約兩百人都愣在城牆前。

這種反應真是太爽啦！

儘管讚嘆和風臉的偉業吧！

「就讓我帶各位進去看看吧？」

「裡、裡面還有嗎！」

「對呀，希望各位喜歡。」

從他們帶來的一大排馬車來看，應該是把我清單上的東西都送來了。獵龍得到的兩百枚金幣去掉要給他們的酬勞一百枚，剩下的購買物資是綽綽有餘。

從窗框、桌椅沙發等家具，到之前講過的打水器一類，甚至毛巾肥皂等消耗品等大量必需品與搬運作業，都請他們一次搞定。

「請跟我來。」

「喔，好。」

我就這麼帶領黃昏戰團，從正門走進牆後。

*

「你真的是很厲害的魔法師耶。」

逛了一會兒後，岡薩雷斯喃喃地說。

「既然能讓你有這樣的感想，那麼在月底之前賺到五十枚金幣的目標，感覺也實際多了吧？」

「……是啊。」

我們對話的地點是在牆內眾多露天浴池中特別大的一個。既然打水器和技術人員都在，我們就立刻放滿池水，水面蒸煙裊裊。

名副其實的第一個泡。

接下來就是所謂的祖裎相見了。

岡薩雷斯送來的物資中包含衣物，泡澡不用怕沒衣服換。趕路來到的黃昏戰團團員們也趁這機會洗洗澡，清理連日來的塵垢。

只是團員實在很多，勢必得分散到其他浴池去，因此有好幾個浴池都被肌肉男奪去了貞操。有點哀傷。

「你一下子帶我們看了那麼多，那我們到底是要做什麼？」

「要請你們幫忙的大致分為三種。第一是在我蓋的房子裡做一些生活必需的裝潢，例如在需要用水的地方裝打水器，加裝門板窗戶這些。」

「房子看起來像是純粹用石頭建成的嘛，很堅固的樣子。」

岡薩雷斯看著充滿蒸氣的浴室說。

嘴巴真甜啊，這小子。

「第二個是從多利庫里斯送物資過來。和第一項一樣，要買生活必需品跟消耗品，安裝跟配發這些也麻煩各位了。」

光靠這一次的物資恐怕不夠。

這個城鎮還會繼續擴張。

資金有金幣一百枚，再怎麼說也不會在月底前用光才對。

「……你是真的要把這裡當整座城來營運啊？」

「也不算是城，應該說遊樂設施，讓人來玩個幾天或當天來回的地方。例如需要往來佩尼帝國和普希共和國的人，就可以來這裡歇歇腳。」

「了解。可是我們不是才跟普希打完仗，這樣沒問題嗎？這麼快就做這種事，會有人亂傳謠言吧？弄不好對面會有人跑過來搞破壞呢。」

「這點我有考慮過了。」

「是嘛？既然你這樣說，我就相信你喔，田中先生。」

竟然無條件相信我，真是太感激了。

這明明是黃昏戰團最需要擔心的地方。

「能聽你這麼說，我真的非常感動。」

「不過你這些都只是講個大方向，所以細節我們可以自己決定嗎？逛了這一圈以後，我對基本形象是有個底了啦，但多多少少會跟你自己想要的有點出入吧。」

「我來到這個國家沒多久，與其聽不懂風土民情的人瞎說，還不如交給你評估比較好。對了，資金方面不用擔心，一定夠。」

「哦？我就是欣賞你這點。」

「全部丟給你真的很不好意思，但還是請你多多幫忙了。」

「了解，收尾的部分就交給我們吧。讓我們一起做出世界第一的旅舍城。」

「好，麻煩各位了。」

「看到這麼厲害的東西，鬥志不由得就燒起來了呢。我帶來的人士氣也很高，而且還有熱水能泡，比一般五四三的工作來得有搞頭多了。這麼舒服的工作環境哪裡找啊。」

「就讓我們在這短短一個月裡享受這份工作吧！」

「沒問題！」

岡薩雷斯乍看之下是滿腦子肌肉的猛男，其實非常有才幹。戰團不是帶假的。他腦袋裡已經開始畫藍圖、打算盤了吧。

不管在哪種世界，會做事的男人就是帥。

「那麼最後一個呢，需要一點比較詳細的說明，不見得每個人都合適，就讓我留到明天再說吧。目前先幫我找十幾個手巧的人就可以了，謝謝。」

「手巧的人是吧？」

「對。」

「不知道你想做什麼，但既然你都開口了，那我就去找吧。」

「太謝謝你了。」

最後一步是精鍊佩薩利草。

先前在學校的鍊金術考試裡，我重現了艾迪塔老師的製法，再以自己的方式將粉末加工成硬塊，我就是打算量產這個東西。既然要溶在溫泉裡，做成那樣最合適。

丟進裝滿水的燒杯時，它冒出了一大堆泡泡，而我相信那必定是為了今天而發生的反應。根本是拚命冒泡，沒有比它更適合丟進浴池的東西。記得它溶化以後還是會吸收魔力。

只要對它連打治療魔法，超強治療系入浴劑就誕生了。反正本來就不推薦遊客喝溫泉，而且又會經過大量稀釋，腥味的問題應該不會大到哪裡去。就跟日本溫泉有硫磺味一樣。

「話說，走了一整天以後有溫泉能泡真的好開心啊！」

「今天就請各位盡情休息吧。」

「看到這麼厲害的東西，實在休息不太起來耶。」

「你這麼說我是很高興，不過還是別累壞了身子才好。」

「我找來的人可沒有那麼沒用喔。我們隨時隨地都是精銳部隊呢。」

「原來如此。」

浴池裡除了岡薩雷斯，還有許多黃昏戰團的成員，載客率大約五成。雖然空間還很多，但沒有寬敞到可以伸直雙手雙腳。希望不會再變得更擠。

原本預定是找一百人作為騎士團，不過他的人馬看起來有兩百多個。如果一舉殺進浴池裡來，擠也很正常。左看是大肌肌，右看也是大肌肌。大肌肌大肌肌。

老實說，感覺很悶熱。

按照慣例，出差的都是男人。

言歸正傳，如果設定每月利潤五十金，這樣就滿的容積是個問題。以某知名遊樂園為例，聽說他們的成本約為六成。也就是說，我的營業額大概要一五〇金。

一五〇金等於一萬五千銀，等於一百五十萬銅，入場費若以過去卡利斯城門守衛要求的十銅來計，就是每個月要有十五萬人次。

假設每月營業二十天，每月十五萬人等於每天要七千五百人，現在就不夠裝了。更何況這類設施假日的遊客是平日的兩三倍，若以兩倍計，需要單日足以容納一萬五千人。

而現在的設施，恐怕頂多只容得下五百人。況且以密度來看，恐怕會變成以肌洗肌的基基溫床，這可不好。來治療系遊樂園放鬆卻開啟了同性戀的開關，根本就是本末倒置。

再說，這個月恐怕沒幾天可以營業。

這麼一來更需要增加容積。呃，五天要消化十五萬人，每天要三萬人。現在單位時間內的同時入浴人數是五百人，若一天十輪就是五千人，粗算也需要將現在的浴池面積擴張到六倍。

「…………」

「怎麼啦？」

「沒什麼，只是覺得我不能太悠哉。」

得再努力點才行。

我需要開發大部分領土，也不能只做浴池。想讓人在這多留幾天，就需要各種相應設施。就現實面來說，也需要利用這些設施賺取入場費以外的利潤。

「啊，喂……」

嘩啦一聲，我離開浴池。

用毛巾遮著比亞倫大的老二，對小岡敬個禮。

「不好意思，我先回去了。」

「不泡啦？」

「我要去開拓牆外的部分，有需要就叫我一聲。」

「好吧，我也出去。」

「不用不用不用，你今天就好好休息吧。」

岡薩雷斯也嘩啦一聲起身時，我留下了他離開澡堂。

他一連好幾天答應我那麼多無理要求，好歹今天要讓他休息一下。而且我不想在濕度那麼高的更衣間和臭男人一起穿衣服。

在遲早會熱到汗流浹背的更衣間，應該要和美少女一起更衣才對。

開拓領地（二）

Territory Pioneering (2nd)

【蘇菲亞觀點】

我陪人來到學校的會客室。

法連大人、精靈小姐、莉迪亞．南努翠大人和龍小姐都在這裡。昨天法連大人說要安排精靈小姐和南努翠大人會面，而那就是現在。

我、精靈小姐和龍小姐坐同一排沙發，和另一排法連大人和南努翠大人面對著面，桌上有其他女僕上的茶水和點心。

點心主要是用來討龍小姐歡心吧，就只有她面前堆得跟山一樣。每樣都是昂貴的高檔貨，那個，這讓我有點……喔不，是非常羨慕。光是看她吃就滿嘴口水。

「法連大人，這、這幾位是……？」

「嗯，是過去也做過妳那個研究的優秀錬金術師。」

法連大人用視線指向精靈小姐說。

「！」

南努翠大人聽了肩膀振了一下。女僕我也沒漏看她眉毛的抽搐。看來我在走廊上聽見的那番自言自語果然是真的。

可是其他人不會對她的反應起疑吧。一切都藏在我心裡，誰也不會知道。

「那個，就是，妳昨天的發表實在很棒。」

經介紹之後，精靈小姐開口了。

雖然用詞粗魯，話卻說得結結巴巴。

好像真的很不善於交際。

「受到法連大人特地安排會面的對象稱讚，惶恐之餘，南努翠不勝感激。」

至於南努翠大人呢，則是恢復鎮定對答如流。

「其實我也研究過佩薩利草的功效……」

打完招呼後，精靈小姐打開掛在肩上的包包往裡面摸索。這個肩背包在嬌小的她身上顯得有點大，造型講究實用，背帶根部有些小花形狀的皮飾品。

感覺好像小妹妹幫忙跑腿，在店門口慌忙掏錢的樣子，可愛極了。好想從背後緊緊抱住她喔。這樣的人年紀卻遠遠比我還大，精靈這種族真是太犯規了。

如此近距離感受精靈的魅力，真的會令人想放棄當人類呢。

「找到了，就是它！」

尋得所需的精靈小姐笑咪咪地說。

遞出的是一本書。

約有兩根大拇指那麼厚，看起來頗有年紀。

「……我與貧窮？」

「請、請請請請、請不要在意書名！」

南努翠大人的疑問讓精靈小姐滿臉通紅。

大概是她自己的著作吧。

「請翻開貼紅色便條紙的頁面。」

「那就失禮了……」

南努翠大人接下書，動手翻頁。

按照指示翻到有便條紙那邊。

瀏覽片刻，她的表情忽然僵住。

「妳、妳怎麼想？」

「……對，的、的確和我的研究有部分相同。」

「是吧！可是妳的研究比我更進一步，不只引入結晶化，還用卡斯果為觸媒加壓並重新注水，成功提昇了蓄魔量。啊啊，真是奇蹟般的發現啊！真的是很棒的研究！」

精靈小姐好像跟法連大人一樣，一聊起魔法就會變了個人呢。雖然話說得很不順，語氣卻頗為興奮，大概是很高興有人發現如何加強她的研究吧。眼神閃亮亮的。

如果講的是食譜，說不定我也會和精靈小姐一樣，與不認識的人產生共鳴。有共同興趣，嗯，真的是一件很棒的事。

「不過為了未來著想，有一個地方我想幫妳訂正。」

「……怎麼說？」

「蒸餾佩薩利草色素時，妳不是用了火球嗎？」

「對、對呀，沒錯，我有用。」

「那是為什麼？」

「那是，呃，那個，就、就是……」

南努翠大人變得支支吾吾。

經過幾番猶豫後，她橫下心似的繼續說：

「是要用火球的熱度影響佩薩利草的色素。」

「嗯，對於這一點，妳的理解有錯。」

「！」

剎那間，南努翠大人的表情僵得不得了。

「蒸餾途中，佩薩利草的色素不是對火球的熱起反應，而是與熱同時發出的光起反應。我是在暗室裡做實驗來徹底證明了這一點。詳細資料請看藍色便條紙的那一頁。」

「……我、我知道了。」

南努翠大人的臉色愈來愈鐵青。

跟便條紙一樣了呢。

而精靈小姐雀躍的樣子，真是有夠可愛。

到底是在可愛怎樣的啦！

讓同樣身為女人的我好不甘心。

「照這樣看來，的確沒錯……」

「希望這能對妳日後的研究有所幫助。對了，這本書有其他去處了，不能給妳，不過在這裡看的話倒是沒關係。能記多少就記多少吧。」

「…………」

南努翠大人捧書的手抖個不停。

不知情的人一定完全猜不到原因吧。依我看，她肯定是在害怕法連大人叫她來這裡的理由。

假如我今天和她對換，絕對會怕得要死。

我不了解精靈小姐研究得怎麼樣，不過人這種生物，在見到別人的成果和自己偷來的成果有大幅相通時，就會開始疑神疑鬼。

說不定，只是說不定喔。女僕是弱小的生物，若想戰勝他人就非得專挑肯定會贏的時刻出手不可，當對方是貴族時更是如此。無論何時，平民該求的都是一擊必殺。

「……怎麼啦，不舒服啊？」

法連大人關心起南努翠大人的異狀。

「沒、沒有……」

「是嗎？那就好。」

「…………」

狀況開始不太對勁了。我身為平民代表，該從哪下手才對呢。直接攻擊南努翠大人肯定是找死，所以還是只能依靠法連大人了。

…………

真是太可怕了。冷靜想想，我一點證據也沒有，這樣想東想西就是我一介女僕的極限了吧。開始想自制了。田中先生在這種時候會怎麼做呢？

「…………」

我對腦中浮現的田中先生臉孔這麼問，而他面帶平

時那種飄逸的笑容，解答我的煩惱。

蘇菲亞小姐，麻煩妳再給我一杯茶。濃一點的。

「…………」

也是呢。

他很喜歡濃茶呢。這樣可以摻很多東西，我也很喜歡。

我不過是個小小的女僕，走到哪裡都是餐廳老闆的女兒，不安分一點就會自取滅亡，非避不可。在這種時候指責貴族卻被說倒，免不了掉腦袋。

而且在那之前，還會遭受一連串無法言喻的折磨。我還小的時候，有個伯父喝醉以後騷擾貴族，結果被活活剝掉全身的皮，身上每個洞都被插進燒熱的鐵棒，綁在廣場上示眾。

伯父半死不活地呻吟了半天才死的慘狀，如今也有事沒事就會鮮明浮現在眼前。那是畢生難忘的恐怖回憶。

「…………」

我就帶進墳墓裡去吧。此後，不管南努翠大人爬到

怎樣的地位，都與我無關。沒錯，這樣就好了。

這種時候無論再怎麼爭，我也得不到一毛錢的好處。且就算成功傳達了事實，得救的也只是誰也不認識的無名氏，連他自己也不曉得這件事。

「嗯。假如妳對我介紹的鍊金術士有異議，到我的研究室去談也無妨。親自做過實驗，理解也會更深。我自己也很想親眼見識真偽呢。」

「不了，我、我並沒有異議……」

…………

啊啊，我真是個愚蠢的人類。

嘴巴不由自主就動了。

「……那個，法、法連大人。」

「做什麼？」

我一出聲，法連大人就嚴肅地瞪了過來。

好像在罵我不要打斷他們討論魔法。應該說，我是覺得那根本就是事實才這麼想的。爽朗的笑容，一瞬間拉下來變成臭臉模式。

「那個，就、就是……」

一定是受到了田中先生的影響。

我知道這樣想很自私，可是田中先生，我還是恨你。

恨你讓我在你身邊看了那麼多自由奔放的舉動——

「昨天南、南努翠大人發表的內容，真的是大人自己發現的嗎？我覺得有必要查清楚……」

「……妳說什麼？」

「！」

又被瞪了，比先前更用力。

好可怕，快失禁了。

腿抖得好厲害，比平常還厲害。

「如、如如、如同各位所知，佩薩利草是我這樣身分卑微的人才會碰的東西，和各位貴族距離很遙遠的。」

「所以怎麼樣？」

「就像先前這位精、精靈小姐那本書的書名那樣，這個研究的前提如果是要給貴族飲用，恐怕會受到不小的排斥……」

「不懂就少多嘴。佩薩利草是學校裡常用的試劑，見到它而想要拿它作研究對象，一點問題也沒有。只要是真正的魔道學者，就算是貴族也不會抗拒才對。」

他說得好肯定。

我完全不知道這種事。佩薩利草這種東西，我家院子角落也有長。每天早上在我爸剛起床第一泡特濃的尿底下婆娑起舞，就是佩薩利草在我家的定位。

關鍵字就是濃。濃醇香的濃。

我到底在想什麼啊，嚇到腦子都亂了。

「呃，那個，可、可是……」

這樣反而讓南努翠大人鎮定下來了。

啊啊，我果然是個蠢蛋。

田中先生一定會秀出漂亮的一手吧。

不會錯的。

我有這種預感。

「難道妳想說她的研究是抄襲嗎？」

「…………」

「法連大人，這位女僕是什麼人？」

果不其然，恢復鎮定的南努翠大人要責問我了。嘴邊還帶著淺淺笑意，真是太可恨了。

「她啊，怎麼說呢，是我朋友的女僕。」

「也就是說她跟外表一樣，就是個平民吧？」

「……嗯。」

「我作夢也沒想到自己會有被平民否定研究成果的一天呢。法連大人身為學校理事，應該不會坐視我平白蒙受這樣的屈辱吧？還請您給我一個公道。」

「嗯，我明白妳的意思。」

「既然大人您都這麼說了，那可以把這個女僕交給我處置嗎？她穿的是學校的女僕制服，理事長自然有裁奪的權力，懇請理事長同意。」

法連大人的視線在我與南努翠大人之間來去。在龍小姐背上亂晃還比現在好多了呢，全身都猛噴汗了。

再見了，這個世界。

再見了，平民人生。

「妳說得確實有道理，不過這個女僕身分有點特殊，不能只憑我一己之意定奪。我絕不會忽視妳的要求，只是要請妳稍等一段時間。」

「是、是誰面子那麼大，連大伯爵法連大人都不能獨斷……！」

「詳情一時間無法說清，但我法連以學校理事身分向妳承諾，絕不會忽視妳身為學校教師的訴求。」

「既然法連大人都這麼說了，我會等的。」

「委屈妳了。」

「哪裡。只是過去侮辱我研究成果的平民，被我施了鞭刑並拖行遊街，希望大人能由此了解這對我來說是多大的屈辱。」

「噢、嗯……」

法連大人該不會是在保護我吧？

是這樣的吧。

他肯定是因為田中先生才這麼說。

其間沒有我的存在。

「…………」

感覺好不甘心喔。

我因田中先生的影響而失敗，卻又因田中先生的影響而得救。

對，我好不甘心。

好不甘心。

田中先生，我好不甘心啊！

「現、現在是怎樣？」

精靈小姐因為氣氛變化而慌張起來。突然間手忙腳亂，一下看這邊一下看那邊，視線在其他人身上跑來跑去，最後圓場似的說：

「我不曉得現在是什麼狀況，總、總總之今天就在、在這結束吧……」

她為什麼能慌得這麼可愛啊。

我可是腳抖個不停耶。

＊

【蘇菲亞觀點】

法連大人替精靈小姐和南努翠大人安排的會面就這麼結束了。但因為有個平民頂撞了貴族，最後不歡而散。

後悔使我自責不已。

我怎麼會這麼口無遮攔呢？

可能是因為最近經常和身分比我高很多的人一起行動，害我忘了自己是誰了吧。尤其是跟田中先生在一起會覺得自己高人一等。

以為自己也能做出驚天動地的事。

「對魔導一無所知的人竟敢質疑日夜鑽研魔道、力求精進的人，我身為學校之長可不能等閒視之。更何況對方是貴族，而妳只是平民，至少要有挨幾十鞭的心理準備。」

地點依然是學校的會客室。

南努翠大人和精靈小姐都已離開，只剩三個人。

法連大人、龍小姐和我。

「……知道。」

「不過你畢竟是他的女僕……」

這次狀況和先前田中先生跟艾絲特小姐在學校餐廳救我不一樣，完全是我自作自受。更何況對方還是在學校教書的優秀學者兼貴族呢。

愈想心跳愈快。

「妳到底為什麼會說那種話？」

「沒有啦，那、那個……我……」

法連大人正面盯著我看。

那張臉原本就很恐怖了，現在更是暴增八成。

「快說！」

「遵、遵命咿咿！」

我就坦白說了。

徹徹底底全部說出來。

「之之之、之、之前有一次，我需要到學校校舍去

一趟，結、結果當時在那位大人的房間外面，聽到了那位大人的聲音。當時聲音說的，那個……就是我剛才說的那樣……」

「妳說的是實話嗎？不是想推卸責任而說謊吧？」

「我、我不敢有那種想法！」

我從沙發上站起來鞠躬求饒。

「那真的、真的是南努翠大人的聲音！」

「妳有證據嗎？沒聽錯嗎？有看到對方長相嗎？」

「我，那、那個，沒有可以當證據的東西……」

「南努翠可是個很努力的女人，不會做偷雞摸狗的事。再加上她是平民商人出身，做事細心。從她的背景來看，我認為她做這種研究是很自然的事。」

「…………」

頭、頭都抬不起來了。

一想像他接下來會說什麼話，我就怕得不得了。只能保持鞠躬的姿勢，繃緊全身撐下去。汗水鼻水淚水，全身的洞都有水跑出來。真的濕得亂七八糟。

的確，我沒去看對方的長相。聲音的部分也可能跟我當初聽見的不一樣。應該說，根本就不一樣吧。這麼說來，我真的闖下大禍了。

對方還偏偏是貴族。可怕的貴族。

啊啊啊啊！

啊啊啊啊啊啊啊啊啊！

不曉得究竟僵了多久。

法連大人低聲說：

「無論如何，這件事要等他回來以後才能決定。」

「……田、田中先生嗎？」

我稍微抬頭，斗膽出聲。

「對。」

「…………」

果然還是要田中先生。

還是要他呢。

當然，我不認為自己能超越他的地位。

連並列都沒機會。

不過至少同為平民，讓我忍不住想追逐他的背影。

就只是這樣一點點的奢望。

而強出頭的結果，就是落得今天這個下場。

「可是這麼一來，就要加快速度找出他的下落才有得談。他到底上哪去了？以他飛行魔法的水準而言，不在城裡也不奇怪。不會跑到暗黑大陸去了吧……」

法連大人開始喃喃自語。

「…………」

我只能默默看著他。

要是找不到田中先生，我的小命是不是就能保留下去呢？那麼田中先生，拜託，拜託你來一段橫跨世界的大旅行吧，算我求你了！

而事情就在這時候發生了。

會客室門外有聲音傳來。

「法連大人，查到田中先生的下落了。」

太快了吧！

為什麼要查出來啊！

「什麼？進來！」

法連大人激動地對門大喊。

房門隨之開啟，走廊邊上的人現身了。一個像是學校的職員，中等身高中等身材，制服沒什麼特徵，大概和我一樣是平民出身。

而他身旁還有一個身材高大的男性。雖然身高差不多，但是在見過岡薩雷斯先生後，我也不由得覺得他瘦弱。因為肌肉量差很多吧。外表像是替國家服務的官差。

「這位低階公務員說他在田中先生離開卡利斯之前見過他。」

「承、承蒙引薦，小的萬分榮幸。法連大人的種種豐功偉業，小的在市井也常有耳聞……」

「廢話少說，你是什麼人？」

「非常抱歉！」

官差極為緊張地鞠躬謝罪。

「我、我是在田中領地服務的公務員，名叫諾伊曼！」

「……田中領地？」

他的話剛脫口，法連大人就懷疑地挑眉。

「是……！」

「那是什麼？跟他有關係嗎？」

見到大人的反應，官差的臉都嚇僵了。

帶他來的職員急忙幫腔。

「法連大人，您還沒聽說嗎？田中就是最近幾天成為宮中話題的平民男爵啊。陛下最近賜了土地給他，和費茲克勞倫斯子爵一起成為了時下的話題人物。」

「……原來如此，理查的女兒真的那麼做了嗎？」

「您、您真的都沒聽說嗎？」

「我最近都在忙學技會的事，而且我不喜歡王宮那些權謀術數，所以才會錯過這種新聞吧。沒想到事情會發展成這樣。」

「辛苦大人了。」

法連大人眉頭深鎖地用右手捂住臉。

隱約有種出糗了的感覺呢。

說不定法連大人就是太熱衷於魔法，才會把自己搞得這麼辛苦。然後我的存在又把田中先生這個要素扯進來，才會發生一堆亂七八糟的事。

一這麼想，就覺得好對不起他們喔。

「所以田中到哪去了？田中領地在哪裡？」

法連大人質問瘦弱官差。

他非常惶恐地回答：

「回、回大人的話，田中男爵已經到他的領地去了，地點就在佩尼帝國之前交戰的拉吉烏斯草原。經過這場戰鬥，那裡成了我國的領土。」

「……拉吉烏斯草原？」

「是。」

「你是在耍我嗎？那種地方能做什麼？」

「小、小的萬萬不敢！陛下賜給田中男爵的領地，真的就是拉吉烏斯草原，這是千真萬確的事！小的自己也為了協助男爵，根據這個事實辦理了各項手續。」

法連大人的臉色更難看了。

差爺的臉鐵青得跟什麼一樣。

職員看不下去，從旁協助。

「法連大人，這位官差說得的確是實話，田中男爵獲賜的領地真的是拉吉烏斯草原。之前提到他成為宮中話題，主要也是這個緣故。」

「……這樣啊。」

房裡的氣氛糟到不行。

緊繃得要命。

好想就這麼跳出窗戶摔死算了。

鞭刑跟斬首好像都很痛。絕對很痛。

「陛下到底在想什麼……」

法連大人重重嘆息。

「狀況我明白了，你們都下去吧。」

「是。」

「謝、謝大人！」

職員動作頗為熟練地敬禮，官差卻還是渾身僵硬，非常畏縮地告退，形成強烈對比。兩人就此一前一後離開會客室。

門碰一聲關上。

腳步聲迅速遠去，再也聽不見。

就在這之後，法連大人長嘆一聲。

「拉吉烏斯草原距離首都有幾天路程。如果能早點發現，就能先派傳令過去了。他的動作真是快得令人難以置信啊，一不注意就跑遠了。」

以前田中先生也對法連大人有過同樣的感嘆，這就是所謂的物以類聚吧。心裡覺得有點溫暖。不對，我是在溫暖什麼啊？

都自身難保了還想這種事。我是不是該認真考慮逃到國外呢？吃幾十下鞭子是很慘的事，有的地方肉都要被削到見骨了。聽說很多人還沒打完或一打完就死翹翹了。

『怎麼，他又跑到哪裡去鬼混啦？』

龍小姐突然這麼說。

她竟然從頭到尾都沒說話，只顧吃點心。

「嗯，是這樣沒錯。」

『哼！老是東奔西跑，真是閒不下來。』

「…………」

法連大人看著她，好像想到了什麼。

赫然張大眼睛，開口說：

「慢著，龍的翅膀一天就能飛到那裡了吧？以妳強壯的翅膀，從拉吉烏斯草原飛到多利庫里斯也不用半個時辰嘛？」

『怎麼？該不會連你也了解我的翅膀有多厲害了吧？我的翅膀可是壓倒性地強大，連他都能輕鬆超越喔。』

「是、是啊，我最近開始了解到了。」

『是嗎是嗎！你看了那麼多次，也沒有白看啦！』

龍小姐突然好開心的樣子。

她喜歡被人稱讚嗎？

「……所以有件事，我想跟妳商量一下。」

『商量什麼？』

「能請妳帶我去找他——找田中嗎？」

『……啊？』

法連大人，你未免太急了吧。

「那對我們來說肯定是不可能的事，無非是憑古龍的優異雙翅才能達到的極致速度。」

『所以怎樣？又想使喚我啊？』

「如果能辦好這件事，那個人一定會非常感謝妳。這我能向妳保證。至少以後會凡事敬妳三分。」

『……是、是喔？』

龍小姐的眉毛抽動了幾下。

「妳願意幫這個忙嗎？只要到拉吉烏斯草原……就是之前打仗的草原，或是到多利庫里斯城，告訴他女僕有危險就行了。」

『想要在這麼短的時間來回那片草原，憑人類是不可能的吧。啊啊，是有我的翅膀才能辦到的吧。他也承認過了，肯定沒錯。』

「能拜託妳幫這個忙嗎？就靠妳的翅膀了。」

『哼！你們人類就只有在這種時候說話特別好聽。』

「有困難嗎？」

『好吧，現在是抓住他弱點的大好機會。』

「真的嗎？」

『我就用這雙強大的翅膀飛過去！』

「唔、嗯，太好了。」

龍小姐一副心花怒放的樣子。

先前法連大人說過，古龍這種生物非常長壽，頭腦還遠比我們人類聰明。經過這幾天的相處，我也在各種對話之中感受到了這一點。

這樣的生物還願意配合我們，是因為受到田中先生的影響嗎？還是她長年都是獨來獨往，一直很想和其他生物交流呢？

無論如何，龍小姐不再安分，變得雀躍起來的樣子實在可愛到讓人傷腦筋。如果不定期看看她那巨大的模樣，第一次見到她那時感到的威嚴好像會從我心裡逐漸消失，好恐怖。

不不不，現在不是想這種事的時候。

我也應該求她用那雙翅膀幫幫我吧。

感覺請她偷渡我到鄰國去才是正確答案。

＊

開始建城以來不知過了幾天。

最先做的城牆裡面沒空間蓋房子了，所以我現在在外面擴建，步調很快。為了擴充版圖，我這幾天連睡都沒睡。

但不知這股興奮是怎麼回事，我一點也不覺得辛苦。

「又蓋出一間漂亮的澡堂啦……」

我眼前的是高四層樓的新建築。先前都是兩樓高，所以它是目前最高的一棟。每層都有樓梯可供上下，該有的水道也沒少。

成就感不是蓋的。

純石牆製。乍看之下好像RPG裡會有的塔。由於全是石頭，看起來有點單調，晚點再請岡薩雷斯裝飾裝飾，這樣就夠耐看了吧。

「……好，下一間。」

我的心神往下一次建造移動。

這時，有道爽朗的聲音傳來。

「喂喂喂，這附近昨天還只是平地吧？」

岡薩雷斯穿過圍牆正門出來了。

身邊還有幾個應是團員的猛男。

「我想繼續擴大整個遊樂園的面積。」

「……你認真的？」

「是啊，真的，不過你跟各位團員的工作量也要因此加重。不好意思，這一個月就好，能請各位忍一忍嗎？」

「哎，這種事不算什麼，問題是你自己吧？」

「我嗎？」

「你不是從早到晚都在用魔法嗎？我問過我們的魔法師，他說那是很不尋常的事耶。連續用那麼多魔法，正常人都要口吐白沫暈倒了。」

「喔……這個，怎麼說呢，魔法方面的事就不用替我擔心了。」

「是嗎？好吧，是你自己說的，那就這樣吧。」

「對了，找我什麼事？」

「對對對，有事沒錯。我們把你要的東西帶來了。」

岡薩雷斯使個眼色，他身邊的猛男就把懷裡的大皮袋重重擺在我面前，裡頭裝滿了紫色小固體。

太棒啦，是我要的沒錯。

黃昏戰團很行嘛！

「謝謝各位，的確是我請各位做的那樣。」

「佩薩利草的色素是吧？你拿這個要做什麼？」

「答案會在今晚泡澡時揭曉。」

「泡澡？你想對浴池做什麼啊……」

之前我在學校的考試中即興精鍊出了佩薩利草的粉末固塊，現在請黃昏戰團的巧手組量產出來。原料到處都能採，只要用石牆術做一些爐子給他們處理，後面就簡單了。

「這個東西，可說是這場計畫的核心啊。」

「好吧。只要是你說的，我相信一定不會錯。」

「真的非常感謝你這麼相信我，也謝謝各位的幫助。」

「那麼，我們回裡面施工啦。其實這種事做起來還滿好玩的。雖然我們這些冒險者都不習慣做這種事，可是用自己的手建立一座城鎮的成就感實在會令人上癮啊。」

「好的。接下來的日子，也請各位多多關照。」

「沒問題，包在我們身上。」

岡薩雷斯就這麼帶著團員返回屋舍連綿的區域。

目送他背影離去後，接下來是灌治療魔法的時間了。

「好……」

我面向裝滿佩薩利草色素丸的皮袋，準備放魔法。

上次是丟進水裡溶開再做這一步，所以現在有點怕，但事情總要試過才知道。塊狀方便運輸，商品價值也比較高嘛。

手朝前方像汽水糖的東西一伸，施放治療魔法。

一次、兩次、三次。

一放再放。

不停地放。

放到第八十七次，袋裡湧出光輝。

先前對佩薩利草活株需要放到上百次，現在次數少了很多。這是因為所謂的蓄魔量不同的關係吧。用卡斯果將粉末固化明顯有影響。

接下來用水溶開之後再次實驗，而這次次數更少。

經過幾次測試，確定平均會減少二十次左右。不曉得這一溶一固的程序之間究竟起了什麼作用。

說不定請教超級鍊金術師艾迪塔老師之後會找出一些頭緒。不過考慮到運輸和保存方便，即使附魔要多花點力氣，還是以塊狀保存比較好。

「…………」

但無論如何，就一般而言，這東西實在不實用。

為了讓溫泉泡起來舒服，需要連打八十七次足以治癒瀕死重傷病的魔法也未免太奢侈了點。以這世界對治療魔法的供需關係來看，想必是一大浪費。

「管他的。」

說來說去都是為了五十枚金幣。其實我對墮入奴道成為艾絲特寵物的結局非常感興趣，很想用雞雞竭誠服務，不過那是最後的手段。在絕望之後的快樂。

現在就進取一點，努力奮鬥吧。

不是抄岡薩雷斯，但建城真的比我想像中還好玩。

「入浴劑就先這樣吧，房子不再多蓋一點恐怕會來不及……」

目前還差得遠呢。

浴池面積整個不夠。

我想做更壯觀的路，再多幾座廣場也可以吧。需要餐飲店解決民生需求，以及各種不同等級的旅館。這些建築用上雙手雙腳都數不完，不過想像遊客會需要什麼並不費力。

「石牆術————！」

再來蓋旅館。

為了讓亞倫可以放心瘋狂亂交，牆壁要蓋厚一點。

*

【蘇菲亞觀點】

自從日前學技會那件事之後，我胸口就痛得不得了。全身緊繃無法放鬆，晚上也睡不好覺。不管做什麼，心裡都七上八下，很容易顧此失彼。腦袋裡，滿滿都是焦慮和恐懼。

「…………」

我正在學校宿舍的餐廳，享用貴族的晚餐。

這原本應該是極為幸福的時光。

可是今晚，不管吃什麼都沒滋沒味。

「……我不想死。」

腦中浮現的全都是自己的淒慘下場。

注意力不自主地投注到手上的金屬餐具。明明忍住就沒事了，但一旦起了念頭，堆積在心裡的恐懼就一發不可收拾。我這麼做或許是想抒發壓力吧。

我起身離開餐桌，走向廚房。

開爐生火，將手上叉子尖端伸進火焰裡。稍待片刻，表面泛起微微紅光。用丹尼礦製成的餐具很耐熱，不會這樣就融化。

等到手拿的地方開始覺得溫熱以後，我將叉子抽了回來。

「…………」

這只是十足加熱過的叉子。伯父是被比這更熱、更硬、更粗的金屬棒插進全身的洞。那究竟有多麼痛苦呢？無從得知。

我不經意想起先前田中先生在沛沛山和龍小姐的戰況。平時他一副雲淡風輕的樣子，讓人自然而然就忘了他當時遭受非常淒慘的待遇。還曾經整個人燒起來呢。

那麼，我是不是也能稍微忍耐一點呢？

「…………」

我將叉子慢慢按到手背上。

「！」

感到金屬的堅硬之後，炙熱帶來的痛苦緊接著使我全身發顫。

手背還發出細小的滋滋聲。

同時我不禁鬆手，叉子鏗一聲掉在地上。我痛得完全無法多想，屈膝蜷身，想保護燙傷的手似的當場跪下。

結果好死不死，膝蓋壓在掉落的叉子上。

「啊咿咿咿咿咿咿！」

燙了又燙。

燙得我都打滾了。

抱著手背和膝蓋縮成一團，滿地滾來滾去。我到底在搞什麼啊，未免也太蠢了吧，太蠢了啦。這樣才不是悲劇，根本是喜劇。

然而我自己還是非常苦惱的。

「啊啊！啊啊啊啊……」

好痛喔！

痛死我了啦！眼淚都流出來了！

「嗚嗚……嗚嗚……」

這比想像中痛太多太多了。

手和膝蓋都在抽痛。

不然呢？

在家裡幫爸爸時，我也在廚房燙傷了好多次，每次都非常痛。根本不需要特地試，燙傷就是又痛又難受。

而我要死的時候，一定比這還要痛更多更多。

「…………」

全身抖個不停，燙傷的皮膚陣陣傳來難受的痛楚。

現在的我已經墮落到會面無表情地做這種難受的事了。假如前天的我看見這一幕，一定會哈哈大笑吧。

可是這就是現實。

「我、我不想死……」

後悔使我自責不已。為什麼、為什麼我要去頂撞貴族呢？一想到這個問題，各種情緒又一舉湧上，讓我做不了任何其他的事。

如果全身都遭到這樣的痛苦——

光是想像，我就好想先給自己一個痛快。從宿舍窗戶跳出去，好像會死得比較輕鬆。對，這樣的未來對現在的我來說一定好得多了。

「…………」

悔恨輸給了恐懼。

這就是所謂的喪志嗎？

都快壓垮我了。

尤其是一個人的時候。

我什麼也沒做，就只是看著手背上浮凸的叉形燙痕發呆。這痛楚是那麼地鮮明，愈發刺激我的不安。這一定會留下疤痕吧，我真是太傻了。

可是死掉以後，就不會再有以後了。

逃跑吧！

就趁今晚，丟下一切。

「…………」

先前獵龍分到的賞金還留下一大半沒花。只要能跑出佩尼帝國，辦法就多得是了吧。

也許是這種投機的想法並不好，房裡突然出現別的聲音。

「我回來了！蘇菲亞在嗎？」

是艾絲特小姐。

她活力充沛的聲音傳了過來。

她也有一把鑰匙，可以自由進出田中先生的宿舍。平常我一聽見她的聲音就會衝到玄關迎接，但今天連這樣的力氣都拿不出來。

喪志的人就是這麼沒力氣。

「蘇菲亞！蘇菲亞？她不在嗎……」

噠噠噠的響亮腳步聲來到客廳。

她的臉從敞開的門往廚房裡張望，當然，我癱坐在地的樣子也全被她看見了。這麼丟死人的樣子，原本是絕對不能讓她看見的。

坐在地板上實在很沒規矩。

不過，我也沒有站起來的毅力。

「……蘇菲亞？妳怎麼了？」

「沒、沒什麼……」

「哪裡不舒服嗎？喂，妳還好吧？臉色很糟耶。」

「我還好，不好意思……」

被問這麼多之後，我才總算站起來。

見到我這些反應後，艾絲特小姐懷疑地問：

「妳的手怎麼了，燙到了嗎？」

「！」

我急忙把手藏到背後。

「給我看一下。雖然我沒有他那麼厲害，但至少會用簡單的治療魔法。只是小燙傷的話，我可以幫妳治。」

「不用，我、我沒事！請別在意！」

「會藏就不是沒事吧？給我看看。」

「可是……」

「這是命令喔。」

「嗚……」

平民這種生物就是很怕這種話。

對方畢竟是貴族。

我只好將燙痕現給艾絲特小姐看。

「……妳這是怎麼弄到的？」

「沒有啦，那、那個……」

「這燙痕也太不自然了。」

「…………」

燙痕這麼特殊，的確是無從狡辯。

手背上有一條條跟叉齒一樣多的線。

「該、該不會是跟我之前那樣，有歹徒跑進來吧？」

艾絲特小姐的眼睛立刻吊起來。

可愛的臉龐轉眼間多了點強悍。

「不、不是那樣！您多慮了！」

「不然是怎樣？」

「這個嘛，我，那個……」

「不能告訴我發生什麼事嗎？難道說我們的交情並沒有我認為的那麼深嗎？這樣的話，我會很傷心的。」

「…………」

艾絲特小姐好溫柔，這樣放下身段來關心我。

可能是我太害怕太害怕太害怕，想的念的都是怕，所以一見到援手就忍不住去抓了吧，我真是卑賤的生物。我明明很討厭這樣的女人，結果我現在卻變成了那種人。

這也是我憧憬田中先生的原因。然而甫一回神，我也只是個悲慘的平民女孩，無恥地對艾絲特小姐一五一十說明昨天經過。當初使我頂撞貴族的氣概蕩然無存，怎麼會有我這麼醜陋的生物呢？

心裡想的和實際做的完全相反。

但是，艾絲特小姐仍靜靜地聽我說話。地點在客廳，艾絲特小姐還親自替我泡茶呢。我實在是太感動太感動，說著說著眼淚就流下來了。

告一段落之後——

「好像在哪聽過……應該說，是實際見過的事。」

艾絲特小姐稍微壓低聲音喃喃地說。

「……咦？」

「那個貴族叫做莉迪亞．南努翠沒錯吧？」

「是、是的，沒有錯！」

「是嗎？」

她閉上眼睛，尋思片刻。

我注視著她，乖乖等待下一句話。

「這件事或許沒有先前那麼容易解決。學技會是法連閣下在管的，那個貴族也是。況且支持妳行為正當性的，就只有妳的證詞而已。」

「……是的。」

「我也不想冒犯法連大人。畢竟是學校裡的事，他又已經做出判斷，基本上是不至於才對。雖然他對魔法的價值觀有點偏差，可是我不認為他會因為妳的身分就做出錯誤決定。」

「…………」

連艾絲特小姐都這麼說。

看來我是真的只能逃到國外去了。女人單獨流浪非常危險，恐怕也是九死一生，但總比必死不生多了那麼一點希望。

就這樣，我為以後該怎麼辦想了一大堆。

結果艾絲特小姐接下來講的話將那全都打散了。

「不過我相信妳說的話。」

「艾、艾絲特小姐？」

「既然是妳聽到的，就跟我自己聽到的一樣。」

「……那個，這、這樣好嗎？我只是一個平民……」

「妳是平民是事實沒錯，但也是我的朋友不是嗎？」

「！」

「朋友有難，兩肋插刀不是常理嗎？」

「謝、謝、謝、謝謝艾絲特小姐……」

艾絲特小姐人好好喔！

無與倫比。

都快愛上她了啦！

涙水鼻水這些汁汁水水的東西都流得亂七八糟了。

「而且妳的話讓我想到一些事。」

「艾絲特小姐也知道些什麼嗎？」

「可以多告訴我一點學技會上的狀況嗎？」

「知、知道了！」

在艾絲特小姐的指示下，我盡可能仔細描述前天發生的事，以及學技會的發表。儘管有很多我根本就不懂的事，不過這是生死問題，我拚了老命去說明。

就這樣，鞭刑宣言後的第二晚過去了。

＊

我對岡薩雷斯展示了佩薩利草入浴劑的成效。

結果有個黃昏戰團的團員泡得太爽，在浴池裡抖了幾下，射了。同池的人全都嚇得落荒而逃。

效果十分顯著。

「……泡這種溫泉，搞不好會上癮啊。」

「能得到岡薩雷斯先生這樣的讚美，好像距離目標又前進了一步呢。」

「話說，那個，怎麼說。我們會負責把弄髒的浴池清乾淨的。」

「真不好意思，那就麻煩各位了。」

「好……」

繳械犯被岡薩雷斯狠狠打趴，搬到樓上的休息區躺了。我們移動到其他樓層，換個池子繼續享受泡澡時光。

每個澡堂和浴池都有自己的特色，這裡在泉源裡摻的普通水比較少，所以溫度比洨池高一點。我計劃以這類方式增加浴池種類，好讓遊客盡可能久留。

「抱歉讓各位多等了一會兒，不過這樣大致上可以了解我的想法了吧。」

「是啊。有這麼棒的浴池，月底前要賺五十金真的不是夢啊！」

「真的。」

如果有美少女陪泡就沒話說了。

只可以來拉吉烏斯草原出差的黃昏戰團團員全都是貨真價實的肌肉猛男，無一例外。拜託饒了我吧。聽說女人小孩都留在多利庫里斯訂購、整理物資，其實是全團動員吧。

多虧了他們，進展很順利。

但另一方面，缺乏到不行的異性身影讓處男心飢渴到不行。假如在這個狀態下被艾絲特一抱，我可擠不出任何忍得住的自信。八成會立刻抱回去，把她每一顆牙齒舔得乾乾淨淨。

「可是就現況而言，相對於整體規模的變化還是不夠豐富。」

「浴池這麼多了還不夠啊？我們的人都滿意極了耶？」

「浴池是加蓋得很順利，不過現在只有差在溫度和入浴劑的濃度而已。如果更能突顯出每座浴池的不同，應該會更耐玩才對。」

「這樣啊，的確有道理。」

「在我的家鄉，還有摻了酒的酒池，或是跟香噴噴的果實一起泡的水果池，可以讓我試試看這種的嗎？當然，費用可以從我之前給你的錢包直接拿。」

「哦？你家鄉還有這種浴池啊？」

「每種都很舒服，難分軒輊喔。」

「既然這樣，好，我明天就去打點。」

「那就麻煩你嘍？」

「我也做得愈來愈有興趣了呢，包在我身上。」

「謝謝，有你真是太好了。」

好，這樣就能多少充實一點這座設施的遊樂機能吧。

黃昏戰團外表看起來完全是肌肉腦，卻也在這一連串建城工程中發揮出令人讚嘆的才幹，整個丟包給他們的裝潢作業也做得頗為精緻。我做門窗完全沒在管規格，而他們卻一一訂製分毫不差的門板安上，讓我都覺得慚愧了。真的專業。

原本開拓這個暫時的遊樂設施，只是為了度過未來幾個月的難關，不過看樣子好像真的能在近期內打造出一座功能完整的城鎮。因此，我也能放鬆心情，讓房子一間一間地冒出來。照這進度看來，每天能有幾十間。

「那麼明天就照這樣去做吧。」

「沒問題。」

這幾天，泡澡開會成了慣例。

當我們告一段落，抬起屁股要離開浴池時——

「田、田中先生！有客人來了！」

有個黃昏戰團的小夥子衝進澡堂來。

而且叫的還是我的名字。

「……你說客人？」

「沒、沒錯，是一個穿得像貴族的小孩，可、可是她，一擊就把我們的人……」

「…………」

穿得像貴族的小孩，又能把岡薩雷斯的團員一擊打趴，想得到的就只有那一個。但她應該在首都卡利斯陪魔導貴族才對，怎麼會跑來這種窮鄉僻壤？

不，多想還不如直接問來得省事。要是不早點制住她，搞出問題就麻煩大了，萬一出人命更是難笑。與黃昏戰團維持友好關係，對田中領地來說是第一優先。

「知道了，我馬上過去。」

「其實，那、那個她——」

『走開，少擋路。快給我滾！』

「嘎……！」

小夥子飛走了。

好像是背後捱了一腳，畫出拋物線飛過空中栽進浴池裡。嘩啦一聲並激起好大的水柱，噴濕了池裡所有人的臉。

同時，有個人走進澡堂來。

「……克莉絲汀小姐。」

我就知道。

『這是什麼地方？又濕又熱……真不舒服。』

一來就擺臭臉給我看。

這傢伙還是一樣囂張。

我隱隱看一眼被她踹飛的小夥子。啊，太好了，沒死。ＳＡＦＥ。還有反應。雖然在抽搐，只要活著就有救。真是太好了。

「找我做什麼？」

我放個治療魔法過去並開始對話。

『你在這種地方做什麼啊？』

「如妳所見，在泡澡啊。」

不知幸或不幸，下半身有纏腰浴巾守住。

想讓她看又不太想。

無論如何，半裸被蘿莉盯著看，進入勃起程序倒數三十秒。如果不在倒數結束前結束對話返回更衣間，肯定會對此後的任務造成不小的障礙。

『泡熱水有什麼好開心的？』

「人類就是覺得這是很舒服的事。」

現在還加入佩薩利草入浴劑，快感倍增呢！

『……哦？』

「妳那是什麼眼神？」

克莉絲汀眼睛瞇得細細的。

應該是白色的鞏膜一片黑，中央是斑爛的金黃色。這樣氛圍就夠詭譎了，再加上淺笑更是威力加倍。即使體型年幼，我還是受她的女性特徵所吸引，一顆心當場飛揚起來。

有點不甘心啊。

她明明是克莉絲汀。

真想來個濃情舌吻。

『既然你都這麼說了，那就讓我來試試看吧！』

「！」

噗通。心臟用力一跳。

幼女。

入浴。

裸體。

小縫縫。

「等、等一下啊，克莉絲汀小──」

就連艾迪塔老師都不會大方成這樣，期待在心裡膨脹。然而可悲的是這裡還有大批黃昏戰團的猛男在看，我當然不能直接接受，於是開口阻止她。

結果她頭也不回地向前走，然後不知在想什麼，穿著衣服就坐進浴池裡，王八蛋。這傢伙在破壞規矩方面依然是一等一，真是讓人期待破滅的高手啊，克莉絲汀。

這對用力雀躍的死處男傷害甚大。

『唔……』

她一下子泡到肩膀，臉上浮現和人類沒兩樣的表情。

龍形時，她甚至能硬吃我的火球，可是現在的人類軀體似乎敏感幾分。泡進熱水沒多久，眉頭就皺了起來卻又隨即消散，很快就是一臉愉悅。

就是咕唔唔唔唔唔的那種表情。正式名稱不明。

「……感覺怎麼樣？」

我等表情出來以後開口問，而她用變得有點尖的聲音回答：

『！……這、這個嘛，也、也不是不舒服嘛！普通啦！』

看來是非常舒服的樣子。

愉悅還留在臉上喔，蘿莉龍。

「是嗎，妳能喜歡真是太好了！」

『竟、竟然對熱水放治療魔法，你們人類還真是奇怪耶！』

她竟然立刻就說對了我動的手腳。實在沒想到會這麼快就被人破哏，讓我十分驚訝。這該不會早就很普及了吧？也不對，岡薩雷斯沒有提過這種事。

「妳泡這麼一下下就感覺出來啦？」

『哼！沒錯，你說對了！我就是感覺得出來！我可以喔！』

「這樣啊。」

『怎麼樣？很厲害吧？很厲害對不對！我說對了吧？』

「是啊，真的很厲害。妳答對了。」

大概是這隻龍比較特別吧。

就先當作這樣。

『是嗎！很厲害嗎！答對了吧！是吧是吧是吧，我很厲害！像你們這樣渺小的生物和我可是天差地遠啊！』

蘿莉龍一副自滿的嘴臉霹靂啪啦地說。

不過啊，怎麼說呢，她的禮服在池裡飄來飄去，其實比想像中還要煽情，很讚。而且想到那就在伸手可及的地方，手就愈來愈管不住了。

現在是克難時期，就用克莉絲汀將就點，摸個一把再說吧。

「…………」

不、不行這麼做。

這傢伙是魔導貴族的偶像。

我得遵守男人之間的約定。

可惡。可惡。命苦喔。

『……怎、怎樣？幹麼瞪我？想打架啊？啊啊？』

「不是。不好意思，我只是在想事情，沒有跟妳爭的意思。」

『是、是嗎？』

喜悅轉變成威嚇，然後是安心。

這蘿莉情緒還真善變，好奇、警戒和恐懼混在一起，受不了啊。好像在陪小動物玩一樣。樹上的野生松鼠就是這種感覺吧。

『……話說，喂，這些都是你做的嗎？』

克莉絲汀看著浴池和澡堂這麼說。

手還在撈水。

「算是啦，是我和岡薩雷斯先生所率領的黃昏戰團一起打造的……」

『哼……』

「怎麼樣？」

『不怎麼樣。』

「…………」

在這認識不到一個月的時間裡，我發現這隻蘿莉龍在接觸人類世界的新事物時，感情還挺豐富的。看著她興致盎然地看著水面，有個想法閃過腦海。

「如果方便的話，妳願意幫幫我們嗎？」

『……啊？要我幫你們？』

「是啊。妳的魔法那麼高明，我也自嘆不如。假如能得到妳的幫助，這座溫泉城一定能更上一層樓，所以我想請妳幫幫忙。」

『！』

蘿莉龍頓時露出詫異的表情。

隨後臉上泛起賊笑。

『哦、哦？你也要拜託我啊？要拜託我嗎！』

「是啊，克莉絲汀小姐。妳的魔力真的好厲害啊！」

『是喔？是喔是喔。』

「不知妳意下如何？」

『既然你這麼佩服我的魔法，我也不是那麼小氣的龍啦。』

這隻龍也太好哄了吧。

就是這樣才會被我兩三下打發走啦。

『嗯，好吧。我考慮考慮。』

「真的嗎？」

『可是，你是真心認同我的魔法嗎？』

「是啊，我真心的。妳的魔法實在太棒了！」

『是、是嗎！』

隨便多抬舉一下，她臉上就堆滿了燦爛笑容，堆到臉頰都快掉下來了，讓人好想摸摸她的頭。原來克莉絲汀也有蘿力爆發的時候，真是重大的新發現。

所謂捧一下，豬也會上樹。這隻龍不只會爬樹，還是個在各方面都能發揮驚人才華的高手，一定能幫我建城。

現在狀況不由得我囉嗦，就算是龍，能用就得用。

「所以能請妳幫我嗎？」

『既然你都這麼說了，我想想，那就來幫幫你好了。』

「真是太謝謝妳了，克莉絲汀小姐。」

『！』

「克莉絲汀小姐？」

「把我的名字跟感謝的話一起說是吧！以人類來說還算滿有誠意的嘛！」

回想起來，這好像是第一次沒錯。

話說她竟然會記得這種小事，看來她的心思比我原先的想像還要複雜，而且腦袋也不錯。

然而一說起話，她卻是這副鳥樣。這一連串落差，顯然是缺乏人際交流所造成。

「喂、喂，田中先生，這個女孩子是……」

被我晾在一邊的岡薩雷斯開口吐槽了。

還真的沒跟他介紹過克莉絲汀。

「抱歉，忘了跟你介紹。這位是克莉絲汀小姐。」

『……這傢伙是誰啊？』

「我的夥伴。」

『你的夥伴？該不會……』

「應該不是妳想像中的那種夥伴。」

『……這、這樣啊。』

蘿莉龍似乎鬆了口氣。她是完全亂想，以為會威脅到她的火球狂又多了一個吧。

這種有夠可愛的反應，依舊令人又火又愛。

「要是你傷害他跟他的同伴，我絕對不會放過妳。」

『我、我知道啦！你這個人類真的很囉嗦耶！』

「那就好。」

『哼……』

克莉絲汀又亂找個方向別開頭去。

但她還是不離開浴池，可見這裡真的很舒服。

能讓老是數落人類文化與文明的龍喜歡，表示真的值得期待。

「那麼不好意思，今天已經很晚了，就先請妳休息一下，明天再跟我們一起努力吧，可以嗎？這裡沒有法連大人那裡那麼舒服，委屈妳了。」

『沒關係！』

「謝謝妳。」

弄到免費的勞力啦。

＊

當晚，和風臉來到岡薩雷斯的房間。

房裡只有他一個。

我們仍在開拓當中，無法為黃昏戰團所有人都準備一間房。儘管裝潢好的房子都開放給他們住，但他們畢竟是超過兩百人的大集團。

或許是尊敬首領吧，他們讓岡薩雷斯單獨睡一間房。

說不定也是為了方便讓團長和和風臉單獨對話。總之，真是謝謝他們。

「岡薩雷斯先生，有件事想請教一下。」

「嗯？什麼事？」

我找他主要是為了把關於魔力與媒介、魔力藥水的事都問個清楚。小岡是帶隊在戰場上出生入死的人，對這方面的見識應該不少。

「是關於一般稱為魔力藥水的東西……」

他坐在椅子上，細細倒著酒。

那是沒有任何雕飾，造型簡樸的木椅。前面擺了張小巧的桌子，上面有酒瓶和玻璃杯。一個肌肉男坐在這樣的地方喝酒，帥到不行。

實在是令人嚮往的獨酌情境。

「好好好，先坐下再說吧，來！」

「啊，謝謝。那我不客氣了。」

我在房主促請下，坐到桌對面的床上。隨後他遞來空杯，拿起酒瓶豪邁注入琥珀色液體。

雙方輕輕鏗一聲碰杯，大口大口喝。

酒真好喝。

讚。

「所以，你要問魔力藥水什麼？」

「有件事我想事前問個清楚。」

光是在純由水泥圍成，只有些許照明的陰暗石室中說話，就讓他存在感比平時高上五成。一肘拄在桌上舉著玻璃杯的模樣，非常有格調。

這樣喝酒，是中年亞洲人的共同憧憬吧。

和風臉絕對沒那個架勢。

「既然這個世界上有魔力藥水，那有沒有與之相對，可以稱為生命藥水的東西？就是喝了可以治百病，斷手斷腳都能長回來之類的魔法藥劑。」

「喔，我是不時會聽到有人在聊這種祕藥啦，我自己也實際見過一兩次。不過那可沒有那麼容易看到喔，要也是在很難攻入的遺跡深處之類的屎坑才找得到。」

「原來如此。」

果然和我想的一樣，現在是治療魔法掛帥的時代。

那這樣有搞頭嗎？

「在我看來，對魔力媒介灌注魔力，製造魔力藥水是很普遍的事。可是魔力以外，灌注已經有固定效果的魔法，來製造例如治療藥水這種事，在這國家常見嗎？」

「沒有喔，並不常見。」

「不常見是嗎？」

「應該說，我根本就沒聽過。灌治療魔法的話會不一樣嗎？」

「這個嘛，還是要視情況而定……」

「哦？這樣啊。我是沒聽過這種事，至少從來沒看過有誰對藥水放魔法。啊，說到這個，先前那個小姑娘也說了類似的事嘛，該不會那個超爽的浴池就是這樣來的吧？」

「是啊，就是這麼回事。」

太好了，果然不普遍。

這樣佩薩利草入浴劑的銷路就有保證了。

「你說的生命藥水，也就是祕藥，也是有人在猜想是不是從前真的有這樣的技術。但就連學校都市的學會也完全沒聽說過可以證明這點的研究結果。」

「有人在研究啊。」

「是啊，不過到現在都還沒有人合成成功。」

「我明白了。」

看來魔力媒介是只能灌注純粹魔力了吧。我不禁大膽猜想，或許人類的魔法極限就在這裡。這件事，蘿莉龍一直都很清楚。

這表示我可以放心推行溫泉事業了。真的鬆了口氣。

同時還得到了一個新知。只要能開發出可以輕易容納治療魔法的媒介，製造所謂治療祕藥的生命藥水也許不是夢。有空就去找艾迪塔老師談談看吧，說不定會有收穫。

很好，找到欣賞肥大腿和小褲褲的藉口了。

超樂的。

「……你又有什麼計畫嗎？」

「沒有，現在還稱不上是計畫。」

「這樣啊？你下一步會走到哪裡去，我實在好奇得不得了耶。」

「我也沒有想走到哪裡去啦。」

「那個小妹妹叫克莉絲汀是吧？如果她沒說錯，那你就是對這裡浴池的入浴劑放了治療魔法吧？而且還強到皮膚一碰到就能感覺到效果呢。」

「是的。」

「這樣的話，我們也有件事想問你，可以嗎？」

「當然，什麼事？」

和風臉點頭反問後，岡薩雷斯表情有點尷尬，想填補這空白似的將酒送到嘴邊喝幾口。他想問什麼呢？怪異的停頓令人不由得緊張起來。

我也跟著晃了晃酒杯。與上次一樣的香甜從口中穿過鼻腔流洩出去，很是暢快。酒精的作用也讓我逐漸放鬆。

片刻，岡薩雷斯鄭重開口：

「把魔力媒介的製法告訴我們這樣的人，真的可以嗎？」

與過去相比，他的眼神嚴肅了幾分。

看來這對他而言遠比我想像中重要。

「不管怎麼想，那個用卡斯果固化的佩薩利草粉都是很不得了的東西。固化有初階水準，溶水以後有中階吧？我也有見到這個性質的變化。不好意思，我們團裡好奇心旺盛的人很多。」

「不用在意這種小事，就請各位當作是一點紅利吧。」

「團裡的人說，以這樣的成本來說，效能是嚇死人的高。」

「咦，這麼高啊？」

長知識了。我都不知道。

在學校實驗時有點魔力被吸走的感覺，該不會就是因為這個吧。雖然原料和味道會使人排斥，效能本身是無可挑剔也不一定。也就是我的實驗成功了。

回想起來，南努翠老師也完全沒批評魔力的部分。東西一進嘴裡就馬上嘔出來，根本沒時間驗證。的確不是不可能。

不過我完全不懂是什麼起了怎樣的作用才使它變成魔力藥水就是了。

「你該不會都不知道吧？」

「是吧，就只知道能裝一點魔力而已……」

「抱歉，是我不好。也對啦，這個問題本來就不該問你。以你無底洞般的魔力來說，那一點點媒介的確是沒什麼影響吧。就連需不需要魔力藥水都很難說呢。」

「啊，沒有啦，我不是那個意思。」

岡薩雷斯搖頭，不知是誤會了什麼。

但在那之後，繼續是那張嚴肅的臉。

「總之，我們真的可以拿來用嗎？」

「既然你們知道有多少效能，應該也曉得那有多難喝了吧。如果你們還是能接受，那就不用客氣，儘管拿去用吧。只不過，魔力是我灌的這點還是保密比較好。」

「這是當然。」

「謝謝。」

他們知道就知道了吧，也沒啥好說的。

雖然那原本是艾迪塔老師的研究，但也是我加了料才有現在的成效，改天鄭重道歉，請她原諒我就好了吧。

這都是為了成功開拓領地，迴避奴隸路線。

「……你啊，還真是個有意思的男人。」

「是這樣嗎？」

「那還用說嗎？」

無論如何，最大的懸念解決了。

接下來要往土木工程全力投球。

＊

【蘇菲亞觀點】

昨晚和艾絲特小姐談過以後，她直接找我去隔壁房間，甚至讓我跟她睡同一張床。儘管我一再婉拒，但最後還是接受了她的好意。

更令人不敢當的是，她竟然握著女僕的手直到睡著。這讓我的心獲得了無與倫比的慰藉，也開始有點理解梅賽德斯小姐的興趣了。女人之間大概、應該有些超越性別的某種東西吧。

我不禁僭越地認為，艾絲特小姐會非常優待她認為是自己人的人，可是對企圖侵犯她，在她領域外的人，卻又是殘忍得可怕。

如果說貴族就是這樣，那就是這樣吧。這讓我強烈感受到她真的是費茲克勞倫斯家的大小姐。今後，我真的好想全心全意地竭誠服侍她。如果有一天能回報她的慈悲就好了。

這天早晨，我如此重整心情。

「走嘍！」

「咦？那、那個，請問要去哪裡……」

艾絲特小姐等我收拾好早餐便說要外出。我才剛從廚房回客廳，一點心理準備也沒有，嚇了一大跳。

順道一提，我們在艾絲特小姐的房間過了一晚後，在她的要求下回到田中先生的房間吃早餐。途中她還笑嘻嘻地用指尖撫摸著餐桌。

是因為愛吧。能感到她的愛。不才如我，也強烈決定全力撮合他們了。一定要讓有情人終成眷屬。我也就只能回報艾絲特小姐這麼多了。

「去直接找她，看感覺怎麼樣！」

「！」

「她」指的不是別人，就是莉迪亞．南努翠吧。昨晚她接受了我的片面之詞，讓我非常感動，但沒想到今天就要去對質了。

「可是，那個，帶我去找貴族不好吧……」

「我是比她大得多的貴族耶。當我的客人一起去，不會有問題的啦！」

「好、好的！」

堂而皇之說這種話的艾絲特小姐好帥喔。

她平常很少提及自己的身分，卻在這種時候毫不猶豫地拿出自己的家世。這種地方讓同是女人的我都心兒怦怦跳了。

她在學校也很受同性歡迎吧。

希望自己也像她一樣，未免太遙不可及。

「那就趕快準備好……」

艾絲特小姐下指示時，有人敲響了大門。一開始還以為田中先生回來了，不過他不會敲門，應該是訪客才對。

難道是南努翠大人跑來罵人了？一這麼想，我就全身緊繃。和艾絲特小姐對話而頗為平靜下來的心，又暴跳得胸口都痛了起來。

「不好意思，我、我叫艾迪塔，田中在嗎？」

耳熟的聲音從走廊傳來。

是前幾天才一起看學技會的精靈小姐。

找田中先生有事嗎？

「我、我馬上來，請稍等！」

既然是田中先生的客人，我便不能怠慢。

立刻小跑步前往玄關。

背後有艾絲特小姐跟來的感覺。

經過一小段走廊，玄關到了。儘管搬過來還不到一個月，我對這門口已經很熟悉了，熟練地開鎖迎客。

「女僕果然在這啊……那那位是……」

兩人一碰面，精靈小姐的臉就繃住了。

原因是視線另一端的艾絲特小姐。

我也跟著緊張起來，過去兩人見面時的情景在腦海中甦醒。那時艾絲特小姐出現在窗外，讓人好心痛。我非得避免舊事重演不可。

或許是這個緣故吧，艾絲特小姐本人從背後擠進我們之間。

「妳是先前也來過的精靈吧？就是田中的老師，還調配出那個藥的鍊金術師沒錯吧？如果我弄錯，還請多多包涵。」

「……沒有，這樣說沒有錯。」

是打算先發制人嗎？

我在艾絲特小姐和精靈小姐之間看來看去。

應該默默看下去嗎？

「是什麼風讓妳一大早跑過來呀？」

「喔，沒什麼啦……就是，那個，有件事想確認一下。」

「很遺憾，這房間的主人現在不在首都卡利斯。」

「喔不，妳誤會了。我要問的是這邊這位女僕。」

「問蘇菲？」

「對。」

兩人的視線都指向了我。

現、現在又是怎樣？

「如果說『前天的事』，這樣妳聽得懂嗎？不過這位貴族可能就不曉得了。」

「前天那件貴族的事，聽說妳也在現場啊？」

「……妳也知道啊？」

「我也是昨天才聽蘇菲說的。」

「原來如此。」

精靈小姐看看我和艾絲特小姐，表情若有所思。

「我再請教一次，妳是想來確認什麼？別看我們身分不同，我們感情還是很好的。如果要談這件事，我也想一起聽。還是說，有我在會不方便嗎？」

「這、這個嘛……那個，就是……」

大概是在顧忌艾絲特小姐的身分吧。

「在玄關說話不方便，先進來吧？既然是他的朋友，拿東西出來招待也是應該的。是吧，蘇菲？」

「是、是的！」

「……好吧。」

精靈小姐點了頭，女僕便要將客人帶到客廳。請她在沙發坐下後，我將招呼的事交託給艾絲特小姐，趕快轉身進廚房泡茶備茶點。

她到底要問什麼事啊？

光是胡思亂想，胸口、胸口就痛死了。

我很快就在托盤上盛放兩人份的茶和點心，返回客廳，在桌上迅速擺放杯盤。途中，精靈小姐對我瞥呀瞥地問：

「妳……跟這個貴族感情好嗎？」

問這個是什麼意思呢？

想不通。

所以我老實回答：

「對，我們感情很好。」

「……這樣啊。」

艾絲特小姐見精靈小姐點了頭，立刻問話：

「哎呀，不方便讓我聽見嗎？竟然要把我撇除在外，好寂寞喔。」

「…………」

聽艾絲特小姐稍微強勢地這麼說，精靈小姐沉默了一會兒。

最後慢慢地小聲說：

「我是想說妳是那個人的女僕，想幫妳逃出去。」

意想不到的提案出現了。

「咦，那個，是說……」

難道她有安全偷渡的管道嗎？

我只有跟她見過幾次面，都沒說到幾句話。而她卻特地來到宿舍找我說這種事，怎麼說呢，是因為田中先生吧。她剛說的「那個人」三個字，不知怎地在心中激起好大的迴響。

從前幾天開始，田中先生就變得偉大得不得了。

「哼？既然這樣，那我們就是一國的吧。」

「……貴族也會幫平民啊？」

精靈小姐用質疑的眼神看艾絲特小姐。

艾絲特小姐淡淡回答：

「我是蘇菲的朋友嘛。」

「…………」

「不相信嗎？」

「……好吧，我相信妳。」

經過幾許躊躇，精靈小姐點了頭。

盪漾在兩人之間的危險氣氛也消散了不少。

太好了呢。

「妳也有在學技會旁聽沒錯吧，能告訴我詳細經過嗎？蘇菲是告訴了我一些，不過我覺得專家的說法可以給我更詳細的資訊。」

「既然這樣，沒問題，我來告訴妳。」

「謝謝妳的協助。」

精靈小姐也好厲害，對貴族也一樣用平輩語氣呢。該不會是知名鍊金大家之後吧？田中先生也說過，治好公主殿下的藥是她配出來的呢。

就這樣，兩人的對話開始了。

內容很魔法、很鍊金、很專門，我一個小女僕聽得霧煞煞。想跟上自己聽得懂的詞都很勉強，只能挺直背桿，看她們說話的神情。

「……然後這個反應，就是她要強調的東西。這時候……」

「……嗯……原來如此……」

描述的精靈小姐和聆聽的艾絲特小姐都眼神認真地對話。這麼厲害的兩個人為了我這平民誠摯相對的事實，讓我非常感動。

「……用火球烤佩薩利草的色素？……好像在哪聽過這一步呢。」

「嗯。將溶液烤成粉以後，再用卡斯果……」

同時心裡也湧出滾滾歉意。兩人的身分都高得不是我能比，她們把我當好朋友一樣對待，而我卻什麼都幫不了她們，使我倍感惶恐。

我真是個沒用的人。原本不想成為這種女人，結果現在完全就是這個樣子，實在太可悲了。我也會有像她們一樣，幫一個人度過難關的一天嗎？老實說，我想像不出來。

艾絲特小姐問清楚之後，換了一副表情說：

「……哼嗯，原來是這麼回事。」

她是從精靈小姐一連串的說明得到了某些提示吧，低語的同時還深深點頭。昨晚只憑我描述所欠缺的部分，看來都在這一刻補齊了。

都怪我沒有學問。

「這麼回事是怎麼回事？」

艾絲特小姐臉上是滿意的表情。

看得精靈小姐歪起了頭。

「蘇菲，妳的想法並沒有錯。」

「咦，請問那是什麼意思……」

「妳說到佩薩利草的色素時，我就覺得奇怪了。蘇菲亞，妳懂得為主人的權益著想，是一個非常好的女僕。值得自誇喔。」

「咦……那、那是……」

是什麼意思啊？

我還是什麼都聽不懂。

＊

蘿莉龍來訪的隔天，中午剛過沒多久吧。

「……這是怎樣……」

醜男見到立於領地一角的建築物，錯愕得動彈不得。

驚人之處在於眼前高聳的建築物壯觀得遠超乎我想像。

這幾天我猛放石牆術，在奇幻建築這方面累積了不少自信。開始自賣自誇，覺得自己是個天才，鼻子一天挺得比一天高。結果這壓倒性的震撼幾乎要把它連根折斷。

『怎、怎樣啦？啊啊？這麼不喜歡我的作品嗎？』

蘿莉龍似乎誤會了我的反應，馬上就對我吠。

慌忙威嚇。

『人類不是很常蓋這種東西嗎！我、我都知道喔！』

不是那樣啦，克莉絲汀。

正好相反。

「承認這點讓我很不甘心，可是，正好相反。」

『……什麼？』

「這真是太強啦！克莉絲汀。真是太強啦！」

忍不住誇了她兩次太強。

沒辦法，她的作品就是那麼高檔。

『真、真的嗎？』

「是啊，真的。」

『！』

蘿莉龍的臉變得好紅好紅。

看來是樂到不行。

怎麼說，臉頰都軟Q～到另一個層級了。

『是、是是、是是是吧？是吧是吧！因為是我做的嘛！』

「居然可以這麼美，完全超乎我的想像啊！」

『哇哈、哈哈哈！哇咿嗚、呼、咿咿……哇、哇哈哈啊啊！』

妳的哇哈哈卡住嘍，克莉絲汀。

不過此時此刻，我對她的觀感產生了革命般的改變。

為了見識她的土木魔法水準，我給了她領土外緣一塊不算太小的土地。抱著姑且一試的心情，請她用魔法在那裡蓋點東西。

結果驚為天人。

在那幾十坪的空間裡，多了一座非常氣派的門。雖沒有法國巴黎凱旋門那麼華麗的雕刻，但也足以與羅馬尼亞布加勒斯特凱旋門相媲美了。

先前我那些實用本位，完全沒有裝飾的建築是滿滿公元前的味道，而克莉絲汀的作品則是進步了幾個世紀。

我讓城牆凹下去做出的門與這相比，不過就是個開口。

「可以的話，能請妳照這樣蓋下去嗎？」

『哇哈哈哈哈！這個嘛，只要你低頭求我，承認我的能力在你之上，幫你多蓋幾間也不是不行啦！』

「真的嗎？既然這樣，那就拜託妳了。」

我並不排斥對值得尊敬的才能敬禮。

大方地猛一彎腰，整整九十度，標標準準地鞠躬。

這讓蘿莉龍的聲音更加激動。

同時還呼呼哈哈大口喘氣。

這傢伙興奮過頭，引發過度換氣啦。

『呼、哈啊！哈啊！哈！哈哈！那好吧！』

「真的嗎？」

『可是你別忘嘍！要承認我的魔法更厲害喔！』

「好，我不會忘的，儘管放心吧。我也希望這座門可以長期留在我的領地裡。」

『是、是嗎！那就好！很好！我就來幫你一把！』

克莉絲汀氣概萬千地向前進，走路都有風。

我上前仔細觀察她的作品。她多半是用石牆術層層交疊，製造小凹凸增添細節。模型部落格偶爾會有人用膠板做出歷史古蹟，大概就是那種感覺。

也就是方形疊多了，也會變成曲面那樣。

「……糟糕，突然好有鬥志。」

不可以輸給克莉絲汀。

我不是沒做過這類嘗試，只是目前還做不到那麼細的控制，例如做出一整排同尺寸的小突起就非常困難。怎麼弄都弄不整齊。

八成是技能等級不夠，才會連一個紀念性的雄偉建築都蓋不出來。目前頂多只能弄些下水道或熱水管之類的管子。這樣再怎麼也追不上蘿莉龍的境界。

「…………」

只能靠那個了。

來吧，屬性視窗。

名字：田中
性別：男
種族：人類
等級：118
職業：鍊金術師
HP：109400／109802
MP：222550300／222550300
STR：8311
VIT：12211
DEX：14106
AGI：10315
INT：16792130
LUC：67

果然有升級。

是因為這幾天我廢寢忘食地狂放土木魔法吧。可見升級所需的某種經驗值之類的東西，不只能從殺傷生物取得，其他各種活動都會提供。

不過ＬＵＣ的負成長實在很令人在意。

再這樣下去，不久就要衝破零蛋了。

算了，先不管它。

現在重要的是技能點數。

被動
魔力回復：ＬｖＭａｘ
魔力效率：ＬｖＭａｘ
語言知識：Ｌｖ１
主動
治療魔法：ＬｖＭａｘ
火焰魔法：Ｌｖ45
淨化魔法：Ｌｖ５
飛行魔法：Ｌｖ55
土木魔法：Ｌｖ５
剩餘技能點數：５

好，這裡也升了。

那麼事不宜遲，沒什麼好考慮的。

被動
魔力回復：ＬｖＭａｘ
魔力效率：ＬｖＭａｘ
語言知識：Ｌｖ１
主動
治療魔法：ＬｖＭａｘ
火焰魔法：Ｌｖ45
淨化魔法：Ｌｖ５
飛行魔法：Ｌｖ55
土木魔法：Ｌｖ10
剩餘技能點數：０

怎麼樣，土木魔法來到二位數啦。

這樣我土木魔法就能控制得更細緻了才對。雖然還沒有證據，從同時能叫出的火球數量隨等級上升增加來看，應該不會錯。

既然如此，再來就是狂蓋猛蓋了。

承認克莉絲汀魔法比我強並沒有錯，可是我也不想永遠都在她之下。我要做出比聳立眼前的凱旋門更優秀的作品，蘿莉龍氣惱得歪曲的表情暴露在陽光底下。

她不甘心的表情實在好可愛。

好想從背後把拚命地想獲得他人認同的蘿莉龍壓著狂抽猛送。

「拚啦！」

為了夢想中的人龍交，我就再加把勁奮鬥幾天吧。

*

【蘇菲亞觀點】

艾絲特小姐認為，那天南努翠大人自言自語時提到的平民不是別人，就是田中先生。

這樣說的話，也未免太巧了吧。

「可、可是，那個……也有可能是我聽錯……」

「不，我相信就是這樣沒錯。」

地點依然是田中先生的宿舍。

艾絲特小姐、精靈小姐和我在客廳圍著桌子坐，表情嚴肅地面對彼此。

「但就算沒有聽錯，問題也不是那麼簡單。」

「為什麼？」

精靈小姐表示異議，艾絲特小姐沒想到會遭到否定，表情更嚴肅了幾分。拜託，不要吵架，再怎麼樣都不要吵架，求求妳們了。

「他是主動把自己的技術展示給那個貴族看的吧？」

「對、對啊，沒錯。那時候在考試，所以這點沒有問題。」

「那麼，事情就等於是他親手公布了那個技術。無論誰把這個技術拿去發表，其他人也沒有道理責怪他。就算那原本要在發表會之類的場合首度公開也一樣。」

「可是，那一開始不是妳的技術嗎？他是以妳的技術為基礎，再加上自己的發展，結果成品就是那個魔力藥水。這不是我們先前的結論嗎？」

「技術是我教他的。所以以後不管他怎麼用，全是他的自由。」

「……怎麼這樣啊。」

精靈小姐的胸襟真是廣大。

明明自己的研究成果遭到外流，還被別人當作自己的成果公布出去，還說必須接受這個事實。說不定是因為外流的人是田中先生，她才會這麼說吧。

「我不想否定正當的研究發表。模仿別人的行為，結果卻是未曾發表的優秀技術這種事，在這世上比比皆是。因此，學者都會把自己的研究當成祕密。」

「或、或許是這樣沒錯啦……」

「同時對他來說，也表示這個技術不過如此。」

精靈小姐如此低語的表情有點哀傷。

田中先生參加考試究竟是為了什麼呢？

「…………」

艾絲特小姐也不知道怎麼說下去了。兩人的視線垂在腳邊，無言以對，客廳一片死寂。我很想說些什麼來安撫她們，但是一個字也說不出來。

一會兒後，精靈小姐對艾絲特小姐問：

「有件事我想確定一下。」

「……什麼事？」

「他現在人在哪裡。」

「在自己的領地。」

「難道他真的變成貴族了？」

「是啊。現在位居男爵，是我的子弟。」

「……這樣啊。」

我看了看艾絲特小姐和精靈小姐。不難看出她們表情緊繃，進行無言的交鋒。長相都很漂亮，但眼神都有些凶，一嚴肅起來就很恐怖。

精靈小姐和田中先生到底是什麼關係呢？

田中先生都叫她老師就是了。

「算了，他的事就先擺一邊吧。」

「……是啊，也對。」

她們這樣子看得我好緊張喔。

腋下又變得濕漉漉的了。最近衣服濕掉的速度好像快了很多，該不會變成習慣了吧。對少女來說是一大困擾呢，這世界需要汁女嗎？

「社會對研究發表的一般看法，就是我剛說的那樣。但這位女僕說地點在學校教室，為人師表的人做這種事實在很不應該。如果要對外發表，至少也應該用共同研究的名義。」

「對呀！我就是想說這個啦！」

艾絲特小姐大聲回答。

想到她願意站我這邊，胸口就變得暖暖的。

對精靈小姐也一樣。

「說不定嚇唬一下那個貴族會有點效果。」

「嚇唬她？」

「就請我們都認識的人安排一次會面吧。可以的話，盡量找個會有很多人圍觀的地方。這樣我可以從技術上的知識來戳破她。」

「戳破她的目的是？」

「如果女僕說得沒錯，那她的知識應該有漏洞。要是在眾人面前挖出來，就能為她的證詞增加信度。」

「……這樣她就會讓步？」

「應該是吧。」

「那我們就這麼做吧。」

「嗯。」

「那這個都認識的人，找法連閣下沒問題吧？」

「這部分能請妳去辦嗎？」

「當然沒問題。我能做的有限，能做的就儘管丟過來吧。其他能幫的也不多了。」

「謝謝。」

「我不是為了妳喔，純粹是為了蘇菲和他。」

「嗯。」

看來她們談妥了。

聽起來她們好像要鬧得更大，讓我非常惶恐，真的沒問題嗎？事情愈來愈往危險的方向偏，還一個個把人捲進來的感覺強得不得了。

＊

【蘇菲亞觀點】

我們離開田中先生的宿舍，來到先前也來過的學校會客室。這是因為法連大人在學技會舉辦期間，人都泡在會場的緣故。

現在也是利用發表之間的短暫準備時間來會面。

除了法連大人，艾絲特小姐和精靈小姐也在場。兩人並坐一張沙發，女僕我站在椅背後，而法連大人在她們對面。

話說龍小姐跑到哪去啦？聽說她去找田中先生，可是好幾天了都沒回來。龍小姐的翅膀飛得那麼快，往返只要一兩天而已呢。

喔不，別管了龍小姐了，還是關心自己怎麼死要緊。

「妳知道我很忙吧，理察的女兒。」

「是的。我接下來要講的事，對你也很重要喔，法連閣下。」

「……哦？」

艾絲特小姐對法連大人如此聲稱。

有點強勢。

「想幫這女僕說情嗎？醜話先說在前頭，如果想搞無聊的政治操作，我說什麼都不會幫。無論是對妳還是那個人，這一點我是絕對不會讓步。看樣子，妳已經把客人拉進來了是吧？」

法連大人的視線往艾絲特小姐身旁掃去。

「是、是我拜託她的！很抱歉要你在百忙之中跟我們談這件事！」

精靈小姐頗為緊張地對法連大人說。

害她這樣對人低頭，我真的好過意不去。

真的太感謝她了。

「嗯？那好，就說來聽聽吧。」

「謝謝閣下。」

獲得大人同意後，艾絲特小姐開始解釋。內容與先前兩人在田中先生的宿舍所談論的一模一樣。

當然，小女僕只敢在旁邊聽，不會插半個字。

「法連閣下，這學校的教師應該是怎樣的定位呢？」

「怎麼突然問這個？這還用說嗎，教師不僅是魔道中人，也有責任指導願意學習魔道的學生，且全心全意鑽研魔道。在學校，遵守這個原則比什麼都重要。」

「嗯，說得對。」

「妳想說什麼？」

「如果應該指導學生的教師，奪走自己學生的成果還占為己有，你作何感想呢？你不覺得這對魔道的正向發展是種褻瀆嗎？」

「妳說那個教師褻瀆了學生嗎？」

「沒錯。」

「這是怎麼回事。妳今天是找我這個理事來談這件事，要是胡言亂語，縱然妳是理察的女兒我也不會輕饒喔？別忘了做人要對自己的話負責。我應該經常告誡你們，魔道中人只能相信自己的耳目，不能道聽塗說吧。」

「沒錯，所以我要說的正是我親眼所見。」

「妳親眼所見？」

「這位小姐是鍊金術師沒錯吧？我向她詢問了那為名叫南努翠的教師的發表內容，而那和田中在學校考試上的調配過程沒有任何差異。」

「……怎麼說？」

「你是學校理事，考試日程這種大事應該記得吧？前陣子有一場鍊金術的考試，題目是調配魔力媒介，也就是魔力藥水。田中當時調配的成果，和她在學技會上發表的一模一樣。」

「妳不是主修鍊金術吧？」

「我一刻也不想離開他身邊嘛！」

「…………」

艾絲特小姐對田中先生無時無刻都是那麼專一呢，法連大人好像都說不出話了。就在今天這一刻，她的愛比什麼都要耀眼，值得信賴。我也好想談一場這麼熱情的戀愛喔。

「怎麼啦？」

「沒、沒事，我明白妳的意思。」

法連大人清咳一聲，稍稍點頭。

接著又繃起臉說：

「可是妳身為這裡的學生，應該也懂吧。就算妳說的都是事實，配法也是他自己公布的，這怨不得南努翠。既然是自己洩漏了祕密，就該自己承擔。」

「對，這點我也明白。」

啊，這是她和精靈小姐事先預習的事嘛。

有實際幫助真是太好了。

「我指控的不是那件事。剛才不也說了嗎？問題在於教師拿學生的技術當成自己的來發表。法連閣下你自己也說了，學校教師應該要指導學生才對。」

「嗯，我的確是這麼說的。」

「如果加上蘇菲的說詞，不就是違背了這個原則嗎？」

「…………」

我聽見的話，和艾絲特小姐見到的事單獨說出來都沒有意義，要合併起來才有價值。我想這就和做菜時的調味一樣吧。

不過，我這邊的說服力實在是太弱了。

「可是妳有證據嗎？純以妳的證詞而言，應該找得到證據吧。既然是考試上的事，想獲得其他學生的證詞並不是不可能的事。然而，那位女僕是親口告訴我，她說的只是她自己聽見的事。」

「這、這個……」

「人是會犯錯的生物，十足有聽錯的可能。」

「…………」

「可別誤會了，我不是否定妳們的行為。」

「……所以是怎麼樣？」

「假如我認為女僕的證詞可信，那我就會主動負起學校理事的責任制裁南努翠。只是，目前的證據還不夠穩固，不足以讓我這麼做。就算我個人想處罰她也一樣。」

看來法連大人只是不想妄下定奪。原以為他只是在維護同樣是貴族的南努翠大人，但那似乎只是我的偏見。

法連大人果然就是法連大人。

只要有魔法這個尺度在，他就是無比冷靜且公平的人。

因此，精靈小姐在這時候開口了。

「所以我有一個想法。」

她表情非常認真地注視法連大人，如此說道。

「想法？」

「能在你先前邀我去參觀的學技會上，幫我安排一個席次嗎？名目我想想……她叫南努翠是吧？就當是讓我和她面談，這樣就行了。」

「……嗯，原來如此。」

法連大人不知明白了什麼，點起頭來。

是察覺精靈小姐的意圖了嗎？

「怎麼樣？」

「好吧。既然如此，我也要出席。」

「謝謝。」

看來事情討論出一個結果了。

真是太好了。

只是舞台設在學技會這麼一個大活動之中，讓我一個小小女僕很不放心。這樣真的沒關係嗎？都到了這一步，我還是怕得要命，很懷疑自己是不是聽錯了。

「其實這種事還是直接問他最快，他還沒回來嗎？」

「暫時不會回來吧，那邊也是挺忙的。」

「……是嗎？」

艾絲特小姐的答覆，讓法連大人有些沮喪。

這是很稀罕的事呢。

「話說回來，那隻龍又跑到哪裡去了……」

是的，龍小姐也搞起失蹤來了。

＊

【蘇菲亞觀點】

密會法連大人的兩天後。

我和幾天前一樣，又來到學技會會場的貴賓席叨擾。

上次是和精靈小姐和龍小姐一起，今天卻只有我一個人。連公主殿下都不在，真的只有我一個。

女僕裝扮的我受到好幾個同樣是女僕的人各種細心的款待，讓人覺得現在這個狀況好不現實，簡直像一場惡夢。

「……啊，開始了。」

寬敞窗口的另一邊，精靈小姐出現在舞台上。

名義是法連大人在這學技會最後一天臨時邀請的特別來賓。「以自身發明治癒公主殿下的鍊金術師」這麼一條宣傳詞，成了送她上台的充分理由。觀眾席也坐得特別地滿。

而她指定對話的對象即是南努翠大人。

隨精靈小姐從側台登台，她也從另一邊側台出現。雙方走向中央，要坐在設於舞台的椅子上交談吧。

法連大人已經在舞台中央就定位了。

看來這三人要一起聊魔法。

「…………」

即使是沒有學問的我，也不能錯過這次對話。

必須在今天這一刻決定是否該逃到國外去的可能並不是零。應該說，當作很有可能會比較保險。

「我南努翠有這個機會在這麼盛大的場合，與研發出治癒公主殿下那款祕藥的大師對話，實在是感到無比榮幸。」

「哪、哪裡，我、我也很榮幸……」

南努翠大人說著一口流暢的開場白。

而精靈小姐答話的樣子，就顯得有點怪了。

「我是莉迪亞．南努翠。不好意思，能告訴我您尊姓大名嗎？」

「艾、艾迪塔……我是艾迪塔！」

她該不會是緊張得要死吧。

表情好像都快哭了，聲音也在發抖。和艾絲特小姐討論時感覺明明很可靠，現在卻完全是個跟外觀一樣的小妹妹。即使坐在椅子上，腳也在拚命發抖。

「據悉您對我的研究很感興趣。上次遭到不識趣的人打斷，沒能聊到多少，今天能在這樣的地方繼續對話，我真的非常高興。」

「是、是啊，沒沒沒、沒錯！我也很高興！」

由於是最後一天，全場爆滿。還有人沒椅子能坐，只能站著聽講。如此每一個人的眼睛都盯著她看，緊張也是當然的吧。如果是我在台上，一定也是那樣。

精靈小姐，妳太魯莽了啦。

竟然為了我這個傻女僕這樣犧牲自己，真是太感謝妳了。

「這次話題同樣是佩薩利草色素的研究，沒錯吧？」

「沒、沒錯！」

看起來好可憐喔。

我不敢看了。

對不起。精靈小姐對不起。

「那個研究，其實是來自一場意外的發現。」

「…………」

是南努翠大人穩健的台風讓她更慌張了吧。她的腳愈抖愈厲害，而且從大腿蔓延到腰，甚至肩膀都在晃了。

全身皮皮挫。

法連大人看不下去，開口問：

「艾迪塔女士，要是哪裡不舒服，我們改日再說吧？」

「我、我、我沒事！沒事！」

「……那就好。」

「…………」

說不定她比我還要怕上台。

做了壞事的感覺從胸中噴湧出來。觀眾幾乎全是貴族，要是有個萬一，不曉得會受到怎樣的責罰。再這樣下去，好像會讓被害者又多一個，使我擔心得不得了。

神啊，求求祢救救精靈小姐吧，拜託。

「嘶——哈——嘶——哈——」

用幾次深呼吸鎮定心神之後，精靈小姐說道：

「首先，把、把蒸餾過的佩薩利草色素做成粉末這件事，實在是一個很棒的發現。上次我也說過了，這時候要用強光照射，讓色素變質。」

「感謝您的讚美。是啊，之前說『用火球烘烤』是我誤會了。後來我針對這點做了幾次實驗，在這裡向各位報告。」

南努翠大人也有所準備的樣子。法連大人在這時候安排對話，身為貴族的人沒理由不起疑吧。

「接下來，是、是用到卡斯果。這是為了什麼？」

「就只是在實驗當中碰巧混進卡斯果而已。我沒發現，繼續做實驗，結果得到了超乎預期的反應。」

「……這樣啊。」

「然而能注意到這個事實，我認為主要是因為我身為學者的經驗。」

「若單純只是將佩薩利草的色素製成粉末，應該不會有那麼高的蓄魔量吧，所以明顯是卡斯果的效果。詳細原理有辦法進一步釐清嗎？」

「嗯……」

「這、這部分也是我未來的研究對象。」

精靈小姐的眼神多了點力道。

同時那張可愛的小嘴巴繼續說：

「那我就先替妳解釋原因出在喇裡吧！」

「！」

可是她狠狠吃了個螺絲。

好大一根。

那明明會是很威風的一幕，好可惜喔。

「對於卡斯果的用途呢，只要是愛好鍊金術的人，應該能立刻舉出五點。我想那場發表上出現的反應，就、就是那多種反應之一的結果。」

不過精靈小姐還在努力，好堅強喔。

配上她那幼齒的長相，怎麼說呢，好想把她送到終點喔。

她這樣為我努力，讓人好自責。

「您聽說我的研究沒幾天，就已經想通背後原理了嗎？您、您的學識真是太淵博了，請您務必指點一二。可是，在這樣的場合沒關係嗎？」

「沒關係，畢竟發現這件事的人不只我一個。」

「……」

精靈小姐愈說愈勇，南努翠大人的表情卻逐漸凶險。尤其是聽了最後那句話，她擺在腿上的手還突然握緊了。

「而且我接下來要講的反應，對那個人來說好像沒什麼價值。沒錯，價值低到能在不認識的人面前毫不隱晦地公開。」

「……請問，所以究竟是怎樣的反應呢？」

「喔，不好意思。具體流程是這樣的……」

精靈小姐口中流洩出很難懂的說明。

我聽得一頭霧水。雖然很努力想去理解，但無奈基礎實在太差，就連單詞都跟不上了。然而我還是沒有放棄，拚命地聽。

因為她們做這一切都是為了我。

「……在這種情況下加水……色素……會變成……產生複合性的反應……」

「…………」

精靈小姐說明時，南努翠大人都緊閉著嘴。

「在這裡加上卡斯果的……這會……發生連鎖反應……變成……」

全場所有人也都清一色地仔細聆聽。

其實也有人像我這樣聽不懂吧，不少人是皺著眉頭。只是，她解釋的東西一定很重要，每個人無一例外地專心聽精靈小姐說話。

「……這麼一來，對，佩薩利草的色素就會產生先前提到的變化。」

一段時間後，精靈小姐的講解告一段落。

「原來如此，會有這樣的反應啊！」

不意外，最早反應的果然是法連大人。

有點怕他忘了兩天前談的那些事。

「只、只不過，在實際使用之前還有很多問題需要克服，那個味道實在太糟了。由於原料是佩薩利草，直接注入體內也危險。如何調整成適合口服的用量，就、就是目前最大的重點吧。」

「嗯，重點就是它沒錯了。」

精靈小姐和法連大人互相點頭。

看起來感情很好。

南努翠大人卻若無其事的樣子。

「…………」

或許是因為如此，精靈小姐繼續進攻。

「在這個利用卡斯果的一連串程序上，我自己也學到了很多。那乍看之下都只是初級技術的組合，也不需要用到什麼特殊器具，就能進行這麼複雜的處理。不管是出於怎樣的巧合，都是很棒的發現。」

「謝、謝謝，我也是這麼想。」

「既然這是研究發表會，那麼能請妳講講妳是在什麼樣的過程裡發現的嗎？長年研究所養成的習慣或許使我養成了某些盲點而不自覺，而這一點也可能發生在在場所有人身上呢。」

到了這一刻，精靈小姐終於發動真正的攻勢。不單只是問，還把旁觀的所有貴族都拉進來。在人山人海的觀眾面前還敢這麼說，想必她一定是非常優秀的鍊金術師。

只是，她的腳還是抖得好厲害。

遠遠都看得好清楚，真替她可憐。

只有脖子以上勉強振作，看起來更慘。

「我也沒有做什麼了不起的事。」

南努翠大人神情自若的表現，反而讓她顯得很難看吧。

「一個不經意的日常小動作成為他人寶貴啟示的事，其實很普遍。更別說把製成乾粉的色素用卡斯果結塊，又糊里糊塗地重新用水溶化了，我自己是不太會做出這種事情。」

一般而言的確是不太會這麼做呢。

就像是把好不容易洗好的衣服又丟到地上弄髒一樣。

田中先生為什麼會加入這道程序呢？喔不，他是田中先生，多半是自然而然就摸索到剛剛精靈小姐說的那裡去了吧。

「所以妳是想說，妳覺得不是巧合？」

「我想說的是，在場各位也可能也對導致這個巧合的過程感到好奇。過去這類源自巧合的研究成果是怎麼來的，不也經常成為學者之間茶餘飯後的話題嗎？」

「也沒有有趣到可以在這種場合上講啦。如果您還是很好奇，我們改天再找機會慢慢聊吧，要我當妳的面重做一遍也可以，好嗎？」

「那麼，能請妳也當著費茲克勞倫斯子爵面前做嗎？」

「……請問您究竟想說什麼？」

就連南努翠大人也忍不住回擊了。

台上兩人之間瀰漫起危險的氣息。南努翠大人瞪著精靈小姐，而精靈小姐也回以冰冷的眼神，坐在椅子上互瞪彼此。

觀眾也察覺到不對勁，喧噪從觀眾席前方逐漸向後擴散。譁然動盪的感覺愈來愈大，充斥整個會場。

精靈小姐的抖動也因此火爆起來，鞋底都敲得舞台喀喀響了。儘管她想裝出自信十足的樣子，臉頰卻不斷抽搐，好像嚇唬一下就會淚崩。

「我、我沒有、沒有緊張喔！」

「…………」

沒人問妳那種事啦。

雙方都因各自的原因，逼上了懸崖邊。

鑑於她們這樣的狀況，最後是他出面收場。

「沒辦法，最後就讓我來問幾個問題吧。」

旁觀到現在的法連大人終於開口。

在他眼前對話的兩人，和全場所有觀眾的意識都聚到他身上。大概是一次吸引了幾百——不，有上千人的注意吧，但他一點也不緊張地繼續說：

「南努翠。」

「是、是的！」

「妳的這個研究沒有第二作者嗎？」

「沒有。」

「就算有，我也不認為有什麼問題，這在學校的研究是常有的事。可是，假如教師掩蓋本校學生的發現並予以否定且占為己有，我說什麼也不會饒恕。」

「大人放心，真的沒有第二作者。」

「我是魔道中人，不想涉入無聊的政治問題。但也正因如此，我絕不會饒恕褻瀆魔道的人。非要予以制裁，教他以死謝罪不可。」

「是。我也贊同法連大人的想法。」

法連大人和平時一樣，暢訴他對魔法的愛。

南努翠大人也淡然聲稱自己的清白。

「那妳就說清楚吧，南努翠。」

「絕對沒有那樣的事，這純粹是我自己的發現。」

「……是嗎？」

「是的。」

「…………」

即使是法連大人，也不會在這裡力挺一個小女僕的證詞吧。擠在會場裡的人每一個都是貴族，一個平民、一個傭人的話，對他們來說不具任何意義。

法連大人也一樣。

一言以蔽之，法連大人是以魔法衡量事物。

學校教師南努翠大人和一個小女僕哪邊佔優勢，分明是一目了然。問她有沒有第二作者，也是因為田中先生的存在吧。沒錯，都是因為田中先生。

所以雙方是平行線。

南努翠大人沒有弱點。

也因為這個緣故吧，法連大人再度仲裁。

「好吧，既然如此……」

喔不，就在他開口的那一刻——

「太拖拖拉拉了吧！」

第三者的聲音響起了。

當然，會場又是一陣騷動。

接著有個人在東張西望的所有人面前從側台現身了。

她踏得鞋子喀喀響，身穿男性貴族服裝也依然出眾的神情舉止，讓同性的我也忘了眨眼。

沒錯，不是別人。

正是艾絲特小姐。

「費、費茲克勞倫斯子爵……」

南努翠大人也因為驚愕繃緊身子。

艾絲特小姐以頗為激動的口吻說：

「說謊對妳可是沒有好處喔。」

「……」

到了這一刻，南努翠大人的表情才出現動搖。

艾絲特小姐正面凝視對方說話時非常有魄力。在她質問我田中先生心儀的對象究竟是誰時，我的內褲也濕得很嚴重，南努翠大人下面現在也是溫溫的吧。

一開始很舒服，畢竟是溫溫的。

但是那遲早會涼掉。就請您盡情享受那不舒服的感覺吧。

之前一連好幾天，小女僕我都要忍受那種感覺呢。

「這、這話怎麼說呢，費茲克勞倫斯子爵？」

「我可沒有法連閣下那麼好心。」

「……我實在不懂您在說什麼呢。」

然而南努翠大人也不甘示弱。

很快就恢復冷靜，像先前那樣應對。

女人這種生物，是愈老愈奸詐。同為女人的我都這麼說了，不會錯的。七歲的我比三歲奸詐，十歲的我比七歲的我奸詐，現在的我又比十歲的我奸詐。

無疑是愈來愈聰明。高速上升。

正因如此，我知道超過三十歲的女性有多麼強大。

決心徹底自保的中年女性肯定是無比強硬，堅不可催。

「我看到了！這個女人搶奪自己學生實驗結果的那一刻！身為成果遭奪的他的尊親、同校學生和一名致力於魔道的學徒，我在此宣告，絕不會原諒妳這樣的行為！」

她說出來了。

十分嘹亮通透的聲音響遍全場。

精靈小姐絞盡渾身勇氣，拖著抖個不停的雙腳一字一句紮實挖出的溝渠，被她完全不當一回事地一腳跳過去直攻大本營。不僅全部白費，而且還有種不顧後果的感覺。

艾絲特小姐對田中先生的愛在這裡爆發了。

還記得之前也有過類似的情況。

「妳、妳別急啊！」

艾絲特小姐不理會慌張的精靈小姐，繼續說：

「罪人就應該受到責罰！」

當然，南努翠大人出言反抗了。

「費茲克勞倫斯子爵，請您先等一下。」

「做什麼？」

「您說他是您的子弟是怎麼回事？」

南努翠大人眼睛一亮。

是從艾絲特小姐的隻字片語中找到活路，露出準備反擊的樣貌。就像在說當著眾多貴族的面提起田中先生，完全是愚昧之舉。

艾絲特小姐替田中先生爭取男爵位這件事，似乎引起不少貴族的反彈。我猜，恐怕同一派系的貴族都不樂見她那一連串專斷獨行。

「我的子弟就是我的子弟！」

「那是指日前在費茲克勞倫斯子爵提攜下獲得男爵位的平民……」

「沒錯！他是法連閣下也要望其項背，一騎當千的大魔法師！」

「用、用法連大人來抬舉他，不嫌太誇張了嗎？」

「沒有這種事。」

「您怎麼說得出這種話呢？」

「因為那是事實，他的確是厲害得多的魔法師。」

「！」

「可是他的過人之處並不只是在魔法上喔。呵呵呵。」

艾絲特小姐說得無比自信。

原本就很嘈雜的會場在台上一連串豪語之後更是沸騰。國王陛下賜予田中先生男爵位的事，早就在貴族之間傳開了吧。

但是艾絲特小姐，妳這樣不會把難度提高太多嗎？

田中先生聽了應該會感動到哭就是了。

「就、就算是費茲克勞倫斯子爵，我也不准妳否定學校教師的研究，並且當眾侮辱。」

「不然妳想怎麼樣？」

「那個研究是我自己的東西，這、這點我堅決不退讓！」

南努翠大人也害怕費茲克勞倫斯家吧，氣焰比面對精靈小姐時弱了很多。

以論述水準來看，艾絲特小姐是比較差，可是對貴族而言，對方身分還是比說話內容重要多了。

我一個平民，不禁對她在這樣的環境裡究竟能不能盡情進行魔法研究，感到十分懷疑。如果問法連大人，他會給我怎樣的回答呢？

我是有點想問啦，可是感覺好可怕，絕對不會真的問。

「各位不也這麼想嗎？」

是因為一個人會怕吧。

南努翠大人向聚於會場中的貴族們這麼問。

並隨即獲得答覆。那是表示贊同的聲音。

「怎麼可以無憑無據反駁學者的研究成果！」「就是說啊。」「就算是費茲克勞倫斯子爵，最近的行徑也太過分了。」「聽說那個男爵其實是她養的男人呢。」「貴為費茲克勞倫斯家的小姐，怎麼可以做出那麼無恥的事！」

多半是來自費茲克勞倫斯家的敵對派系。

學校是各派系師徒齊聚一堂，有這樣的責罵可說是必然的結果。可是每個都非常有理並切中要點，無法輕易否認。或者說，事情就是他們說的那樣。

這些人是南努翠大人唯一能拉攏的友軍吧。她在台上表現出一身的貴族，但她絕不是高階，也算不上中階，大概是低階貴族。

所以難以用家族力量使其他貴族低頭，只好利用敵視費茲克勞倫斯家的派系，煽動群眾對艾絲特小姐的反感，早就跟這些派系的人串通好了也說不定。

我還滿喜歡這種像小說情節的事呢。

以前看過的書裡，最高潮也是這樣的情境。

只是艾絲特小姐仍足以無視周圍的控訴，正面跟對方叫板。像她這樣的人，在我看過的那些書裡一次也沒出現過。

「有怨言的報上名來，上來跟我講！」

她一高聲喝斥，下面就全都安靜了。

真是帥到不行。好崇拜喔。

但也因此收拾不了了。

在這樣的狀況下，最後出來收場的不是別人，正是法連大人。

「南努翠，我有一個提議。」

「大人請說。」

「我想讓妳見一個鍊金術師。他是我所尊敬的極少數人之一。」

「……什、什麼？」

「不高興嗎？」

「小小小、小的萬萬不敢！法連大人要向我引薦能獲得您尊敬的稀世高人，對鑽研魔道之人而言，實在是無上的光榮。」

「是嗎，那就好。」

「那麼，請問，這位獲得法連大人尊敬的鍊金術師是……？」

法連大人是要當事人直接對質吧。

我也覺得這樣最好。有田中先生在，事情一定不會惡化。我也不曉得為什麼會這麼想，總之就是覺得他一定能安安穩穩地解決這件事。

「今天這場會談就到此為止吧。學技會是有心求知者互相競爭、認同、切磋，以及提昇魔法技術的地方，別把無聊的政治手段帶進來。」

這肯定是法連大人的真心話。

話說不管我還是艾絲特小姐，都從來沒問過當事人田中先生的意思。不過在我闖禍之後，田中先生也沒回過學校就是了。

法連大人在稍遠處看著這一切，說話的神情傳來陣陣威嚴。在這種時候，他的心思還是全放在魔法上，無比地公平。不替任何人撐腰，也不敵視任何人。

「好、好的……」

「那麼，談話就此結束……」

就在法連大人開口閉幕時。

有一陣出乎意料的聲音響起。

來自眾多聚於會場的學生和教師。

「法連大人，既然有那麼厲害的人物，請務必、務必讓我們見他一面！」「我身為朝夕鑽研魔道之人，也想看看法連大人尊敬的人是什麼人！」「我、我也要！也讓我見上一面吧！」「既然如此，拜託也帶我一起去！」

看就知道。

應該全是崇拜法連大人的人。

幾十個人一股腦擠到會場前方的主席台邊。

男性兩成，女性八成吧。

按常理來說，會在這種時候爭取機會的肯定都是渴望某種目標的男性，或是滿肚子歪腦筋的女性。他家女僕說法連大人還是單身，想必就是造成這個比例的原因。

或許是被南努翠大人挑起了妒火吧。

另外，敵視費茲克勞倫斯家的派系也藉機起鬨，轉眼就有許多不相關的人也紛紛舉手，想共襄盛舉似的要求參加。

場面頓時混亂起來。

「唔……」

由於背後不單純，法連大人顯得有些猶豫。

不過他並沒有搖頭。

「……好吧，我知道了。不管是誰想來，我都不會拒絕。」

他究竟是多信任田中先生啊。

這場騷動後，舉行了學技會的閉幕典禮

我就那麼一次的偷聽，不止捲入了艾絲特小姐、法連大人和精靈小姐，不知不覺還多了那麼多貴族，變得非常盛大。腋下是史無前例的濕。

而且，最近好像開始有點味道了。

＊

不曉得在這草原待幾天了，應該沒有二十天，大概十天出頭吧。我就是如此一頭熱地開拓領地，連在這過了多久都忘了。

主要是因為克莉絲汀的存在。

『喂！過來看，這次我做的是這個！』

蘿莉龍在剛出爐熱呼呼的雕像旁現寶。

地點是我新規劃的廣場中央。那裡不知何時多了個噴泉，龍形雕像的嘴有力地噴著水。

在一邊做苦力鋪路的醜男，被這個一不注意就長出來鎮上新景點嚇了一跳。

「咦，是怎樣，太厲害了吧……」

『是吧！很厲害吧！儘管再多誇我一點！』

「我可不能輸給妳。」

『哼哼！那我就做更厲害的出來！』

「來啊來啊！」

這隻蘿莉龍以前都放些大而化之的魔法，沒想到還有擅於雕琢的一面，真是可惡。來草原見我沒幾天，就讓我了解自己的土木魔法遠不如她。氣死人了。

不過，有競爭對手畢竟是好事

讓我能立下明確的近期目標，切磋砥礪。

「喂，田中先生！這邊裝潢好了！」

「啊，謝謝你們。」

醜男和克莉絲汀蓋出的樓房有岡薩雷斯所率領的黃昏戰團在打理。和許多不認識的人合力搬床裝門框等完成各種事讓我感覺十分充實。

這是我來到這個世界以來，第一次發現自己能過得這麼有意義。

「再來要做什麼？」

「那邊有一座克莉絲汀蓋好的塔。規模比較大，請各位和正在西邊作業的人會合以後一起進去裝潢。」

「沒問題！」

「另外，能麻煩你們再多做一點入浴劑嗎？」

「我已經在多利庫里斯請人弄了。」

「多利庫里斯啊？」

「那邊有女人小孩可以幫忙嘛。幸虧原料滿地都是，可以做很多過來，你就等著看吧。我們也和當地跟鄰國下訂單，再漲價之前定好了專賣合約。」

「這樣啊，那真是太好了。謝謝。」

「不過入浴劑的最後一個步驟，好像是不能指望你以外的魔法師了。如果只是做魔力藥水，我們的魔法師也完全沒問題，可是你用不到那麼多吧？」

對喔，部分入浴劑溶成水，灌純粹魔力做成魔力藥水也不錯。老實說，那雖然難喝到不堪實用，當做特產之類好像還行。好難喝，再來一杯那樣。

「…………」

自然而然地，我想起了南努翠老師的嘔吐物。

岡薩雷斯說，用佩薩利草色素錠製作的水溶液是很有效的魔力藥水。然而我也用自己的舌頭嘗過那個味道，對學校考試結果心裡有數。十之八九會因為味道問題而不及格吧。

這也是當然的。無論開發出成本再低的高機能食品，只要讓人吞不下去，公司大頭在新產品評議會上肯定不會放行。考慮到魔力藥水的使用場合，恐怕是死活問題。

要是讓人在生死一線間的緊要關頭因為難喝而噴出

滿嘴魔力藥水，事情就大條了。

所以要做成搞笑特產。第一次嘗試的人，應該可以一笑置之吧。如果能藉此引起對方對設施的興趣就更好了。到底是誰做出這麼難喝的魔力藥水之類的。

「怎麼啦？」

「沒事沒事，請別在意。」

「那我們走嘍？」

「好，麻煩各位了。」

臨時騎士團團長閣下踏著輕盈腳步前往下一個案場。

岡薩雷斯等黃昏戰團的團員，好像也在這整個假造鎮計畫做得很開心。他們笑容比平時更愉快，春風滿面地遠去。那寬闊的背影看起來非常可靠。

很好。

啊啊，真不錯。

想起小學的美勞課。

我好喜歡用電熱刀切保麗龍啊。

『你過來，看看這面牆！你打得破我這面牆嗎！』

「妳是想挑戰我的火球嗎？」

『你說呢？打得破的話，哼哼，就打破給我看啊！』

「很好，我就接受妳的挑戰。」

『啊，可、可是！只能丟一顆喔！不准多丟喔！』

「知道了，就一顆。」

我按照要求，往蘿莉龍身旁的石牆打一顆火球。沒有預備動作，直徑和我差不多高。我瞄的是牆中央，火球也不偏不倚地漂亮命中，炸出劇烈爆焰。

蘿莉龍正面挑戰我卻輸了時恨得牙癢癢的樣子，一定很可愛。

「什麼……」

作夢的我怎麼也沒想到，那道牆依然屹立在白煙之後。我丟得很認真，要一擊炸爛石牆，而牆上也的確有裂痕。好久沒見到蘿莉龍不甘心的臉，讓我想看得不得了。

可是那還不足以摧毀石牆。

『怎麼樣！看到了吧！我做的牆很棒吧！』

緊張到現在的蘿莉龍破顏大笑。

笑嘻嘻地要我回答的嘴臉有夠欠揍。

「……這牆還真硬。」

『這就是我的力量！這就是我的魔力！怎麼樣！很厲害吧！』

「是啊，很厲害。以同樣一發魔法來說，是我輸了。」

糟糕，一副跩樣的蘿莉龍真的好欠揍。

不過好可愛。

可惡。

可愛。

可惡。

可愛。

混蛋。混蛋。

這麼欠揍的可愛害我都勃起了啦！

好想用洨灌滿肚臍眼再用ＯＫ繃貼起來。

『你弱到連一片石牆都打不破，能做出什麼好城，得用夠堅固的城牆圍起來才行。沒錯，得用我做的堅固城牆圍起來才行。』

「…………」

她看我不作聲就得寸進尺，大力推銷起來。

看來她想用自己的城牆。

現在只有我和風臉的城牆。

混蛋。

早知道就不顧四周安全，來一發更大的了。

『怎麼樣啊，人類？說句感謝的話來聽聽嘛？』

可是輸了就是輸了。

再悔恨也不能改變。

而且對方的力量的確是不容小覷。

「是啊。在設置城牆這部分，希望妳能多幫點忙。」

『哼哼？不用逞強了，你心裡在想什麼，我全都瞭若指掌喔。』

「……」

蘿莉龍的笑容好賊好賊。

臉頰軟嫩到不行。

可惡，被她看出我很不甘心了。

「我現在是很不甘心沒錯，但下一次，我一定會用我的火球打破妳的石牆。千萬別忘了喔。」

『！』

我稍微用強硬一點的口氣嚇唬她。

只見蘿莉龍的肩膀震了一下。

『唔、哼！你就儘管逞強吧！反反反、反正都是白費力氣！』

「我會努力讓它不會白費的。」

話雖如此，現在還是多捧她就對了。她做的牆比我還堅固，豈有不讓她代勞的道理。就拜託她幫這個忙吧。

「不好意思，能請妳辛苦一點，做一圈包圍整個領土的高牆嗎？我現在做不出像妳那麼厲害的牆壁。」

『那、那好吧！看你那麼不甘心又對我低聲下氣，感覺還不錯嘛，我就來幫你蓋！』

「真是太好了，謝謝妳。」

克莉絲汀一整個笑咪咪模式。

強力蘿莉我最愛。

真想好好疼愛她。

不過，她畢竟是魔導貴族預定的婆。

『那我去去就來啊！』

話一說完，蘿莉龍就要往領土邊界飛。

她好像對這座城開始有點感情了。

而且飛行魔法讓她小褲褲全都露。

死處男大興奮。

自然就說上幾句關心的話。

「麻煩妳了。不要太勉強喔。」

『……』

蘿莉龍的高度突然急墜。

我目送她離去，繼續進行下一個工程。

不請自來的克莉絲汀使領地的開拓進度超乎預期，岡薩雷斯給的人也比原先講好的多。看這情況，可能再過幾天就能端出夠完善的設施。

剛來的那幾天所造的城牆已經變成城中心，被許多樓房所圍繞。後來又蓋了第二層城牆要圍起更大範圍，但牆內的建築密度也快速提高，失去蓋新設施的空間。

增為二馬力之後，我們的建造速度勢如破竹，第二道牆外也築起不少樓房。於是蘿莉龍繼續向外蓋牆，而這道牆恐怕就是最外圍的城牆了吧。

巨大的牆一層又一層地蓋，將我們的城市劃分為許多區塊。

一連串試驗讓我們意外地把城蓋成了城塞都市。縱貫牆內的十字寬敞大道還將領土劃分為東西南北四個區域，並延伸出無數支道。

以大道為界的四個區域基本上都是遊樂場所。

為了提高娛樂性質，每個地區需要有自己的特色。就像某主題樂園的〇〇天地╳╳海洋那樣。

例如北方供上流階級娛樂，南方是大眾取向；西方區域內禁止穿衣，東方全部混浴之類，制定種種歡樂的規則。

當然，貧民窟也不能少。

每區都已經劃了一塊出來。

還要在最外側的牆外再蓋一個。

貧民窟就是讚。

我在大費周章鋪好的路上用火球烤出裂痕，從多利庫里斯收購損毀的家具和廢材，還從森林抓老鼠之類的生物丟進去，下了不少功夫。真的很用心。我相信是最棒的貧民窟。

本公司所提供的貧民窟，無論是志氣比天高的強姦犯還是特別注重情境的痴女都應有盡有，讓天天上演的輪姦秀更有魅力。開幕日實在教人迫不及待啊。

「……房子就交給克莉絲汀蓋，我去弄一下基礎建設好了。」

再多挖一口井吧。

開拓領地（三） Territory Pioneering (3rd)

【蘇菲亞觀點】

經過幾天車程，我們總算抵達拉吉烏斯草原。

整個車隊幾十個貴族幾十輛馬車，浩浩蕩蕩的陣容令人嘆為觀止。很榮幸地，我和精靈小姐都是搭艾絲特小姐家裡的馬車，她的馬車在車隊裡也最為豪華。

雖然先前騎龍小姐只需要一天的路程，照常坐車要花上好幾天，但我坐得很高興。人本來就不是應該在天上飛的生物。

路上還遇到強盜襲擊，不過乘客幾乎全都是學校的優秀學生和教師，誰也沒受傷，反而還變成我們單方面的虐殺。簡直是魔法博覽會，有點嚇人。

如此這般，車隊順利抵達拉吉烏斯草原……

可是……

這實在太誇張了？

「唔……真的是這裡沒錯嗎？」

「是、是的！就是這裡沒錯！就是這裡！」

法連大人正質問著車隊最前頭牽馬的車夫，車夫只能青著臉猛搖頭。他好像也不敢相信眼前的景象，慌得不得了。

「那怎麼會有這樣的東西……」

穿過鄉道後，出現在面前的是高大的城牆。

牆似乎圍住了一塊很大的土地，到很遠的另一端都是同樣質感、同樣高度的牆。某處有個像城門的開口，好像能進去的樣子。

之前和田中先生來這裡時，根本沒有這樣的東西。

這裡真的是佩尼帝國和普希共和國交戰的地方嗎？即使不

是法連大人，也不禁懷疑自己是不是跑到其他城鎮了。

「算了，多想也沒用，進去問就知道了。」

法連大人下了馬車，大步走進去。

「是啊，進去就知道了。」

「啊，等、等一下啦……」

既然艾絲特小姐和精靈小姐也隨後跟上，我也不得不跟了。這邊這麼多馬車裡都裝著滿滿的貴族，要是留下來，不曉得會惹上什麼樣的麻煩。

結果其他貴族也隨法連大人下馬車，開始用自己的腳來走。不愧是魔法學校的學生和教師，好奇心都比一般人來得高。南努翠大人還搶先趕到前頭去。

「唔，這、這是……」

來到城門正前方，所見景象讓法連大人驚愕失聲，隨後而至的其他人也在見到牆另一邊時全部傻住。當然，艾絲特小姐、精靈小姐和我都一樣。

「這、這是城鎮嗎？」

「這裡以前有城嗎？而且好像沒人耶……」

艾絲特小姐的低語引來精靈小姐的質疑。

「法、法連大人，請問究竟是什麼人物會在這樣的地方呢？再說，我從來沒聽說過多利庫里斯附近有這樣的城鎮呢。」

就連南努翠大人也難掩疑惑。

「這、我，怎麼說……」

法連大人被問得說不出話的樣子好稀奇喔。

而他支吾的時候……沒錯，大多和那個人有關——

「咦？法連閣下，什麼風把你吹來啦？」

有人影從房子後面走出來。

傳進我們耳裡的，是短短分開十幾天就已經覺得多年沒見的聲音。

＊

黃昏戰團的猛男們向我報告說外牆外聚了很多人，害我以為是普希共和國跑過來抗議，結果是佩尼帝國的人

馬。

而且據說全是豪華馬車，不曉得到底出了什麼事。

到了門口，見到的竟是一群熟悉的人。魔導貴族、艾絲特、蘇菲亞、艾迪塔老師和那個假定人妻都來了。

「咦？法連閣下，什麼風把你吹來啦？」

我自然這麼問，向他們走去。

而對方朝我跑過來。

大叔所率領的這群人後面還有幾十個貴族，整個導遊帶隊逛景點的氣氛。我明明就還沒公告開幕日，怎麼會有這麼多人跑來啊？

「喂、喂，快給我解釋！這到底是怎麼回事？」

「我才想問你們呢……」

我心裡縱有千百個問題，大叔爬滿血絲的眼睛卻一副不許我問的樣子。沒辦法，只好先解釋給他聽。

「就是，因為種種緣故呢，我需要一個城鎮之類的東西。原本計劃的其實也沒這麼大，不過我愈蓋愈起勁，一不小心就弄成這麼大了。」

「你、你說……城鎮？不會吧……」

「蓋這樣的城實在是不簡單啊，這幾天都沒闔過幾次眼。但累歸累，做起來真的很有成就感。我也逐漸能明白你為什麼會熱衷於製造飛艇了。」

「……難道這都是你蓋的嗎？」

「是我和黃昏戰團攜手努力的成果。對了，途中她也加入了我們。」

克莉絲汀正好從我視線中走過。她似乎是在休息，端著玻璃杯啾啾吸果汁，在城牆裡頭散步。多半是在巡視自己的作品，藉此自賞一番吧。

我很懂妳的心情喔，蘿莉龍。

這幾天她在我心中的評價是直線飆高啊。都到了下班以後會請她吃頓晚飯的程度。

「可是，這、這裡直到上上星期不還只是一片草原嗎……」

「石牆術這種魔法實在是好用得不得了。我一開始也沒什麼自信，可是實際做起來以後，發現它比想像中聽話多了。」

「難道這、這個城鎮是用石牆術造出來的嗎！」

「細部還是得靠人工就是了。」

「怎麼可能！那可不是能維持幾天的東西啊！」

「咦，真的嗎？」

等一下，沒聽說過啊！

蘿莉龍從沒提過這種事。

難道會垮掉嗎？我這麼努力打造的城鎮有保存期限嗎？別鬧別鬧別鬧，這樣未免太哀傷了。就算會垮，好歹也讓我撐個一年嘛。

「不過憑你和那隻龍的魔法，說不定……」

城鎮壽命的事晚點再問清楚好了。

「就別站在這兒了，我帶各位進去走一走吧。」

「唔、嗯……」

我就這麼招呼起以魔導貴族為首的眾貴族。

儘管距離正式開張還需要幾天，但來都來了，就當他們是真的遊客來預演帶團實況好了。決定好以後，我帶領貴族一行在城中到處逛。

「唔……這座城是採用多層牆結構嗎？」

「是啊，自然而然就變成這樣了。」

跟在後面的每一個人都像第一次進城的鄉巴佬一樣東張西望，根本靜不下來。交頭接耳的好像都是在讚嘆城鎮的景觀，令人心兒怦怦跳。我自己是做得很滿意，可是到了給人參觀的時候還是會緊張。

房屋風格別說跟首都比，就連跟多利庫里斯比也是落後幾個世紀，希望他們別看得太仔細。好害羞喔。死亡之丘風格可不是叫假的。說起來，是多虧有黃昏戰團裝潢才勉強有城鎮的樣子。這群猛男軍團實在幹得太漂亮啦。

「那、那個，你離開以後都在做這個嗎？」

艾絲特突然問道。

「對啊，都在忙這個。」

「…………」

金髮蘿莉不曉得誤會了什麼，一下子變成飄飄然的表情。雖然這算是為了我自己，但是現在還是隨她妄想好了。

至於人妻南努翠，從見面以來就始終繃著一張臉。

「請問妳怎麼了？如果身體不舒服，我帶妳上床歇息怎麼樣？」

「咦？不用！我沒事！」

「是嗎？如果身體真的不舒服，隨時可以跟我說一聲。只是這裡的設備比學校差上不少，還請妳多多包涵。」

「好、好的，謝謝關心。」

「哪裡哪裡。」

既然她說沒事，就不好勉強人家了。

我乖乖點頭，後退一步。

冷靜想想，剛才說帶她上床有點性騷擾。

我接下來找的不是別人，正是可愛的艾迪塔老師和蘇菲亞。兩人走在一起的模樣是那麼地美妙。同時見到蘿莉滿點的老師和少女年華大爆發的蘇菲亞，感動也是倍增。

身為東道主，自當竭誠相待。

希望她們能愛上我這座城的溫泉，成為快樂的俘虜。

如果能就此住下，那真是再好不過。就讓我朝與金髮蘿莉混浴努力邁進吧！

艾迪塔老師坐在浴池邊。

好想被她肉肉的大腿正面用力夾臉。

「艾迪塔小姐，蘇菲亞，好久不見了。」

「唔喔！喔、喔喔！好久不見啦！」

「那個……好、好久不見了，田中先生。」

艾迪塔老師不曉得是怎樣，緊張到不行，蘇菲亞則是滿懷歉疚的表情。是我不在的期間出了什麼事嗎？就先從容易聊的蘇菲亞隨便哈啦幾句好了。

「不好意思，突然就消失這麼多天，應該給妳添了很多麻煩吧？我好歹也該留個字條才對。」

「不、不會！那個，那邊你不用擔心！」

「是嗎？那真是太好了。」

她的回答有那麼點疏離感啊。

果然發生過什麼。

有點受傷。

有亞倫在背後的感覺。

不過模擬城市玩太爽以致冷落了她幾天這點，完全是我的錯就是了。

「艾迪塔小姐，我不在的時候出了什麼問題嗎？」

「這、這個嘛，哎，說起來是有點問題啦……」

「真的嗎？如果跟蘇菲亞有關，我身為她的雇主，自然是要插上一手了。」

「是這樣沒錯，不過那個，怎麼說，還跟你做的魔力藥水有關……」

艾迪塔老師正要開始解釋，一旁突然傳來其他聲音。

是魔導貴族。

「呃，田中你過來，這是……」

這大叔竟然打斷艾迪塔老師開金口。

但我不能無視他，只好姑且應之。

「什麼事？」

他視線所指的是我們這座城的頭號特產，佩薩利草製魔力藥水。由於幾天後就要開幕，我請黃昏戰團在各商店門口擺了一大堆。

「你擺在這裡的東西是……」

「喔，都是這裡的特產啊。有興趣喝喝看嗎？」

「該不會都是魔力藥水吧？」

「一眼就看出來啦，閣下真是慧眼獨具。」

「可是這顏色……」

「雖然不太一樣，恢復魔力的效果還是掛保證的。不過味道不太好，就請你當作是搞笑紀念品吧。」

我拿起一瓶交給大叔。

而他毫不猶豫地拆了封，對嘴就喝。

好一個勇於挑戰的大叔。

希望他不會像南努翠那樣吐出來。

「！」

才一口，魔導貴族就表情丕變。

「有這反應也是當然的啦。」

是啊，真的難喝。

　不是該給貴族喝的東西。

「你、你說！這到底是……」

「我不是說了嗎？搞笑紀念品嘛。說起來，就只是主產業的副產品之類的，請你不要放在心上。」

　要是被貴族拿難喝挑毛病，我可受不了。要是哪個誰到處嚷嚷說喝了這東西會拉肚子，不只藥水會受影響，生產藥水的整個城鎮都會出事。

　而這類大量生產的東西最要命的就是召回銷毀了。萬一有召回的疑慮，錢再多都不夠燒。對於目前缺乏資金的我來說，是死活問題。

　要是哪個權貴要求賠償，保證直接破產。所以為了只讓平民來買，不管容器還是店面我都弄得很不起眼，還掛了個看板表示不難喝免錢。

　就像飛機杯的說明書一定會寫純為搏君一笑那樣，表示使用時無論發生任何傷害，製造商概不負責。自己注意一點，不要使用過度，以免尿道發炎那樣。

「……是、是嗎，開玩笑的嗎？」

「是啊，一點小玩笑。就只是這樣的紀念品。」

　這點我堅決不讓。

　死活問題嘛。

「…………」

「…………」

　我暗示魔導貴族別再吐槽後，他不曉得哪裡不高興，表情變得很揪結。難道是踩中他的地雷了嗎？佩薩利草就這麼下賤嗎？人妻不是吐假的。

　感覺要多補幾句。

「那個，法連閣下，要是真的冒犯到你……」

　然而他無視於我，將玻璃瓶遞給身旁的女性。

「南努翠，妳喝一口。」

「這、這該不會……」

「妳無權拒絕，快點喝。」

　他將剛喝過的藥水瓶整個拿到南努翠面前。

　這傢伙該不會想搞間接接吻吧。

　當著這麼多人的面也不怕，有點羨慕啊。

醜男我不只想舔艾迪塔老師的口水，恨不得大口暢飲。要是有擺在店門口賣，老子絕對算加崙來買，用沙拉油桶裝。每天用老師的口水煮泡麵當宵夜也沒在怕。

「知、知道了……」

南努翠接下玻璃瓶，嘴對上瓶口。

喝下一口後，眼睛猛然一睜。

「！」

「妳明白了嗎，南努翠？」

「…………」

魔導貴族若有所指地問，但人妻沒答話。就只是嘴離開瓶口，拿著它低頭看著腳邊，肩膀還開始顫抖起來。

感覺好像不太妙，肚子該不會在滾了吧。

虧我還相信她不會吐第二次。

現在是開張前的重要時刻，希望她不要在這麼多貴族面前亂來。這種遊樂設施最重視風評，而且這裡還是除口耳相傳外沒有其他媒介的奇幻世界，上流階級的評價非常重要。

大叔你搞屁啊。

「我再問妳一次。妳明白了嗎，南努翠？」

「……我明白了。」

人妻擠出一絲軟弱無力的聲音。

這哪招？

令人好生羨慕。

「這位就是田中男爵。」

「…………」

「他的想法多半和我們不同。說來荒唐，即使這項技術對我們是價值連城，對他而言卻只有紀念品這般的價值，只是個玩笑。」

「……是。」

「妳要怎麼用這東西，我管不著。可是妳的行為嚴重踰越教育者應有的分寸，本校絕不允許這種事發生。這點妳懂吧？」

「我、我懂……」

「因此，我要將妳當場問斬。」

「……」

大叔在眾貴族面前作出驚人宣告。

這傢伙沒事在發什麼癲啊！

現在是開幕前的重要時期，不要觸我霉頭好不好。什麼問斬，莫名其妙。他到底是來做什麼的？不愧是為了看魔法療效就砍斷自家女僕腳的人。

「妳身為教師，不僅奪占學生的研究成果，還當作自己的功勞來發表，簡直罪該萬死。只要我還在學校理事的位子上一天，就絕不會縱放這種行為！」

「法連閣下？不好意思，可以先不要給我添麻煩嗎？」

「我知道。這是學校的事，不會給你添麻煩。」

「呃，我是說……」

完全跟不上狀況。

資訊量實在太少。

「妳就到另一個世界去懺悔吧！」

「！等、等一下，我、我是……」

「少廢話。」

說時遲那時快，魔道貴族手掌伸向南努翠，掌前浮現魔法陣。南努翠見狀嚇得五官擰扭，當場轉身逃命。

「別想跑！」

魔導貴族怒叱的同時，魔法陣爆出火光。

這傢伙真的出手啦。

就算是二手貨，人妻●還是人妻●，很寶貴啊。

「慢著！」

我即刻打出石牆術。

牆平地拔起。

在魔法神●病射出的火焰和奔逃的南努翠之間，出現一塊五公尺見方的石塊。火焰擊中石塊而消散，就像我的火球輸給蘿莉龍的石牆時那樣。

「唔，你做什麼！」

「我才想問你呢，法連閣下。」

這時，其他貴族紛紛大聲驚嘆。

「他、他用石牆術擋下了法連大人的火焰箭？」「太誇張了吧！」「我、我從沒見過這麼堅硬的石牆！」「居然有人能克制法連大人的魔法……」「怎麼可能……」

原來那個法術叫火焰箭的樣子。

怎樣都好啦。

我讓剛出生就完成任務的石牆縮回地下，免礙觀瞻。只見南努翠已經嚇得腿軟癱坐在地，胯下積了一灘水，好像是失禁了。

怎麼說呢？

奔四的噴泉讓人心動不起來呢。

要噴我還是想看蘇菲亞噴。蘇菲亞之尿，馭眾尿。還想用浸濕的土揉幾個工工整整的小泥丸。

「法連閣下，這裡畢竟是我的領地。就算是你，也不可以說殺人就殺人。至少先讓我了解究竟出了什麼事吧？」

即使對方是魔導貴族，這時也要硬起來處理。

「唔……好，你說得有道理。」

「不好意思，那就麻煩你了。」

「好吧。」

魔法神●病鎮靜幾分，點點頭說。

見狀，那團貴族又是一陣讚嘆。

*

魔導貴族率領眾貴族來到這樣的邊境，連艾迪塔老師和蘇菲亞也要同行的原因，比我想像中單純很多。

總之就是南努翠做的好事。

不過說起來，我也難辭其咎，是我洩漏了艾迪塔老師的製法。考試時，我沒想到那麼多。好像看到跟女友的性愛自拍被人傳上網的感覺。

知道性愛自拍流出而臉紅羞愧，社會地位宣告死去的艾迪塔老師——

很好。非常好。

雖然對不起她，但我還是打從心底想看那樣的她。

「原來出了這種事……」

「這樣你懂了嗎？」

「是，狀況我了解了。」

只是好像沒必要帶這麼多貴族跑來這種邊境就是了，搞得像出巡一樣。

「那你也明白沒必要替這種人說話吧？」

「不過這麼說來，其實我也有過失……」

「問題不在那裡，而是她踰越了學校教師應有的分寸。」

「你的處置，的確是學校理事該做的事。」

「是啊，你說得對。」

「問題是……」

總之，我待會兒一定要向艾迪塔老師道歉。沒想到會釀成這麼大的問題，還讓她千里迢迢跑這一趟，真是對不起她。也給蘇菲亞添麻煩了呢。

但現在得先處理恨不得除南努翠為後快的魔導貴族。

這大叔真的是殺人不眨眼啊。

「這裡是遊樂設施，就別讓這種地方染上血腥了吧。

另外有件事我想請教一下，像這樣的情況，佩尼帝國這邊的罰則是怎麼定的呢？」

「陛下將校內罰則交給我這個理事全權裁決。」

「…………」

真的假的！

完全獨裁嘛！

國王到底是多愛你啊！

「那至少等回到學校以後再究責吧。以受害程度來說，蘇菲亞和艾迪塔小姐還比我大呢。應該先聽聽她們怎麼說。」

「這樣說就不對了。延伸艾迪塔女士研究的不是別人，就是你自己。論受害程度的話，你應該是跟她同等。這場研究要當作你們兩個的共同研究才對。」

「可是，研究成果並沒有被南努翠小姐獨占吧。」

「當然。」

「那也沒對我造成什麼困擾嘛。」

老實說，她怎樣都好。

但我怎麼也不能讓這裡蒙受不必要的惡評。無論對方犯下怎樣的滔天大罪，背後都會有些人物在。會怎麼牽扯很難說，萬一幕後有費茲克勞倫斯敵對派系的大老在操盤就慘了。

例如辦公室大姊頭其實和人事部長是炮友這樣。

與其沒事惹事，倒不如賣她個人情，讓她幫忙宣傳還比較有建設性。就算有艾絲特在罩，我總歸是地盤還不穩固的新手男爵，不能放過任何資源。

至少現在要避免挑起貴族界的風浪。

「若不將她嚴辦，其他人無以為誡。」

「這點我也深深同意……」

這大叔真的一遇到關於魔法的事就特別固執。

那頂多只能請他延後處置吧。

如果能改判坐牢就好了。

「我明白了。那就還是你全權處置，但不管要怎麼做，都還是請你帶回學校再做決定吧。至少我不能讓你在這裡判刑。」

「嗯，那就這麼辦吧。」

「感謝你的體諒。」

我再怎麼也不能為了保護南努翠而跟魔導貴族撕破臉。都幫她拖延幾天性命了，接下來就看她的造化。對依然癱坐的她使個眼色，她嚇得渾身一抖。

我將注意力轉移到背後那群貴族。

「那麼各位貴賓，我有個主意……」

再來是促銷時間。

就讓頭一批遊客盡情享受這裡的溫泉吧。

＊

我帶領一整團貴族走了一會兒，來到我們設備最豐富的北區澡堂。這裡是和風臉打底，蘿莉龍雕琢，黃昏戰團裝潢起來的。

昨天才剛竣工，稱得上是集目前之大成。

一夥人隨我進入一樓的室內大浴場，眼前寬闊的浴池裡已經注滿溫泉。稍暗的房裡，只有投入佩薩利草入浴劑的池水微微發光，閃亮亮地美麗極了。

「在這種地方蓋浴池？這浴池還真大……」

「各位坐了這麼久的車，想必都累了，我們就在這邊休息邊聊吧？對了，男女當然有分池，我會再特別帶路。這裡有很多種浴池，任君挑選。」

其實我很想讓他們混一起泡啦。

可是我總不能把這麼一大群貴族拖進亂交狂宴。在婚前讓人看見冰清玉膚恐怕會造成大問題，現在還是安分點的好。等收支穩定以後再放飛自我也不遲。

但心裡還是遺憾。

真是太可惜了。

好想鑑賞高貴的●。

這麼想時，艾絲特忽然高聲宣告：

「哎呀？我一起泡也無所謂喔。」

臭蘿莉婊，什麼時候把自己當我女朋友啦。太可愛了吧，可惡。老實說，真想搞大她肚子，請兒子直接要她讓我無套內射。可是不行，這是不允許的事。初體驗就是要跟處女打一場濃情蜜意炮。

同時我不禁想像一群男人欣賞艾絲特每一寸裸膚的情境。

腦中的畫面使我心情頓時揪成一團。應該是這樣吧，我的深層心裡也把自己看作是艾絲特的男友了。中毒頗深啊。情況非常不樂觀，要早點跟亞倫談談。

「既然費茲克勞倫斯子爵都這麼說了，我也不怕。」

「是啊，我也是。」「是有點害羞沒錯，不過當成是學習魔道的話，就沒那麼排斥了呢。」「是啊，那我可以一起泡嗎？」

結果不知怎麼搞的，魔導貴族帶來的貴族們紛紛附和，每雙眼睛都往他看去。這讓我自然想起他那未開封的下半身。那些出聲的貴族，清一色全是女性。

她們進攻了。肉食女子以排山倒海之勢群起攻之。

想不到她們會如此露骨地發表給上宣言，男性那邊卻都縮得小小的。難道奇幻世界的理科男也都是吃草維生嗎？

「我不管，隨妳們高興。」

草食男總代表立刻別開視線投降。

完全沒女性經驗不是講假的。

「那我們就趕快下水吧？」「是啊，麻煩您了。」「我由衷感謝法連大人給我與您交流魔道的機會。」「法連大人，我來幫您擦背。」「那、那我也要幫忙！」

差點忘了，他也是有後宮的人。

亞倫有，岡薩雷斯有，魔導貴族也有。

自卑感不是普通的強。

「好的，各位這邊請。」

我就這麼牽著一群飢渴的野獸，返回與澡堂相鄰的更衣間。

男性這邊並沒有任何異議。即使他們突然顯得不知所措，坐立難安，但還是一聲不響地跟著女人堆走。原來我們這麼近。

這當中唯一面露畏懼的是艾迪塔老師。

她站在澡堂裡，不知在嘟噥什麼。

「……怎麼會，竟然要混浴……我、我不行……」

明明是對我炫耀經驗豐富的人，怎麼會在這種時候裝在室啊。肉肉的大腿都互相磨蹭起來了。難道她不方便在人前赤身裸體嗎？難道她大腿上有正字刺青嗎？

真是太撩人啦！

「艾迪塔小姐，也不是全都要一起泡啦。這裡其他樓層還有女性專用的浴池，我再帶妳過去，請先稍等一會兒。」

我途中轉身對她這麼說。

「可是費茲克勞倫斯家的大小姐她……」

「她這個人比較奇怪，請別在意。」

人家可是婊出一片天呢。

我有意無意地往更衣間看一眼，見到女性們脫得爭先恐後。她們毫不害臊地解開襯衫，裙釦一開就掉在地上，簡直就像色情電影的開頭。

這當中，蘿莉婊早已脫得一絲不掛，正在盤頭髮。

使她略微膨脹的胸部和沒長毛的小嫩●等重點部位全都一

覽無遺。

糟糕，好硬。好想跟她結婚！

「…………」

不，不可以。

第一次一定要處女。我非得在處女身上脫處不可。

別忘了處男的誓言。

不禁看得眼睛發直的我憑藉強韌意志把視線扳回艾迪塔老師這邊。這段視線的移動非同小可，難度跟熬夜後一天爬出被窩有得比。

「我、我也去！」

「什麼？」

面前突然有人大聲說話，把我叫了回神。

老師這是怎麼啦。

「脫就脫！我也要一起泡男浴池！」

不知為何是視死如歸的表情。

她就這麼噠噠噠地跟著貴族大小姐們跑向更衣間角落。

真的假的！好開心，樂死我了！

*

於是我來到了恍若天國的樂園。

所有人都是赤裸裸地從更衣間來到澡堂，再來就是左看是女體，右看也是女體，到處都是滿滿的、滿滿的女體，男性只有小貓幾隻。大概是看在魔導貴族的份上吧，大半再三苦惱之後摸摸鼻子到其他浴場去了。

「…………」

讓死處男覺得好幸福。

幸福得不得了。

而且我就坐在魔導貴族旁邊，只好概括承受女性們的求歡舉動。小弟弟不勝感激。此後還望法連閣下多多鞭策指教。

「喂，你有聽我說話嗎？」

「對不起，剛恍神了一下。我這陣子都在熬夜。」

「那不如換個地方聊吧……」

「不不不，不用顧慮我。這裡的浴池都有消除疲勞的功效。」

我盡可能冷靜地看著閃閃發光的池水說。

「這的確是只有你才辦得到吧，常人絕不可能做出這種事。不過看樣子，即使擁有龐大的魔力，要對魔力媒介灌注治療魔法也不是容易的事呢。」

「就是說啊。我也是很賣力地灌才有這樣的成效。」

魔導貴族超強，第一次泡就看出我在水裡摻了什麼。且不像克莉絲汀那樣炫耀，真的很有紳士風範。

「但話說回來，這樣做還真不錯，舒服極了。」

「能聽你這麼說，再辛苦都值得了。」

我乘對話之便往身邊看，立刻見到強調乳溝的火辣騷貨和笑嘻嘻開腿坐在池邊的小蘿莉，處處春光無限。

對死處男而言分數最高的，就是掉了戒指，在我們面前前傾著往水裡摸索的少女。既然掉了，要這樣撈也是沒辦法的事。是啊，沒辦法的事。小縫縫映入眼中也是沒辦法的事。

害醜男我已經離不開浴池了。

「這、這溫泉好舒服喔！我來幫你刷背！前面也刷！」

說著說著，艾絲特湊了過來。

長長的金髮綁成馬尾，完全裸露的後頸十分性感，看起來比平時成熟幾分。而且身上沒裹浴巾，死處男想看的部位全都清晰可見。

這裡溫泉的煙也非常識相，沒有亂遮。

根本是故意閃過。

「不了，我自己來就行。」

然而眾目睽睽之下，我怎麼好意思跟人家親熱。我是艾絲特小白臉的謠言已經滿天飛了，要是搞成既成事實，對我和她日後的進退恐怕都有負面影響。

「為什麼？尊親有責任照顧子弟呀。」

「我想尊親也一樣有責任幫助子弟自立吧。」

「你才不需要自立呢，我會照顧你一輩子。」

「…………」

或許是全裸的關係吧，蘿莉婊比平時還要積極。很健康地淫力四射。

沾在她肌膚上的每一顆水珠都使我發情。

「就先放鬆下來慢慢休息吧，不行嗎？」

「不會，沒關係！那我就坐你旁邊嘍！來泡！」

蘿莉婊嘩啦啦地撥開池水，到我空著的一邊坐下來，肩膀近得稍微動一下就會碰到。喔不，已經碰到了。不只是肩膀，整條手都貼在一起。能用皮膚直接感受蘿莉的溫度。

背脊有種酥麻發癢的感覺。

不久之後，其他地方傳來聲音。

「我、我也來泡了！」

有條腿從背後靠著的池緣，艾絲特與和風臉之間伸了下來。一條肉肉的大腿伸了下來。我認識它。一眼便知是艾迪塔老師的大腿。

眼睛飄呀飄地暗中觀察老師露底幾百回，熱愛老師小褲褲的我要辨識那條大腿，連一眨眼的功夫都不用。大腿在幾乎抹過臉頰的距離移動，感覺真棒。老師也很懂大腿的正確用法嘛，不是肉假的。

「唔……」

這瞬間艾絲特倒抽一口氣的聲音格外響亮。

是為其神乎其技感到震愕吧。

老師就這麼穿過醜男和蘿莉婊之間，在我們正面伸手可及的位置，以端正的跪坐泡進浴池裡。如果不墊高屁股，老師就要吹泡泡了吧。

這就是蘿莉的醍醐味。

讓我不禁想在浴池裡放尿。

現在尿下去，我下賤的體液就會在相當高的濃度下接觸老師的身體。愈是想像，危險的快感就愈是在背上奔竄。糟糕，太糟糕啦！好迷人的完全犯罪啊！

可是為什麼呢，老師。

妳為什麼要用毛巾遮住胸部跟胯下呢？

現在正是發動陷阱卡的時候。

請勿在溫泉中浸泡毛巾，以免汙染泉水。

如此短短一句話，我卻說不出口。社會觀感在阻擋我。現在這樣說，豈不是在昭告我要賞鮑嗎？可惡，原來如此，所以需要事先擺告示嗎？要在每個人都看得到的位置，明目張膽地貼。

回想起來，這東西真的都貼在很顯眼的位置。還很多很多。

明天要給岡薩雷斯的最優先事項就是它了。

「哇啊啊啊啊……是怎樣，有夠舒服的啦……」

一泡下去，艾迪塔老師就發出有濃濃老人臭的聲音。

瞇眼陶醉的模樣，看起來是樂到不行。就先當那是她高潮的表情吧。全身不時輕顫的樣子也好可愛。可以喔，儘管在浴池裡尿出來。

「很高興妳這麼喜歡。」

「是啊，我很喜歡。舒服到會上癮啊啊啊……」

她好像真的很樂。

真想把食指拇指塞進她半開的嘴裡搓揉她粉嫩的蘿莉舌，鑑賞她被搓得氣噗噗的表情。被我一拉而往前倒的老師，一定可愛極了。

「用、用你的肉棒讓我更舒服一點吧！」

「艾絲特，在這種場合說這樣的話實在不太好吧。」

另一方面，身旁的蘿莉婊就一點狗屁情調也沒有了，根本是以競爭心態為優先。真希望她能多學學老師渾然天成的騷，將浴池這個環境利用得淋漓盡致。

不過我好想上她。

實不相瞞，我好想在浴池裡跟艾絲特做愛。

徹底疼愛彼此。

在本能的催動下，死處男的揪結滿腦子打轉。

這當中，魔導貴族突然問道：

「有件事我想問你一下，那隻龍有跟你說過什麼嗎？」

魔法神●病也想感受一點溫暖吧。有這麼多異性對他搔首弄姿，身旁還有個和風臉和金髮蘿莉姊妹花打情罵俏，變得坦率一點也是正常的。

「克莉絲汀嗎？」

「嗯，她原本是來找你回首都的……」

「你說找我？」

是怎樣？我沒聽說過。

我乍然想起她在城裡散步的樣子。

就在前不久，我還跟魔導貴族一起看到她。

「原因就是先前說的那樣，我們那裡出了點事，還牽涉到你的女僕。」

「……什麼？」

我完全猜錯了。

蘿莉龍原來是來傳話的嗎！

她一個字都沒跟我提過啊。

「她都沒跟你提過嗎？」

「不好意思，她並沒有通知我任何事，我就邀她跟我一起建城了。」

這下尷尬了。

明明說過要幫他把妹，結果跟他的妹在這裡窩了好幾天。

「……這樣啊。」

魔導貴族的表情有些哀傷。

糟糕，罪惡感湧上心頭。

「真的很對不起，變成我把她留在這裡了……」

我坐在浴池裡低頭道歉。

話題會自然轉到戀愛上嗎？該如何安慰傷心的中年大叔，令人傷透腦筋。這大叔的自尊心一定很高，不太可能老實說出心裡的話。

「如果你願意，我現在就去叫她過來——」

正好就在這時候。

澡堂與更衣間之間的門猛然掀開，響亮的碰撞聲在石室中迴盪。這裡比一般廳室更高更寬，回聲清晰地響遍各個角落。

所有人都驚訝地看過去。

門口就是正在談的克莉絲汀。

大概是聽到浴池的吵鬧聲而過來看情況的吧，還穿著衣服可以說明這點。這幾天她為了方便活動，都是穿黃昏戰團弄來的平民衣物，也就是所謂的旅人服。

這件事也增添了我的歉意。如果是穿魔導貴族給她的衣服，多少還說得過去。

『怎麼，哪來這麼多的人類？難道是來破壞我的城鎮……』

「克莉絲汀，他們全都是我們這座城第一批客人喔。」

『……是嗎？昨天不是才說還要幾天？』

「因為臨時出了點事，所以就在今天預演了。」

『嗯？』

蘿莉龍動眼掃視滿池貴族。

打量一會兒後，她終於接受了我的說法。

『既然這樣的話，這裡就讓我來講解講解吧。』

她得意地哼起鼻子，前進一步，注意力自然轉向縮在澡堂門邊的南努翠。她似乎不想下水，就只是靜靜蹲坐在那裡。

死刑不是判假的。

『怎麼樣？這浴池很厲害吧！』

「…………」

『那邊的雕刻和這塊地板的花紋，還有不停流出熱水的水口，都是我雕出來的喔！那個人類太笨手笨腳，做不出這麼細的東西！厲害吧！』

蘿莉龍說得渾身是勁。

天真的笑容燦爛無比。

活像對朋友炫耀新玩具的小孩子。

經過這幾天的相處，蘿莉龍變得好可愛啊！

「…………」

『建立城鎮功勞最大的人，人類是叫做鎮長是吧？既然這樣，那我很適合鎮長這個稱呼吧？是吧，人類？』

但意志消沉的人妻反應稀薄。

「…………」

『不要縮在這種地方，到池子裡泡一泡吧！那個水還滿舒服的喔！還可以，還可以喔！』

奇了。

蘿莉龍竟然學會關懷他人。

這可是一大進步呢。

我都有點感動了。

如果是她來說情，說不定魔道貴族這個魔法狂也會讓她三分。喔喔，太棒了，真是太棒啦！蘿莉龍，我就知道妳是個能幹的孩子。

很棒喔，蘿莉龍。太可愛啦，蘿莉龍。

「……吵死了。」

『嗯？妳說啥？』

結果消沉小姐幽幽站起。

然後————

「我說妳吵死了啦！給我閉嘴！」

人妻做出意外的舉動。

她竟然打了蘿莉龍一巴掌。

正手就是一掌。

啪的好大一聲在浴室響起。

她大概是只憑穿著就認為蘿莉龍是平民小孩吧。她整天在外搞土木工程，全身沾滿沙土這點也推助了誤判。

誰想得到她其實是頭巨龍呢。

『！』

「哼，敢瞧不起貴族，算妳……」

蘿莉龍原本是笑得那麼可愛。

如今眼睛錯愕地睜大。

用指尖慢慢撫過挨打的臉。

糟糕。

「克莉絲汀，不要……」

『妳打我？』

毛骨悚然的聲音。

覺得不妙時，悲劇已經發生。

爆肚拳神速砸在人妻身上。

連讓她囂張的時間也不給。磅！人妻肉體發出比巴掌聲更大的炸裂聲，同時她的存在也當場粉碎。

見到這一幕的人，全都連叫都叫不出來。

只是半張著嘴，啞口看著案發現場。

紅色物體啪噠啪噠噴得到處都是，可見這一擊力道多麼猛烈。牆上地上滿滿都是分不出部位的血肉，就連骨頭也碎成了渣，跟絞肉沒兩樣。

唯一逃過衝擊波的頭顱撞上牆、撞上房頂再撞牆，如此反覆幾次後落在地上骨碌碌地滾。表情還定格在說到最後一個字的時候。

「克莉絲汀……」

該怎麼辦呢。

身為場地負責人，我得先出個聲。

『唔……』

她肩膀猛然一跳，慌張地看過來。濺在白皙臉頰上的血沫顯得格外醒目。

『是、是她先動手的喔！』

「…………」

『你也看到了吧！不是我！不、不是我喔！』

蘿莉龍迅如脫兔，嚷嚷著跑出浴室。

這次我實在責怪不了她。

*

結果，克莉絲汀的爆肚拳給南努翠惹出的種種麻煩強行打上了休止符。我本來是打算要她先跟蘇菲亞道歉，現在連想都不用想了。

我當然當場就用過治療魔法，然而噴滿浴室的肉體沒有重新結合的跡象。再多試幾次也沒有任何反應，碎肉還是碎肉。

其實我有耗用不少魔力的感覺。而我開始使用這種力量才沒多久，不曉得這種感覺代表什麼，就只是對毫無反應的滿地肉片傻傻猛用，最後還是靠黃昏戰團的人幫忙掃。

因此貴族團也早早出浴，返回首度卡利斯。

是知道苗頭不對吧。

事情還牽扯到魔道貴族，趴低點才不會中槍。

慘死人妻這邊呢，由於魔導貴族本來就打算處死，沒有另外起什麼問題，認為她罪有應得的還占大多數。看來他在校內有絕對的地位，是校園男神呢。

只能殷切祈求他們不會對這座城留下壞印象了。

最後留在這的除了我以外，還有岡薩雷斯、魔導貴族、艾絲特、艾迪塔老師和蘇菲亞，全是平時的班底。話說最近和他們相處的時間還真不少。

自然有種活得像人的感覺。

這裡是剛才那個澡堂樓上的交誼廳，和樓下一樣，都是給有錢人休息的地方。不過設備還不夠完善，大房間裡只有幾張沙發和桌子。

「我有話想對妳說。」

坐在沙發上的魔導貴族忽然起身。

找的人不是我，而是蘇菲亞。難道是我家女僕闖禍了嗎？這大叔對不會用魔法的人毫不留情，要是真的犯了錯，我得趕快出面道歉才對。

「法連閣下，要是她冒犯了你……」

我也起身保護蘇菲亞。

結果大叔不知吃錯什麼藥，在眾人注視下鞠躬了。

深深彎著腰，當著這麼多人的面。

對蘇菲亞鞠躬。

「咦？大、大人您這是……咦？」

女僕瞬間傻了。茫然的臉也好可愛。她像是幾秒後才明白對方的頭是朝著她傾，整個人跳起來，表情慌到不行。

「大人？大、大、大人？」

被鞠躬方完全搞不懂是怎麼回事。

魔導貴族逕自說道：

「在今天這樁醜事的整個過程中，妳是最先站出來抗議的人。然而我沒有識人之明，枉費了妳的勇氣。對不起，請讓我在此向妳致歉。」

魔導貴族其實也有他的立場吧。

但他沒有扯東扯西，像個男子漢一樣敢做敢當。

真是太帥啦！

「當然，該給妳的賠償絕不會少。」

「哪裡，那、那個，請、請您快別這樣了吧！」

蘇菲亞慌得更厲害了。膽子不是小假的，一整個抖爆。求救的眼神向我飛來，田中先生拜託救救我這樣。

但打斷魔導貴族的重要時刻是很不識相的事，現在還是由他去吧。我在一旁欣賞蘇菲亞六神無主的模樣便是。

女僕小姐腋下愈來愈濕啦。

好想用蘇菲亞的腋汗提煉出來的鹽刷牙，牙齦鐵定豐滿緊實。

「想要什麼都儘管說。只要不會太勉強，我一定幫妳達成。」

「不用了，那個，我也沒有做什麼了不起的事。反倒是，那個，艾絲特小姐和艾迪塔小姐一直在鼓勵我。再說我、我也不是該讓您賠償的身分——」

「此事無關身分，我非得向妳鄭重道歉不可。」

「可、可是……」

魔導貴族的頭從沒抬過。

這讓蘇菲亞慌到都要哭了。

「至少，先請您、請您抬起頭來吧！」

「妳接受我的道歉嗎？」

「那那那那、那是當然的啊！」

怎麼不撐久一點啊，蘇菲亞。

很難見到這樣的魔導貴族耶。

不久，大叔的帥臉又朝向前方。

「……感謝妳的寬宏大量。」

「不、不敢當！」

我是很希望這能減輕蘇菲亞的魔導貴族恐懼症就好了，但心裡滿滿是惡化的預感。裙襬底下的兩條腿都抖得好厲害。

「賠償部分，還是請妳好好想想。我改天再來詢問妳的決定。」

「好、好的……」

看來魔導貴族也知道自己很少做這種事，手指搔著臉頰，眼睛看著半空中。

最近他一下找我商量戀愛的事，一下想盡辦法討好克莉絲汀，女人味激增呢。變成有點可愛的中年大叔了。

怎樣都好啦。

反正對蘇菲亞來說不是壞事。

「看來是圓滿落幕，真是太好了。」

「唔、嗯。」

我簡單補上一句收場，魔導貴族也似乎滿意了，那麼差不多了吧。離開澡堂後的這一小時以來，有句話我一直很想說。

「對了，法連閣下。我有件事想請你幫個忙。」

「什麼事？」

「我想去找克莉絲汀，假如你有空，能幫我找找嗎？」

我是很想早點說出來，可是當時有很多貴族在場，不得不延後。人家身分特殊，這種事當然要多顧慮些。總不能把大叔的戀情公諸於世。

「雖然沒有根據，但我想她應該還在城裡。」

「……這樣啊。」

那隻龍的心靈還挺纖細，要是不好好安撫她，搞不好會賭很久的氣。以後在建城這件事上還有很多需要她幫忙，需要維持良好關係。

而且今天這件事，我也有很多需要反省的地方。

既然是我把她捲進這圈子，我自然有義務幫助她。現在的她還不夠熟悉和人類溝通的方法，不能把這件事當作是她自己的責任就不管她。

不然恐將招致更大的不幸。

同時請魔導貴族協助，也能表示我並沒有忽視他對我求助。無論最後是誰找到，只要有一起找人的事實，就能向克莉絲汀邀功。在這種事情上，我覺得有實際行動是很重要的事。

「好吧。既然如此，我也來幫忙找。」

隨著我起身，魔導貴族也昂然挺立。

「真的不麻煩嗎？」

「嗯。」

魔導貴族面帶帥氣笑容點點頭。

對蘿莉龍不是愛假的。

「那我們也來幫忙吧？」

岡薩雷斯自然就加入了。

果然是個明白人，不過這件事應該不是小岡與他愉快的夥伴們處理得來的事情。蘿莉龍現在情緒不穩，不好應付。要是派蘿莉龍不怎麼認識的人過去而造成二次傷害就糟了。

「不了，安撫她的事我們來就好，請你們跟昨天一樣繼續為開幕做準備吧。找也只是在城牆裡繞一繞而已。」

「是嗎？好吧，我有看到再通知你。」

「謝謝，麻煩各位了。」

一次就好，我一直很想追逐逃跑的女人。

無論對方是誰，我總算實現了一個夢想。

但我還是希望魔導貴族能先找到她。

「等一下，我也來幫忙。她送過我一程。」

「那、那、那我也要幫！我們一起看過學技會！」

艾絲特和艾迪塔老師也接在大叔之後起身。

是怎樣，蘿莉龍怎麼突然這麼得人疼啊？這兩個喜不喜歡她還不知道，不過她們絕不會協助討厭的人，所以至少有當她是同事那樣吧。

她們對克莉絲汀有所了解，都是堪用的戰力。

「那麼不好意思，就請兩位也來幫忙找了。」

「找到的話，我會打個信號。」

「我也是。」

金髮蘿莉姊妹花點點頭。

表情一下子正經起來的艾迪塔老師好可愛。

可能是受到氛圍感染。

蘇菲亞也哆哆嗦嗦，渾身發抖地說：

「那個，我、我、我、我也來……」

勉強是不好的喔。不要勉強。

「蘇菲亞，妳就留在這裡待命吧。如果有人帶消息回來，就靠妳傳話了，這也是很重要的工作。」

「好、好的！」

說定彼此工作後，搜龍隊即刻出發。

*

就結論來說，蘿莉龍果然是在城牆裡頭。

我在北區的貧民窟找到了她。刻意用火球炸毀的民房玄關前，她縮著身子坐在較厚石牆所做的石階上，手拿木棒在地上寫了些像是字的東西。

這隻龍搞什麼，太可愛了吧！

「克莉絲汀。」

她的肩膀隨我這一喚而抖了一下，然後怯怯地抬起頭，朝我看來。

我絕不會看錯，那是沮喪的臉。夾雜惶恐與哀傷，非常不像她。

是第一次吧。

這裡對她而言，就是這麼重要的地方吧。

『你、你是來趕我走的嗎！還是來殺殺、殺、殺我的！』

「克莉絲汀。」

『要殺就來啊！你這種小蟲在我的力量之前就像灰塵一樣！我會完全消滅你，讓你再也不能復活！你就到另一個世界去後悔自己蠢到挑戰古龍吧！』

克莉絲汀連忙站起來威嚇。

狀況很危險。她是把自己以外的人都當作敵人了吧，緊張得下一秒就打出爆肚拳也不奇怪。通知其他人之前，有必要讓她鎮定下來。幸好是我先找到她。

「我才不想挑戰呢，我現在是以和為貴。」

『那……那你是來做什麼的！』

「接妳回去啊。我們還有一堆工作要做，所以請妳別在這裡自暴自棄，和我一起蓋城吧，鎮長給妳當。」

『……鎮、鎮長？』

「是啊，不喜歡嗎？妳不是在澡堂提到這件事嗎？」

她表現得這麼好，給她當鎮長也不是不行。

人類是會在獲得職務或頭銜後成長的生物，而現在我覺得龍也八成是如此。她對南努翠說話的神情，我相信絕不是一時心血來潮所致。應該吧。

『…………』

「怎麼啦？」

蘿莉龍愣愣地看著我。

由於身高有段差距，眼睛吊得很高。

漆黑的眼珠子裡，瞳仁金燦燦地發光。

「克莉絲汀？」

『……你是想當我的伴嗎？』

「怎麼突然說這個？」

蘿莉龍偏偏在這時候來個一箭穿心，真是大意不得。

下官確有此意。

非常想和妳合而為一。

只要妳還有處女膜。

『不是的話，幹嘛特地跑來找我！雄性追著雌性的屁股跑，還會有發情以外的理由嗎！還有算得上是理由的理由嗎！』

因為很聰明，與他人交流的經驗卻太淺，搞得蘿莉龍不管說什麼都是全力直球，不懂就直接問。如此憨直的坦率，與沒事就問我承不承認她力量的那種極度不坦率所形成的反差，在我胸口狠狠撞了一下。

真想直接跳過驗膜，全力傾訴我對她的愛。

「關心同伴不是很正常的是嗎？不只是人類，很多種生物都會為自己族群的同伴犧牲奉獻吧。」

『同伴？』

「是啊。」

魔導貴族的審美眼光還真高。

以後有好戲能看了。

我要全力支援。

『誰跟誰？』

「我跟妳呀。」

『…………』

克莉絲汀突然沉默不語，抬眼看著我，金色瞳仁鎖住了似的動也不動。這傢伙眼白部位都是黑色，盯著人看怪恐怖的。最怕就是她莫名其妙打出爆肚拳。

「不喜歡嗎？法連閣下、艾絲特和蘇菲亞都很擔心妳，和我一樣都來找妳嘍。岡薩雷斯先生他們也問過我需不需要幫忙呢。」

『…………』

「在這份上，可以說其他人也都當妳是同伴呢。」

我接連不斷地好言相勸。

結果不曉得怎麼了，蘿莉龍忽然轉身背向我。這樣不就看不到妳那張蘿力滿滿的臉了嗎，只剩下那矮小的背影。那條細細的尾巴真是可愛極了。

「怎麼啦？」

『好、好吧！既然你無論如何都要我回去，那我就接下這裡鎮長的工作吧！只、只、只、只要你肯低頭拜託我！沒錯，只要你肯低頭拜託我！聽到了嗎！』

還以為她要說什麼呢，結果只是像平常那樣嗆聲。

不過有那麼點哭腔啊，蘿莉龍。

淚腺還滿鬆的嘛。

雖然曾經被她打得屁滾尿流，但經過這麼多事之後，我並不會排斥低頭拜託她。如果這是成為同伴的必須儀式，那麼其實不是她成為我的同伴，而是我成為她的同伴呢。

所以我老實地低頭了。

「好。克莉絲汀，拜託妳務必要留下來當鎮長。」

『！』

克莉絲汀的肩又抖了一下。

難道這隻蘿莉龍沒想到我真的會低頭嗎？

『這樣真、真的好嗎……』

「很好啊。我可是很相信妳的呢。」

『……』

在她聽來一定像是懇求吧。

如果這能讓她溫順一點，魔導貴族也會很高興吧。

大家都開心。

「妳不願意嗎？」

『……長。』

「什麼？」

『我、我說！我就留下來當鎮長啦！』

「啊，好的，我知道了。那麼不好意思，這個重責大任就交給妳了。」

太好啦。

不用跟克莉絲汀說再見了。

還能一起建城。

會這麼想，就表示我註定要輸給她了吧。看不到她現在的臉頰，讓人好不甘心。好想用食指戳戳看。

這隻龍也太黏人了吧。

＊

平安找回蘿莉龍之後，我們再度返回交誼廳。

其他人看到我朝天空打出的火球，也很快就回來了。

和先前一樣，艾絲特、艾迪塔老師、蘇菲亞、魔導貴族、小岡，還有克莉絲汀都在這裡。

「太好了，這麼快就找到！」

艾絲特活潑地大聲說。

場中氣氛也因此熱絡起來。

真懂得炒熱氣氛啊。

「就是說啊。」

那我也藉這個機會公布我和蘿莉龍的約定吧。

「從今天起，我要將鎮長的職務託付給克莉絲汀，屆時還請各位鼎力相助，我先在這裡跟各位道謝了。」

「……咦？」

對此，就連艾絲特也不禁疑惑。

剛才的活力也突然熄滅。

不過這已經是決定好的事。

龍城就此誕生。

『我是鎮長！鎮長喔！有、有意見嗎！』

蘿莉龍不曉得在緊張什麼。

真拿她沒辦法。

另一方面，蘿莉婊也因為一時難以接受而慌張。

「那個，這、這裡是你的領地耶？這是怎麼回事？」

「領地或許是我要負責沒錯，然而我決定把這個城鎮交給她。」

「……怎麼這樣。」

好久沒看到艾絲特錯愕的表情了。

「可是，當鎮長不代表想做什麼就能做什麼喔，克莉絲汀。對於岡薩雷斯先生所率領的黃昏戰團的每一個人，都請妳給予十足的敬重。他們可是在妳過來之前就在這裡幫忙建城了呢。」

『唔……這件事我也有印象。』

「不用啦，我們也沒什麼值得敬重的。」

克莉絲汀眉頭皺了起來。

「妳是鎮長沒錯，但不能忘了要替別人設想。岡薩雷斯先生再怎麼奮戰，也無法威脅到妳。所以強大的妳要拿出度量，以寬容的心對待他們，不可以使用暴力。」

『……如果那也是鎮長的工作，那、那就這樣吧！』

「謝謝妳的體諒。」

很好很好，蘿莉龍好棒喔。

只要能討幼女開心，給一兩個城鎮算什麼。只要成為能輕鬆蓋出一兩個城鎮的男人就好了。我一定要把石牆術等級灌到ＭＡＸ。

而且最後要查驗收支的還是我自己。月底就快到了，得開始製作報告用的帳簿，這恐怕是件很折騰人的事。

城鎮不是憑我一己之力就能營運的東西。至少要將光鮮亮麗的工作交給最會表演的人來做，工作要合理分配，醜男徹底固守幕後，隊形才會穩。

現在的克莉絲汀，應該，大概沒問題。

「如果讓這隻龍坐到那個位子上，就再也沒有其他人能讓她下來嘍？」

「這樣也滿有意思的嘛。」

「這可是你的領地喔？」

「我跟克莉絲汀都講好了，一定沒問題的。」

艾絲特說得沒錯。

但假如蘿莉龍真的這麼愛這座城，啊啊，我也高興極了。有人替我把拚命建立起來的東西維護下去，是一件很光榮的事。如果對方是她，當然更值得慶幸。

「對了。法連閣下，有件事我想向你請教。」

「什麼事？」

「石牆術一般能維持多久？」

讓艾絲特吐太多槽也危險，在這兒轉個話題吧。

先前知道有保存期限以後讓我在意到現在，要趕快問清楚。回想起來，我的飛行魔法和他的認知也有差異。這件事關係到龍城的未來，非同小可。

「我不清楚你指的一般究竟是什麼水準，但就我個人所知，牆系魔法的支撐力會隨時間明顯下降，和飛行魔法那樣差不多。」

「這樣啊……」

也就是說差不多一小時吧。

比想像中短太多了吧。

可是我們的城鎮不是這麼回事，幾天前竣工的石牆製公共澡堂依然健在，究竟有多少壽命實在令人在意。老實說，就連我這施術者本人都抓不到感覺，非常擔心。

『少在那亂說，廢物。』

「！」

這時克莉絲汀又口出妄言了。被意中人這樣子罵，魔導貴族的肩都抖了一下。既然她都開口了，我就來代替慌張的大叔，催這個共同建設者繼續講下去吧。

「克莉絲汀，妳是說妳用的魔法不一樣嗎？」

『當然啊？竟然拿我的魔法跟渺小的人類相比，簡直豈有此理。至少在你壽命用盡之前，這個城鎮都不會垮！』

蘿莉龍自豪地說。

「不好意思，那關於我做的部分……」

我知道她的石牆術很厲害。

和風臉的火球都炸不破。

可是，我造的石牆又是如何呢？

『啊？啊、啊啊……那個，也、也沒有到追上我啦！你的牆實在太脆弱了！對，脆弱！太脆弱了！』

「……真的嗎？」

糟了，這樣有很多事需要考慮。

我開始能體會現代日本人住在一九八一年前蓋的房子裡是作何感想了。無論新式抗震設計法有怎樣的規範，被政府說以前的房子比較危險，人這種生物就是會擔心嘛。成天焦慮都有。

蘿莉龍像是看穿了我的心思，繼續說：

『不過呢，怎、怎麼說，跟我的牆比是很脆弱啦，可、可是以你們這些人類的壽命來說，不會不夠撐啦！』

「也就是說，目前是沒問題嗎？」

『沒有我的那麼堅固喔！沒、沒有我的那麼堅固！』

「那就沒問題了，謝謝妳。」

『唔喔喔？啊、啊、啊啊？』

「妳怎麼啦？」

『喔、喔喔……就是，要感謝我的話，喔喔……』

先不提克莉絲汀的自尊心，這個收穫還不壞。

總之太好了，看來是沒有蓋完幾週又要重建的危險，暫時可以往眼前目標全力邁進了。這樣我在幫我那麼多的黃昏戰團面前也抬得起頭。

話說回來，真沒想到會有蘿莉龍幫我說話的一天。胸口變得暖暖的啊。

同時我想到一件事，不要隨便跟她道謝好像比較好。她好像把我們對話的一詞一語看得很重，還是別輕易連續使用，要專挑關鍵時刻才對。

「喂、喂！田中！」

為克莉絲汀的話感到心靈祥和時，艾迪塔老師的聲音竄了過來。

而且是叫名字。

好像很久沒聽過她叫我田中了。其實根本是第一次吧？呃，好像有過又好像沒有。算了，反正我現在很樂。老師講什麼我都歡迎。

「什麼事呢，艾迪塔小姐？」

「有件事我非要問清楚不可！」

艾迪塔老師比平時激動一點，高吊的眼角好可愛。

她向前傾身，貼在矮桌上的雙手比想像中還小，蘿力爆棚，蘿力爆棚啊！

用這雙小手手幫我擼，不曉得會有多舒服。真想看她用兩隻手努力地擼。如果有口水從半開的嘴不停流下，替我潤滑就更好了。

「你要在這裡賣的魔力藥水，是你自己發明的嗎？還有浴池裡放的入浴劑，也、也是嗎？」

「不算發明啦，就只是參考妳的著作再加一點工而已。就是妳以前給我看的那些書，加工也沒有加多少。」

「也就是說，算、算是我們的共同研究嗎……」

「是啊。如果妳願意這麼想，我會感到非常榮幸。」

無論佩尼帝國有沒有專利這種東西，要是她為了維護權利而向我索討使用費，事情就麻煩了。儘管這樣想很不光彩，現在當成共同開發的產物才是上策。

現在還看不出艾迪塔老師那麼說有什麼目的，唯一能肯定的就只有她是個肉肉大腿疊法變換自如，隨便露底給我看的活菩薩。

「請問妳願意嗎？」

「這樣啊，我們的共同研究是吧。這、這樣啊……」

「艾迪塔小姐？」

「咦？什、什麼事？」

「就是關於佩薩利草的研究……」

「我要寫書！寫書！」

「什麼？」

老師怪怪的。

這麼突然，不是吃錯藥吧。

「學者在日後寫書整理自己的研究是很常有的事！」

「喔，的確有道理。」

「我、我可以寫嗎？啊，當然也會把你的名字標上去，就接在我後面。所以，你、你願意讓我寫嗎？讓我寫這本書？」

艾迪塔老師好像餓很久了。

她這麼喜歡寫書啊。

「只要妳想寫，我是一點問題也沒有啦……」

「喔喔！是嗎！那我就把這次共同研究的成果寫出來嘍！」

超開心的樣子。

我不禁猜想，說不定怕生的老師其實是孤零零地做了好多年的研究，所以和其他人一起獲得某些成果的過程才會讓她如此興奮。

和我變得熱衷於跟蘿莉龍和小岡一起建城一樣。

獨自克服難題或許是很有成就感，但與他人互相合作而得來的成就也有它的樂趣。肉肉蘿老師肯定就是在享受這種喜悅。

「等、等一下！那我也要寫！」

艾絲特迅雷不及掩耳地插吠。

這蘿莉還是一樣好強。

妳明明就沒什麼好寫的。

「艾絲特，要寫是可以，但是妳要寫什麼呢？」

「我要把我們的每一天寫成史詩鉅作流傳後世！總共五十集！」

「妳高興就好。」

反正不出三天就膩了吧。

放牛吃草就好，誰也不會去看那種東西。

現在該以幫助魔導貴族為重。難得他和蘿莉龍同時出現，豈有不利用的道理。

先前對蘿莉龍提過魔導貴族也有來找她，對他的感覺應該是加溫不少，沒有更好的機會了。

「對了，克莉絲汀。有件事我想請教妳。」

『……什麼事？』

喜孜孜地吸著果汁的蘿莉龍轉過來問。

嘴唇還沾著橘色。

「算是跟我們先前談到的有點關連啦……」

『什麼啦？快點說。』

我稍微賣個關子後繼續說：

「諸如古龍這類龍族的生物，是以怎樣的基準來挑選異性的呢？方便說的話，能請妳告訴我嗎？」

『……你要問龍怎麼找伴？』

「對。」

『所以你這傢伙是真的想要做我的伴啊？可是人跟龍實在……』

「不，不是那樣。」

像艾絲特這種戀愛單細胞生物搞不好會誤會，不過她本來就到處亂吃醋，現在多一個也不會怎樣。況且對方還是蘿莉龍，不會亂來才對。

「人類跟類似人類的亞人，主要是用外表和財富來挑對象，那麼擁有獨特文化的龍族是怎麼挑的呢？我畢竟也是學校的學生，還滿好奇的。」

感覺有點硬拗。

但也不是完全接不起來。

結果蘿莉龍頗為得意地開始說了。

『既、既然這樣，我就告訴你吧！首先需要漂亮的角，還有一對大翅膀！這兩個都不能少！有的會看尾巴的長度粗度，大概都是這個道理！』

她是因為有人對她感興趣而高興嗎？

不曉得，只是有這種感覺。

「角、翅膀和尾巴啊？」

『當然啊！而且至少要有一擊打穿這裡城牆的力量，不然我看都不看一眼！啊，只、只能打一下喔！一下喔！不能一直打同一個地方喔！』

原來如此，的確是龍味十足的寶貴意見。

審美觀果然與人類不同。

這些條件對魔導貴族來說很困難吧？不過他搞不好哪天就真的長出角、翅膀和尾巴給她看。魔導貴族要窮盡一生鑽研魔道的志氣不是喊假的。

在這個奇幻無比的世界上，應該沒有不可能的道理吧。

「這樣啊，也就是說要有龍的氣概嘍。」

『沒錯！一個都不能少！每一個都是！』

「謝謝，長知識了。」

小母龍說得好得意。

嘴巴張得好大，口水猛噴。

艾迪塔老師還貼在桌面的手被她滿滿都是，表情很受不了，像「哇靠，髒死了」那樣。可是一句怨言也沒有，聰明的艾迪塔老師不會傻到跟龍吵架。含淚而眠的老師好可愛。

可以的話，請讓我用舌頭溫柔地舔下來。

有「艾迪塔老師的小手手～佐蘿莉龍唾液～」那樣的魅力。

『不、不過！』

「請說。」

『會對我、對、對我好，也很重要……』

「這樣啊？」

『嗯。』

這傢伙偶爾還是會說老實話的嘛。

大概她本人也沒自覺吧。

「這麼說來，說不定還有其他人類共通的部分呢。」

我喃喃低語，往魔導貴族瞥一眼。

「…………」

他似乎明白了我的意思，微微頷首。

即使經過這些挫折，戀愛的中年大叔還是沒失去對她的熱情，眼中的意志反而更堅強了。大概是知道魔道與戀愛之路有所重疊，鬥志飛昇三成了吧，隨即就發問了。

「為什麼是這裡的城牆？」

「因為這座城最外面的牆，是克莉絲汀一手打造的。」

『沒錯！』

「喔！原來如此！」

魔導貴族讚嘆地點點頭，臉上浮現有力的笑容。有了明確目標，幹勁也跟著起來了。

「那個，你、你說你已經有心儀的人，難道是她嗎！」

我所擔心的事果然發生，艾絲特迅速上鉤。

「不是的，妳誤會了，那是另一個人。被我這樣的男人看上，很對不起人家就是了。我實在沒有勇氣像妳這樣直接問她。」

「是、是喔……」

就這樣，龍城的開幕式結束了。

＊

當晚，某澡堂中。

和風臉和魔導貴族泡在浴池裡，沒有其他人。這個露天浴池很寬敞，只有我們兩個在泡，感覺特別靜謐。慢慢沒入這樣的浴池裡，實在舒坦到極點。

幾乎是包場。

「今天真是謝謝你了。」

「其實有點硬來就是了……」

「哪裡，這樣就有明確目標了。是件好事。」

「很高興聽你這麼說。」

至於兩個老大不小的中年大叔在這裡對泡的原因，主要是替魔導貴族對克莉絲汀的戀情開檢討會。我們相隔幾公尺，在蒸氣之間交談。

「法連閣下，我相信你一定打得破的。」

「關於這個，我想跟你確定一下。」

「確定什麼？」

「你已經打破她的牆了嗎？」

「還沒有。」

「是嗎……」

「而且我並不想去挑戰。」

已經失敗過一次的事，就別告訴他了吧。

只會造成無謂的憂慮。

如此短短幾句對話，已透露出魔導貴族的心情。戀愛還真是可怕，讓總是滿懷自信的他含蓄成這樣。四十幾歲的大叔都要變成青春少女了。

啊啊，這樣形容有夠噁心。

「……謝謝你這份心意。」

「哪裡，這是我們約好的事嘛。」

人無信就是畜生。

說好支持他，就要堅守到底。

怎麼說呢，感覺青春到不行啊。兩個臭男人泡溫泉聊戀愛，是我姍姍來遲二十年的青春情境。人生際遇真是難以捉摸，教人無限感慨，怨上天怎麼不讓它早來十年。

「…………」

「…………」

算了，不該奢求。

這樣對醜男來說已經是非分之福了。

貪心只會自取滅亡。

但膜的部分我堅決不讓。

「不過除了角、翅膀和尾巴之外，還要破壞古龍造出的魔法產物，沒什麼比這更值得我努力目標了吧。正因每樣都非常單純，光是思考該怎麼去達成，就讓我心雀躍不已。」

「不愧是魔導貴族。」

「如果有你那樣的魔力，就有機會正面突破了吧。」

「憑你的能力，總有一天會成功的。」

「少在那瞎捧。我有多少能耐，我自己最清楚。」

「對方可是龍喔？照正常方式走，不曉得哪天是個頭，再說她的心態也跟人類不一樣嘛。所以我想，照你的平常心來行動就是你最大的武器。」

「…………」

稍微鼓勵他幾句好了。如果沒有放棄做人的氣概，恐怕很難攻陷蘿莉龍。或者說，要做到那地步，她才會感受到對方的心意。她腦袋很聰明，多半不會接受旁門左道吧。

「你認為呢？」

「……是啊，你說的的確有道理。」

「嗯。」

「沒錯，我可能是真的變得懦弱了一點。由於身邊有你這樣的人，使我有意無意地給自己設下了限制吧。」

「真不像你會說的話。」

「我也沒想到你會這樣說我啊。」

「不對嗎？第一次見的時候，你還比較有氣魄呢。」

「別再說了。但是，我很高興你這麼替我著想。謝謝你。」

魔導貴族的坦率道謝上線啦。好難得啊。

「那也不是值得你道謝的事啦。」

「現在我心裡，有種不同於追求她的激昂呢。」

「你的行動力真教人佩服。」

「哼哼，我還不會輸給年輕人呢。」

「如果有什麼我幫得上忙的，就儘管說吧。我一定竭盡所能。」

「嗯，謝謝你的好意，不過……我想是不必了。」

「咦？」

「既然已經有必須努力的目標，我一定要憑自己的力量達成才行。不然她也不會想多看我一眼吧。告訴我這點的不是別人，就是你自己。」

泉源澆注，池水溢出的聲音突然變得好清晰。

「雖然現在是你領先，但我絕不會認輸的。」

魔道貴族掩蓋這一切的強力宣言，響徹整間澡堂。

「……關於這點，真的很抱歉。」

他指的是我們與蘿莉龍之間的距離。我的確是比他近得多了。無論理由為何，既然我自己也都感到我們親近了不少，應該不會錯吧。

「別在意。那是她自己的選擇，而且我也還沒放棄。」

「你真堅強。」

魔導貴族此時的心情，就跟我明知蘇菲亞喜歡亞倫也想追求她一樣吧。愛上就是愛上了，追愛不需要理由。無論對象是誰，出發點都是自己的感情。

魔導貴族對蘿莉龍是愛到最高點啊。

太棒啦，青春！

太美啦，青春！

年過三十的我可能是頭一次明白女學生為什麼動不動就想從戀愛角度炒熱每個話題。

「所以你也不用顧忌我，愛怎麼做都隨你。不管未來要面對怎樣的困難，我都一定會用自己的手開拓出與你並駕齊驅的路，再進一步超越你。」

壯年大叔露出無所畏懼的笑。

看來他是把我視作情敵了。

「那你可要多努力一點才行喔。」

因此，我也小小挑釁一句。

無論實情如何，只要那有幫助，對我這支持的一方也有好處。經過這幾週的交陪，我對魔道貴族的個性也有所理解，有個競爭對手或許會是最好的推力。

「那當然。」

果然沒錯，他的回答再度充滿自信。

有種魔導貴族之戀第一幕完的感覺。

雖然他再三推辭，但我還是決定全力支援他。

大丈夫一言九鼎啊。

開拓領地（四）

Territory Pioneering (4th)

我的城鎮——龍城，終於完成了。

要開始迎接客人，我們也做了一切準備。黃昏戰團的首領岡薩雷斯接受我的請託，從幾天前就在多利庫里斯替我們宣傳。

小岡在多利庫里斯很受歡迎，說的話果然非常有影響力。開幕至今這幾天，城裡朝氣蓬勃，多利庫里斯的人滿街走。

「這樣真的很有成就感耶。」

「就是說啊。」

我對站在身旁的光頭友人聊起我們的事業。心裡是超乎想像地充實。

「我也請朵莉絲找人過來玩了。」

「謝謝妳，艾絲特。」

艾絲特站在我的另一邊。

儘管她嘴上說不在意，但實際上我在大大小小各方面都欠了她很多。等事情告一段落以後，一定要好好答謝她。想用高高在上的語氣，對她說「這次妳幹得不錯，賞妳個喇叭吹吹」之類的。

是男人都會想在有生之年說一次這種話吧。

「我是你的尊親耶，幫這點忙是當然的啦！」

「不過我受到妳的幫助也是事實嘛。」

至於蘇菲亞呢，則是因為家裡開餐廳，懂得記帳，所以從第一天就把帳簿給她管了。這幾天都是在辦公桌前皺著眉頭。

艾迪塔老師都是在自個兒房裡寫書，廢寢忘食地關在房裡猛寫。一旦投入某件事就顧不得其他的老師好可愛。典型的學者個性。

魔道貴族為收拾學技會的事，已經返回首都卡利斯，臨走時我還拜託蘿莉龍送他回去。原本要好幾天的路程只要一天，龍航空真是太方便了。

所以現在的成員就只有我、小岡和蘿莉婊三個。

「那、那收入怎麼樣！」

「還不錯啦。只是就目前而言，還是很吃緊。」

距離期限還有十天，目前的總營業額是十枚金幣多一點。城門口收的入場費是每人十枚銅幣，直接除下來，總入園人次約為一萬。不過金額包含餐飲店的收入，實際人次還要更少才對。

照這步調，是能熬過這個月。

但只憑這樣，無法永續經營這座城鎮。

最大的固定開銷是給騎士團的契約金。要更新騎士團契約，至少得先賺一百枚金幣才行，然後再加上要繳給國庫的五十枚，到月底前需要一百五十枚金幣。

找其他人擔任騎士團是能降低不少開銷。但以現況而言，恐怕招募不到多少人。況且這座城鎮還有改善空間，能幫我建設的他們是目前最理想的人選。

另外，消耗品也需要補給。

總之，光是維持營運就要達到每個月兩百枚金幣的營業額。

「不行嗎？」

「我這邊是還想再享受一點建城的樂趣啦。」

「為此，還需要多動一點腦筋呢……」

所以該怎麼辦呢？

就在我們三人閒聊時，突然有人來喊我們。

「團長！田中大哥！」

是黃昏戰團的團員。

轉頭見到的是個肌肉猛男，年約二十五左右，最大特色是雞冠頭。先前吃了克莉絲汀一腳，栽進浴池裡的就是他。幸好他沒事。

「有急事要通知二位！」

他似乎是一路跑來，喘得很厲害。

「喔，怎麼啦？」

「好像是個大人物，說要跟城裡的代表談……」

「什麼人啊？」

岡薩雷斯歪起腦袋。

「是個商人，大概是聽到傳聞而來的。」

「原來如此。」

太好啦，天降甘霖啊！

*

我們來到昨天也待過的交誼廳。

就乾脆把這當會客室好了。

我坐在相對的沙發上等了一會兒，雞冠頭帶來了一個年約二三十歲的青年。襯衫外搭背心，很普遍的商人穿著，不過品質非常好。

長相也是十足的帥。眼睛瞇得很細，是那種整天不知道在微笑什麼的氣質男。以動畫或遊戲來說，主要是主角的好友角色，待人接物彬彬有禮，常帶有甲味言行的感覺。

但話說回來，我怎麼老是遇到帥哥啊。

每次都要把我的自尊和自信砍掉一大塊。

他身邊還有個年紀相仿的女性，大概是太太之類的吧。長過腰際，富有光澤的金色長髮很是醒目。長相文靜，穿著一件給人端莊印象的袍子。

然而她的身材卻非常凶猛，胸部屁股都極為火爆，但腰身卻十分纖細，性感得不得了。一定能生出很騷的孩子，真想吃吃這樣的親子丼。

「田中男爵您好，非常感謝您撥冗接見。」

他以誇張的姿勢鞠躬。

貴族頭銜正猛烈地發揮效力。

不只是帥哥，旁邊的美女也一起敬禮，有點開心。

「在下名叫黑格爾，這位是內人伊萊莎。」

「小女子名叫伊萊莎，很榮幸謁見男爵。」

這就是貴族的力量嗎，太棒了吧！

感覺是真的可以用買販賣機果汁的心情，在路上隨手抓看對眼的女生來強姦。貴族真是危險的生物，充滿了男性浪漫呢。最近對應電子錢包的機種也變多了，可以強姦得更方便。

不過怎麼說呢，在日常對話上感覺怪怪的。

背脊發癢。

畢竟在過去的人生裡，我向人低頭的次數是壓倒性地高。

「今天，我是代表曼森商行來與您談點生意。」

糟糕。

我對這世界的公司行號完全不熟。看他頗為自豪的樣子，大概是規模相當大的商行。早知道就事先請雞冠頭問了，這樣才能跟小岡和艾絲特了解一下。

總之先當他是大企業副理好了。

這樣就不會捅出什麼漏子吧。

談完以後，是不是也該設個宴招待人家呢？

「讓您千里迢迢來這種鄉下地方，我才該感謝您呢。」

「哪裡哪裡。我們總行是設在首都卡利斯沒錯，不過在多利庫里斯也有分行，只需要一天車程而已。這樣的距離，對我們來說是個可遇不可求的大好機會啊。」

「原來是這麼回事。」

「所以田中男爵，我就來找您談談了。」

應該是來談生意的沒錯吧？

順道一提，交誼廳裡除了我，就只有眼前這對帥哥美女而已。

其實他是只想單獨和我談，事先就請雞冠頭支開岡薩雷斯和艾絲特了。小岡一樣繼續打理這座城，艾絲特跑去幫蘇菲亞。

非常感謝他們的協助。

至於雞冠頭呢，帶他們過來之後就早早離去了。好歹也該給客人端杯茶之後再走吧，肌肉上腦的人對這方面就比較不機靈嗎？

「這樣的話，我們是歡迎之至。歡迎來到龍城。」

「這裡叫龍城嗎？」

「這城鎮的鎮長可是真正的龍喔。」

「龍嗎？」

「對，就是龍。活跳跳的龍。」

「這、這樣啊……」

說什麼鬼話的臉呢。

沒關係，信不信都無所謂。

她有多活跳跳，我自己知道就好。

簡單帶過，繼續說下去吧。

「不好意思，我們談正經事。您想談什麼呢？」

沒必要多吹噓，我便直接問了。

雖然是明擺的事，但禮數還是得做足。

「是這樣的，我想在貴城做點生意，還請男爵務必成全。」

「這樣啊。」

「您意下如何？」

「我們現在正缺商家呢。」

只靠黃昏戰團，人手實在不夠。

尤其運送物資不只需要人手，還需要很多馬車，一百金的資本不曉得能撐多久。現在找其他人合夥，先取得穩定收支才是上策吧。當前目標是讓營運狀況上軌道。

現在一次赤字都承受不起啊。

「真的嗎！非常高興能聽您這麼說。」

「我們這裡很缺物資，有人能供應是再好不過。」

話說這個帥哥年紀輕輕，談吐倒是十分穩健。

我好歹也是個貴族，能這樣跟我對答如流，可見他已經很熟悉這種場面，肯定是經常和大人物談生意。說不定是統帥的左右手等級。

小心點好了。

「既然這樣，那本商行願意一手包攬貴城所有的物資。我們在多利庫里斯設的是大型據點，保證能滿足貴城的需求。」

「這樣啊。」

看來他是想獨占整座城的生意。

這種事可不能隨便答應。

「既然多利庫里斯有大型據點，這個提案真的非常有魅力，我個人也很想交給貴商行處理。可是不好意思，這麼大的事不是我可以獨斷，請讓我先問問費茲克勞倫斯子爵的意思。」

「了解，這樣的確是比較不會出問題。」

「是啊，畢竟我受她百般照顧，得尊重她的意思。」

我並沒有說謊。

以蘿莉婊為盾採取守勢。再大的商行，也不會想得罪費茲克勞倫斯家。我背後有艾絲特撐腰是眾所皆知的事實，能藉此得出皆大歡喜的折衷點就好了。

「這樣啊……」

這時，黑格爾的表情出現變化。

有所思量的樣子。

「人家說費茲克勞倫斯子爵特別寵愛您，難道是真的嗎？」

「我不曉得您聽說了怎樣的流言，但我們之間清清白白，沒有任何值得世間興風作浪的事。子爵單純是看好我的能力，而我也竭盡所能報答她的賞識而已。」

我們親近到可以一起泡澡這種事，就算嘴巴裂了也不能說。

先把既成事實擺一邊，現在必須顧住我們的顏面。我怎麼說也是個男爵。一個跑業務的同期曾跟我說，這方面一旦被人瞧扁就完了。不曉得愛穿貼身西裝和尖皮鞋的他現在過得怎麼樣。

「原來如此，請恕我失言。」

「所以這筆生意呢，如果能照多利庫里斯的意思來辦，以我這邊而言是再好不過。這裡雖然名義上是我的領地，實際上還是跟費茲克勞倫斯子爵的附庸差不多呢。」

說成這樣就沒問題了吧。

「我明白了，那我改天再找子爵詳談。」

「非常感謝您的體諒。」

有艾絲特居中，事情應該不會走歪吧。據鑽頭捲所說，她是個很有才幹的人。只要事先談妥，應該會願意滿足我的需求。

「不過這麼一來，就沒話題能聊了呢。」

「真抱歉，白費您的時間了。」

瞇瞇眼帥哥的笑咪咪表情更加深刻。

他的眼睛都是一條線啊，一條線。這種人突然開眼瞪人的時候，都是一副要把人嚇死的氣勢啊。肯定是想塑造這種形象。

「請別這麼說，男爵不應該向我這樣的平民低頭。」

「我現在就像試用期一樣，和平民沒什麼不同。」

「看樣子，您似乎真的凡事都以費茲克勞倫斯子爵為重呢。」

「這個嘛，看起來或許是這樣沒錯……」

怎麼一直把話題帶到艾絲特那去啊，該不會是在試探我吧？商人好像都很注重這種事，畢竟她也是新科領主嘛。

既然如此，好，就幫蘿莉婊抬個轎。

她和我一樣坐上子爵的位子沒多久。為了善加治理多利庫里斯一帶地區，和紮根當地已久的商行打好關係是非常重要的事。況且照他說來，這生意的規模可不小。

「費茲克勞倫斯子爵才學非常優秀，雖然有不少人譏諷她是受到父親庇蔭才有這個地位，可是在我這個跟著她學習的人來看，她的確是具備子爵該有的度量與決策力。」

「這麼說來，您對她還滿崇拜的嘛。」

「是啊。」

有膜就完美了。艾絲特的小穴裡怎麼沒有膜啊。失了膜的小穴，好比蓋子不見的螢光筆啊，馬上就會乾巴巴。

「而且她現在才這點年紀，未來肯定無可限量。她在多利庫里斯應該能和曼森商行學非常多東西。未來的日子裡，還請您多多關照。」

「說句僭越的話，這真像是父親會說的話呢。」

「豈敢豈敢。我跟子爵相比，還只是小嬰兒呢。」

這個人真的有夠愛扯艾絲特。

商人就是要這麼貪心才行嗎？

還是他想問出什麼特定資訊呢？

「我能回答和不能回答的事其實分得很清楚，您想問些什麼都請便。對我自己來說呢，能得到黑格爾先生你們這麼大的商行賞光，是十分榮幸的一件事。」

「……這樣說的話……」

黑格爾思索片刻。

途中，伊萊莎忽然開口。

「非常抱歉，我知道男人說話女人不該插嘴，可是我有件事實在很想請教田中男爵，能請您成全我這不情之請嗎？」

「請問是什麼事呢？」

「其實我們很早就聽說過關於男爵您進宮時的傳聞，我家主人也因此難以做出某些決定。不過男爵您既然能在這短短幾天裡憑空蓋出一座城，所以我們想了解您究竟有多少勝算。」

「勝算是嗎？」

「畢竟我們要投資的不是一筆小數目。」

說話有氣魄的太太好帥啊。

什麼樣的人娶什麼樣的妻呢。

真好，好想要一個這麼剛強的老婆。像鞭子般猛烈刺激了我的結婚欲啊。艾絲特嫁出去以後，八成就是這種感覺吧。能結婚的話，真想被老婆騎在臉上。

真想聽老婆說「真沒出息，少了我就這麼沒用」之類的話。

「您怎麼說呢？」

「這個嘛……」

一言以蔽之，問題就在於該怎麼獲勝。

商人要的是如何能從這塊土地獲得永續的利益，但我現在很難跟他保證，光是下個月的錢能否繳出來都很難說。就現況而言，無法輕易在契約書上簽名。還是說實話比較好吧。

「說老實話，勝算不怎麼高。」

「真的嗎？您都建設出這麼大的城鎮了耶？聽說這

裡原本是什麼也沒有的草原，可是不管您用的是什麼方法，這也不是常人辦得到的事。」

替丈夫推進對話的妻子真美。

「但我還是很難向兩位保證任何事。」

「這樣啊……」

「然而就算我事業失敗，了不起也是被貶為奴隸。城鎮已經另外設了鎮長，她會繼續留下，這件事子爵也知道。再說，在我上面的不是別人，就是費茲克勞倫斯子爵。」

「……嗯，的確是這樣。」

妻子火爆的眉毛挑了一下。

「希望兩位能將這個事實視為一種擔保。若有需要，歡迎兩位向子爵求證。」

這樣解釋就沒問題了吧。

如果那些都是認真的問題，他們要的就在這裡。

也就是做這座城真正的主人。

不過呢，這裡的鎮長有點難搞喔。

「之後的事，單純就是看誰說話大聲而已。」

「意思是我們無論如何都不會吃虧吧。」

「正是如此。」

還要刻意確認，那麼很可能是這樣沒錯。

再補個請求看看反應好了。

「兩位覺得怎麼樣？足夠讓貴商行下這麼一筆大投資嗎？」

「先前才說沒勝算，不過您好像很有自信呢。」

「我給人這樣的感覺嗎？」

「您會從男爵的位子一口氣墮為奴隸耶，不害怕嗎？」

「一點也不怕。」

墮就墮啊，了不起變成艾絲特的肉棒奴隸。

就算實現不了終極心願，和有膜少女打濃情蜜意炮，我還是可以仿效被輪姦再輪姦之後，體質變成插下去就腦袋空白的少女，全心全意享受越過絕望之後的快樂。

「……這自信還真不小，先前的話都要褪色了呢。」

「是因為我個人的進退一點意義也沒有，貴商行的利益才是真正重要。」

「…………」

都拿出這麼多誠意了，就算不至於獨占，他們也會進駐吧，結果如何呢？我有點緊張地往丈夫看，而他似乎也懂了我的意思，表情嚴肅地說：

「田中男爵，您願意說到這份上，是因為想實現什麼夢想嗎？」

「您說夢想嗎？」

哦呼，到這時候還來這麼大一顆變化球。

商人和領主之間都是這樣說話的嗎？

怎麼說呢，令人想起小學時的三方面談。

明明沒有第三者在場，卻讓我有這種感覺。

「是有沒錯。」

「感覺是個很遠大的夢想呢。能和我們聊聊嗎？」

「不不不，一點都不遠大，我認識的人裡面都已經有幾個實現了，而且就像呼吸一樣簡單。然而，那對我來說卻非常遙遠，為了踏出第一步，我才來到這個地方。」

組後宮。就是組後宮啊！

我要左看右看都是小縫縫的樂園。

膚色世界。

右手裝備艾絲特，左手裝備克莉絲汀。

嘴巴裝備艾迪塔老師。

胯下不由分說，就是要裝備蘇菲亞。

好想用這樣的全副武裝闖蕩世界啊！

「……這樣啊。」

「我想黑格爾先生說不定也早就有了。」

「有？您說我嗎？」

「不過是瞎猜的，請別在意。」

這麼帥的一個人。

至少有過兩三個炮友吧。

「…………」

「…………」

想不到會老實說了這麼多。沙發桌另一邊，黑格爾夫婦沉默不語，好像有點說太多了。好像窺見到公司董事在酒席上跩得二五八萬地說教是什麼心境。

感覺意外地暢快。

就隨意找個地方喊停吧，還有很多事要做呢。

「就這樣了吧，好嗎？」

「好、好的。」

黑格爾答得有點措手不及。

「這城鎮已經做好了迎接貴商行的十足準備，進駐規模的部分，就煩請貴商行鄭重檢討。如果到了能繼續詳談的階段，我也會和實務負責人定一個時間出來給兩位。」

「好的，勞您費心了，田中男爵。」

「我才要受您照顧了呢，黑格爾先生。」

就這樣，與曼森商行的會談結束了。

＊

會談結束後，我將黑格爾夫婦送出城門口。做完一項大工作，總算能喘口氣時，我在城裡見到岡薩雷斯帶著幾個部下，東張西望不曉得在看什麼。

當他們發現和風臉的存在，就立刻扯開喉嚨喊：

「喔！在這邊！喂～」

「這不是岡薩雷斯先生嗎？你來得正好。」

「怎麼？找我有事啊？」

「我們說不定要和曼森商行聯手喔。」

「喂喂喂，這是真的嗎？」

「真的。」

「曼森商行可是佩尼帝國頂尖的大商行耶。」

「主要是讓他們負責貨物的運輸，要拿來當店鋪用的房子也會一併交給他們。下次進一步討論的時候，可能也要請你一起參加了。」

「好、好哇，這是無所謂啦。不過我對這方面是一知半解……」

「在多利庫里斯做買賣的人，應該都聽說過你的名號吧。」

「真是的，你還是一樣很會說話。」

「那也是要看對象的。」

「真敢說啊你。」

如此這般，經過幾句裝模作樣的對話，我將新知分享出去了。

只要這樣說，性能高強的小岡就會一路幫我辦到好。

雖然光頭又刺青看起來整個是黑道風格，實際上卻是古道熱腸，還擁有愛愛蘿莉後宮的男子漢。

是不是做什麼都顯得游刃有餘的人特別容易吸引幼女啊？

「對了，現在方便嗎？」

「有事嗎？」

「有客人找你。」

「又是商人嗎？」

「不，是貴族家的小姐。」

「貴族？」

誰啊？

我認識的貴族不多耶。

頂多就艾絲特和鑽頭捲。

「是碧曲家的小姐。既然費茲克勞倫斯子爵是你老闆，你應該認識吧？碧曲伯爵家是那個派系的一大核心勢力喔。他們的三女兒希安小姐是魔法騎士團的副團長，只要是對戰力有點自信的人，都一定聽說過。」

「希安小姐嗎？」

誰啊？

不認識。

「聽說她最近為了治公主的病，也跑去獵龍了，也有拿到屠龍士的稱號。再加上她年紀輕輕就爬到副團長的位子，最近我們小市民也常聽到她的名字。」

「喔，這樣啊。」

原來是柔菲。

對喔，本名是這樣沒錯。

「她跑來這裡啊？」

「現在是子爵在招呼她，好像很熟的樣子？聽說教子爵魔法的就是希安副團長，所以才會這麼好吧。難怪先前那場仗裡，看她那麼漂亮地飛來飛去。」

關於這件事，以前好像也曾經提過，又好像沒有。

如果是不認識蘿莉婊的人聽了岡薩雷斯的話，會共鳴得很單純吧。不過即使柔菲教得好，我想那樣的表現主要還是來自她自己的努力。

蘿莉婊可是很勤奮的女人呢。

「能告訴我位置嗎？」

「當然，她就是叫我來帶你過去的。」

「這樣啊。」

看來小岡找的就是我。

貴族也是挺忙碌的呢。

＊

我跟隨岡薩雷斯前往柔菲所在。

來到的是北區供貴族遊憩的設施之一，格局裝飾都比其他地區豪華氣派，和風臉和克莉絲汀的合作成果很是顯眼。克莉絲汀造的巨大凱旋門，也是這裡的地標。

最後我在某旅館的接待室見到了她。

「好久不見了，柔菲。」

「好久不見的呢。」

這個袍子美眉還是一樣特立獨行。

她穿的是以前也見過的袍子，聽亞倫說那是魔法騎士團的幾種正式服裝之一。衣襬和袖管到處都有金色刺繡，布料也是好得一眼便知。好像是絲絹之類，柔柔亮亮的。

看著這樣的她，我忽然想起一件事。

之前和風臉含淚推掉的奴隸姊妹現在到哪去了呢？最後由蘇菲亞收下以後，我再也沒和她們接觸過，說不在意是騙人的。一度拒絕後，我也沒主動關切的道理，好哀傷。

「妳怎麼大老遠跑來這種地方？」

我們彼此認識，打過招呼就直入正題了。

她坐在三人座沙發的中央，接待她的艾絲特和醜男則是在矮桌對面的沙發坐一排。

岡薩雷斯帶我過來以後就不曉得跑到哪去了。

還說什麼貴族的對話不需要平民介入。一定是建城比較好玩吧，離去的腳步非常快。

「我有事要找你商量，能給我一點時間嗎？」

「只是聽的話，要多少是沒問題啦……」

抬眼問話的柔菲故意得很可愛，跟克莉絲汀相比是不同的欠揍。即使動作都經過計算，美少女就是可愛，讓人忍不住想強姦她。男性就是蠢到如此無可救藥的生物。

這女生就該配備千錘百鍊過的黑抹抹恥丘，以及包覆其周圍的巨大蝶蝶。好想用嘴唇夾住她已經回不去的蝶蝶拉得長長的。月刊蝶蝶創刊號的封面女郎就決定是柔菲了。

「柔菲，難道妳有亞倫還不夠，還想連他也……」

艾絲特的表情愈發凶惡。

看來是ＮＴＲ警報正在響。

不過我不認為這個公主屬性的人會屈就於我這和風臉。這類的高標準婊只會對有錢帥哥撒嬌，我這種外圍的虛位男爵在她眼裡根本是年過四十的打工仔。

「我想在這座城裡辦表演。」

「辦表演是嗎？」

我這才想起學技會時也看過柔菲在舞台上載歌載舞。

原來如此，她是想在這裡辦那種演唱會吧。以現代人的感覺來說，就像是新人偶像在百貨公司頂樓打歌那樣。她想得沒錯，偶像表演非常適合這類遊樂場所。

不愧是公主屬性，目光深遠。而且一開幕就親自跑來談，行動力不是蓋的。她現在只有十多歲，有這樣的表現格外值得尊敬。真是太帥了。

既然如此，我也該拿出面對商務婊應有的態度來談。

「要辦多久時間？」

「我想以週為單位來租場地。」

「這樣啊。」

這提案對我來說並不壞。

平白多一個泡澡以外的娛樂選擇，可謂求之不得。

「我明白了，請妳一定要在我們這裡表演。」

「真的嗎？」

「真的，騙妳也沒用嘛。」

「謝謝的呢。」

不曉得她到底人氣多高，但她外表十分可愛，又是高高在上的貴族。這樣的人當著平民的面穿小短裙在台上勁歌熱舞爽露內褲，肯定會吸引不少觀眾。

只是龍城目前沒有這樣的舞台。

「那事不宜遲，我們就來蓋舞台吧。」

直接就在人潮多的廣場邊蓋個表演廳好了。

考慮到天候問題，最好能遮風避雨。

這樣也方便柔菲以外的人使用。

「……直接蓋嗎？」

「對啊。我需要問妳舞台需要具備哪些構造，可以跟我一起來嗎？」

「好、好的。」

順便請她驗收成品，談妥租金。

好，打鐵趁熱。

我在柔菲之前站起來。

這時，身旁傳來艾絲特的聲音。

「請、請先等一下！」

「怎麼啦？」

「柔菲！我看妳是真的想像亞倫那時候一樣，把他搶走吧……」

「並不是。現在我終於明白了。」

「明、明白什麼？明白他真的超帥的嗎？」

柔菲沒有隨激動的艾絲特起舞，淡淡地說：

「有男人愛是很重要的事，有時這樣得到的幸福，甚至勝過其他千千萬萬的愛。可是，同時得到很多人的愛，也會在合適情況下，超越只有一個男人疼愛的幸福。」

「……妳在說什麼啊？」

「我要成為這世上千千萬萬男性的心靈寄託。」

「…………」

「人人為我，我為人人的呢。」

這公主婊開始布道啦。

是衣食無缺的貴族生活，讓她的精神加速發展了嗎？

滿滿是眼光比常人高出了幾個世紀的感覺。

「亞倫又怎麼了嗎？」

「回到首都卡利斯以後，我一次也沒見過他。」

「咦？……真的？一次也沒有？」

「是的。」

我說兩位婊子，這樣人家太可憐了吧。被兩個相信的女人背叛，要我不同情他也難。話說從多利庫里斯回卡利斯以後，我也沒機會去找亞倫。

是不是儘快跟他見個面比較好呢？

「管、管他的，反正亞倫不重要！不重要！」

艾絲特其實也有點在意吧。

沒關係喔，儘管回老巢去吧。

不然我就快被她攻陷了。

要是再多倒貼幾次，會怎樣很難說。

「那麼，舞台的事就麻煩你了。」

「好的。我心裡已經有個預定地，位在人多的地方，先帶妳去看看吧。」

「麻煩了。」

「等、等一下，我也要去！不要丟下我！」

就帶著兩個婊子到城裡的鬧街去吧。

*

與柔菲商量之後，我們決定在中央廣場邊設置表演廳。那裡已經有幾棟建築，只要用石牆術調整就行，像拼

圖一樣蓋出了小有規模的表演廳。

要是蓋太大，剛開幕時沒填滿的部分會太顯眼，所以只弄了一百平方米左右。並約好如果經常爆滿就會再度整地擴建。目前先以地下偶像的規模起頭。

表演廳構造並不複雜，約一小時就搞定了。

途中主要是以案主柔菲的考量為施工方向，中央設置了圓形舞台，周圍是缽狀的平緩斜坡。她說這是為了三百六十度都有觀眾看見她。

我徹底運用這幾天累積下來的經驗，迅速竣工。

不需要弄水道實在輕鬆很多。內急可以使用到處都有的公共廁所，至於野炮站點就不限於特定設施，隨處開放。

當然，半數是多目的樣式。因為目的很多嘛。

「差不多就這樣了吧？」

「非常完整了。你的魔法還是一樣高強呢。」

在完工的舞台上，柔菲環視表演廳並如此讚嘆。

「那真是太好了。」

「想不到你的房子都是用石牆術蓋的呢。」

「我已經確認過，所有魔法建築都能長期維持，不用擔心這方面的問題。」

「原來如此。我也是擔心這個，但既然確定能維持就沒問題了。」

我說出蘿莉龍提供的資訊，保證安全無虞。看來她是真的有此疑慮，聽了之後鬆了口氣。可見這類石牆只有暫時效果，的確是魔法師圈子裡的共識。

她再度環視整個表演廳一圈。

「謝謝你的協助，成果比我想像中好太多的呢。」

「希望我們能長久維持良好的合作關係。」

「我也該請你多多關照。」

幾句寒暄以後，公主婊忽然伸出右手。

是要握手嗎？

對我這樣的醜男也不吝獻媚，標準果然非常高。

「當然，請多指教。」

這裡就順她的意吧。

我也伸出右手，緊緊握住。

那溫暖的手讓死處男感到一陣暈眩。還以為最近常與艾絲特有肌膚之親，已經練出不少抵抗力，結果不堪一擊。蘿莉的觸感太爽啦！

指尖在手背上碎動的細微觸感，讓人心兒一揪。

然而不要緊。

我身為一個在歌舞伎町補習班徹底練過的死處男，對偶像不會有太大反應。

重要的是愛，是愛啊！

「拜、拜託，有必要握手嗎！」

「我沒有別的意思。」

「妳的話我根本就不敢信！」

「妳總有一天也會明白的。」

「我心裡只有他，沒興趣搞什麼人人為我那一套！」

「是嗎？」

「是啦！」

「被很多人一起上，感覺其實很舒服的呢。」

「！……妳妳妳、妳有沒有羞恥心啊！」

「開玩笑的，我的身體沒那麼廉價。」

「妳、妳、妳這個人喔……」

激動的艾絲特和不為所動的柔菲形成強烈對比。蘿莉婊啊，妳就是這樣，亞倫才會跟人跑啦。脾氣不要那麼衝行不行。

聽說她們在魔法上是師徒關係。照現在這樣看來，她們的關係可能本來就是這樣了。其實艾絲特經常吃柔菲的虧吧，連男友都被她搶走。

「我真的要生氣嘍，柔菲！」

「對不起，艾絲特小姐。」

「哼……」

都開始有點火藥味了，醜男自然就放開了柔菲的手。殺必死時間結束。

「我想明天就開始表演。」

「沒問題，那我們就立刻打契約吧。」

「好的。」

隨後公主婊露出若有所思的表情。

她看著剛出爐熱騰騰的舞台，豎起一手手指說：

「那這星期的租金，總共五金可以嗎。」

「咦，五金？」

收這麼多好嗎？

「不夠嗎，那就十金。」

柔菲再向前攤開另一隻手。

肌膚細緻滑嫩，指甲也修得很漂亮，真是雙可愛的手啊。她就是用這十根手指套弄亞倫的雞雞吧。擼得滿手洨也不只一兩次才對。

稍微想像一下處男玻璃心就差點碎滿地。

這世界真是處處有陷阱。

「不，五金就夠了。我們是一起冒險過的夥伴嘛。」

「真的嗎？」

「要是真的收十金，帳面上恐怕也不好交代。」

「有道理的呢。」

「不過呢，假如觀眾隨著妳的表演或城鎮發展而增加，那麼就照剛才說的那樣，我們再談租金怎麼調整。當然，到時候會一併擴建。」

「知道了，到時候再麻煩你了。」

話說她一個人究竟能吸引多少觀眾啊？

假如一場公演吸引兩三百人，五個工作天就大約千人。用五金去除，即每人門票五十枚銅幣，相當於日幣五千元。

以蘇菲亞家的每日特餐定價八枚銅幣來看，票價對平民來說不是一筆小數目，很敢開。

不過她老爸貴為伯爵，表演主要是為了自娛吧。不怕虧損的偶像表演，實在令人欣羨。

「租用期間等於妳完全獨占，不需要向我做任何報告，愛怎麼用都行。假如發現設施毀損或有其他要求，直接聯絡我就行了。」

「器材可以隨我自己搬嗎？」

「可以，妳請便。」

「謝謝的呢。」

得到一筆意外收入，荷包暖暖。

這五枚金幣不小啊。

果然出外靠偶像。

話說回來，柔菲應該是費茲克勞倫斯派的貴族，把表演廳租金算進總帳裡好像有點危險。萬一宰相要挑這個毛病，我也無法解釋這個不打算賺錢的租金，五枚金幣就很勉強了。

就當是只能放一次的祕技好了。

啊啊，所以說外部審查就是惱人。

「你們談完了吧！談完了就走吧！」

艾絲特扯著我衣角說。

平常就深怕我被搶的蘿莉婊，現在蘿度暴增三成，可愛極了。

「那就走吧。」

「我們走！」

在柔菲的營業式笑容目送下，我們離開了表演廳。

＊

剛踏出新蓋的多目的表演廳，艾絲特便問：

「那個，你、你現在有空嗎？」

「有什麼事嗎？」

她停在原處，樣子頗為緊張。從蘿莉婊最近的言行來看，搞不好又要語出驚人，讓我也跟著緊張起來。

「有件事，想拜託你一下。」

「真難得，不嫌棄的話就儘管說吧。」

蘿莉婊很少拜託我做事。

說起來，搞不好是第一次。

平常她都不會問我的意願，先喊再說。

「真的嗎？」

「真的，我盡可能去做。」

一這麼想就好想成全她，真是太神奇了。

況且最近受了她很多照顧。

「這樣的話，那、那、那個，我、我想洗澡！」

「洗澡嗎？妳來到這裡以後，不是每晚都跟蘇菲亞一起洗嗎，是我弄錯了嗎？」

「不是啦！我想跟你一起洗！我們一起洗！」

「…………」

原來如此。

我的確是做了很多混浴池。

所以她才會這麼說吧。

話說我做了那麼多混浴池，自己也只因為魔導貴族的事用過一次而已。當然，說不想看混浴的美景就是唬爛的。事實上是想看得要死。有好幾次我差點就衝進去了。

但這裡到處都是人，實在很難單獨踏進去。

畢竟龍城裡到處都是黃昏戰團的人。聽小岡說，最近不只是猛男軍團，連他們的妻小都來幫忙了，主要是顧女浴池櫃檯。

而我這個領主呢，有著這麼一張和風臉。

我不認識他們，他們也一定認識我。

即使是臨時招募的騎士團，站在他們之上的我總不能一個人偷偷摸摸混進混浴池視姦生鮮小縫縫。不行就是不行。領主的尊嚴關乎城鎮存亡，非同小可。

老實說，我是開幕以後才注意到這件事。真的是盲點啊。

我好恨，好悶，好哀傷。

只能怒尻一槍。

可是現在有艾絲特陪我，情況不就不同了嗎？

真是天上掉下來的藉口啊，王八蛋。

「還、還是……不行嗎？」

蘿莉婊非常怯懦地抬眼發問，深怕我拒絕。

豈有不上車的道理。

只要帶著她，我就能大搖大擺進混浴池了。

「陛下賜我爵位之後的每一天，我都受了妳很多照顧。如果只是這樣的請求，我怎麼也不應該拒絕。當然，前提是妳不避諱在我面前暴露體膚。」

「真的？當然不會啊，要看全部給你看，從陰道壁到子宮裡面都給你看！」

「這、這樣啊。」

妳也拜託一點，路人都看過來了啦。

不過我倒是很愛陰道壁、子宮啊這些情色詞語。

畢竟我是比起「nakadashi」，更喜歡用「chitsudashi」來標音的處男。

「既、既、既然這樣！那就走吧！一起去洗澡吧！」

「感謝妳不嫌棄。」

「我來幫你洗！每、每個角落都會洗得乾乾淨淨！」

我就這個跟著突然亢奮起來的艾絲特邁向混浴池。

在興高采烈的她背後快步前進。

能窺見自走炮帶炮友上獵艷店的優越感啊！

＊

我們來到北區為貴族設計的澡堂之一。

要走進更衣間時，我突然察覺一件事。

冷靜想想，目前的遊客裡貴族不多。至少在蘇菲亞記的帳上，扣除魔導貴族帶來的人，也只有十幾個。遊客大多是平民，都在泡南區的浴池。

也就是說，滿滿是和蘿莉婊單獨對泡的預感。

「…………」

不妙，真的不妙啊。

可是我褲子都脫了，只能往浴池前進。而且更衣間男女隔開，沒有退路了。艾絲特已經殺進去了，要是我丟下她落跑，實在無法想像她以後會幹出什麼好事。

「只好硬著頭皮上了……」

我喀啦啦地拉開門，踏進一樓澡堂一步。

隨後發現蒸氣另一邊有複數人影。

「…………」

誰啊？

不只是艾絲特。

有人在坐在浴池邊的椅子上清洗身體，身旁還站了個人。即澡堂除了我以外，已經有兩位來客，且都是體型

嬌小，有長長的金髮，可見其中一個是艾絲特。

隨著多走近幾步，我很快就明白另一個是誰。

「哎呀，真的是一起的啊？」

「就跟妳說啦，我是跟他一起來的。」

是鑽頭捲呢。鑽頭捲竟然出現在這種地方。

坐椅子的就是她。

而目前鑽頭捲是鑽頭捲的鑽頭部分呢，可能是泡過水的關係，變成略帶波浪的直髮。有種看到奇景的感覺。好像平時都淹在海裡的東西，在退潮時冒出來那樣。

外表上秀氣度狂飆，像個陶瓷娃娃一樣。然而這位蘿莉巨乳並不是給小朋友的玩具，比較像是為大朋友特製的浴精娃娃。老實說，好想撲上去瘋狂抽插。

「嗯？」

「怎樣啦，妳那是什麼眼神？有什麼話想說嗎？」

「跟上一個男人比，妳的品味變了很多嘛。」

「我、我是發現真愛了啦！跟品味沒關係！」

更驚人的是，鑽頭捲坐的不是椅子，而是M魔族。

他渾身赤裸，跪倒在石製地面上，完全成為椅子。鑽頭捲坐在他背上，理所當然地搓泡泡洗身體。

是想羨慕死誰啊，死M魔族。

可以用皮膚享受蘿莉臀壓的椅子。

我也好想當椅子。

「哎呀，是這樣嗎？我還以為妳是瞎了呢。」

「我從來沒有看得比現在清楚過啦！每天都是那麼新鮮，那麼愉快啦！以前有過這麼充實的生活嗎？沒有！有生以來第一次！」

「妳也太迷他了吧。前一個妳不要了嗎？」

「當然啊！我很感謝神賜我這個奇蹟，讓我在最後遇到他呢！」

「能遇到這麼好的人，真是恭喜妳喔。」

面對吼來吼去的艾絲特，鑽頭捲依然故我，看起來感情其實滿不錯的嘛——但這個想法只持續了一下下，鑽頭捲淡然微笑的嘴霎時苛薄地吊起。

緊接著浴室爆出刺耳笑聲。

「喔喔喔喔喔呵呵呵呵呵呵呵呵！」

喔呵呵上線啦。

來得太突然，差點沒把我嚇死。

艾絲特整個挫到

M魔族也有點嚇到。

「幹、幹嘛啦！」

「可是，可是呢，可是妳呢，無論再怎麼熱情地對最後的邂逅傾訴妳的愛，妳也不能把第一次獻給最愛的他了吧？讓最愛的他聽見妳跟前男友的經驗是什麼感覺，妳倒是說說看啊？」

「唔……」

毫不客氣的嗆聲，讓艾絲特表情緊繃。

這鑽頭捲似乎是在敷衍應聲之間，尋找插針的時機。

有夠S的，不愧是爽坐人肉椅的人。其實那不是該在男人面前說的事吧，未免也太殘忍了。

至於被打了一巴掌的艾絲特呢，則是非常緊張地反駁。

「那、那妳還不是一樣！」

「哎呀，不一樣喔。」

「……咦？」

「我啊，才沒那麼容易以身相許呢，女人不就是應該把貞操留到洞房花燭夜嗎？也只有妳這樣的女人，才會連這種程度的自制力都沒有吧？不知羞恥也是要有分寸的喔？」

「妳……」

驚人事實在此曝光。

鑽頭捲竟然是處女。

竟然是處女。

是處女。

「…………」

剎那間，朵莉絲．歐布．亞杭的可愛度爆甩二手婊三條街。

連中間名都想起來了。

怎樣才是世界上最可愛的女孩？

答案很簡單，無非就是把膜保留到結婚的女孩。

運動太激烈把膜弄破了這種話，都是運動婊在說的。

最近愛窩家裡的文系婊有增加的傾向，用慰慰時不小心弄破了之類的藉口跟男友直球對決的比例也愈來愈高。我個人是覺得多加點故事性比較好。

「…………」

我往化為椅子的M魔族瞄一眼。

想不到他正以力道恰到好處的跩樣看著我。這個保持椅姿，高吊唇角向我示威的陰暗系帥哥到底在跩什麼？明明是昭告他雞雞沒出息的事實啊。

不過說實在話，我是打從心底羨慕他。

處女鑽頭捲好可愛。

纏腰布底下的浪漫搖桿控制不住啦！

「對不起，我先下水嘍。」

不能讓處女看到我這糗樣，趕快把覺醒的老二泡進浴池裡，離開對方視線。現在不能衝動，冷靜，鎮定下來。要把這難得的機會編織成明天的希望。金碧輝煌的未來正在萌芽啊。

正因如此，位置可馬虎不得。

必須找個能鑑賞鑽頭捲軟嫩無毛●，旁人看了也覺得自然的位置。肩膀一沒入水中，椅子上的附膜小縫縫便與我視線同高。天啊，這不是傳說中的饅頭鮑嗎！

光溜溜幼咪咪啊，太太。好想把整條舌頭插到最底。

「啊，那、那我也要！我也跟你泡！」

艾絲特刻不容緩地窩到我旁邊。

這還在誤差範圍內，別在意。

和處女大人對話才要緊。

「真想不到朵莉絲小姐也會來到我這個小地方，還以為妳一定是待在多利庫里斯呢。」

隨便找個話題聊。

我要和鑽頭捲多說點話。

多增進感情。

找出共通興趣。

請她吃飯。

「在莉茲的城堡裡沒事能做，無聊得很嘛。既然我該付的錢都有付，這點自由就別跟我計較了吧？難道說這裡的領主，就連讓女俘虜洗洗澡的度量都沒有嗎？」

「我這本來就做好了迎接妳光臨的準備，請妳慢慢享受。」

「哎呀，不是開玩笑的吧？」

「不相信啊？」

「那實在不像是三番兩次差點殺死我的人會說的話呢。」

「昨日的敵人也可以是今日的朋友嘛。」

也能說是老婆候選人。

聽艾絲特說，鑽頭捲都在多利庫里斯城裡過俘虜生活。儘管應該會有一定限度的自由，但沒想到能高到出城泡湯。這俘虜也過太爽。

話說回來，要是M魔族認真起來，多利庫里斯的駐軍全部加起來也擋不了他吧。艾絲特一定是明白這點，才給她這麼大的自由。

克莉絲汀也是，這力量平衡有一部分歪很大。

「真的嗎？」

「當然是真的。」

「你不會又唆使那隻龍亂來吧？」

「不會不會，我怎麼會對鄰國貴族做這種事呢。」

絕對不會唆使她亂來。

只會叫她找個地方玩耍一下。

「哼～」

「還有哪裡不解嗎？」

她上下打量著我。

略吊的好勝眼眸盯得我背脊酥麻。

「看樣子，我在莉茲的城裡聽到的傳聞是真的呢。」

「什麼傳聞呢？」

「哼哼，你也很拚命嘛。跟先前比起來可愛多了。」

真不希望貴為處女的鑽頭捲對我有無謂的誤會，有需要了解她是怎麼看我。另外，說我可愛讓我高興死了，心花朵朵開。再多疼愛我一點吧，尤其是下半身。

「能說來聽聽嗎？」

「就是說你為了成為佩尼帝國的貴族，整天跟著莉茲屁股跑什麼的。」

「這樣啊。其實這樣說來，是有那麼些語病。」

「怎麼說呢？」

「艾絲特是因為我在那場戰事裡有功，才推薦陛下封我為貴族，沒有其他任何理由。不過我畢竟是外國人，在佩尼帝國想成為貴族實在不是那麼容易。」

「真的是這樣嗎？你們這才一起來洗澡呢。」

臭巨乳蘿，抓我小辮子。

「我是、我、我是、我是那個……」

蘿莉婊也真是的，火速臉紅。

大腿互相猛蹭。

「可是莉茲的魅力嘛，也就只有這樣而已了吧。」

「唔……」

如此對話當中，鑽頭捲始終仔細地清洗身體。沾滿泡沫的毛巾溜過脖子腋下各部位的模樣十分撩人。最厲害的就是那豐饒巨大的奶子了，身體每動一下就搖啊搖、搖啊搖，搖到外婆橋。

好想把臉埋在那中間瘋狂甩頭。

做出有膜宣言還毫不遮掩自己的胴體，胸懷之深可比露底老師艾迪塔。對於她的寬宏大量，死處男我是萬分感激。好想要這樣的處女。

「他是我的子弟耶！費茲克勞倫斯家的田中男爵！」

大概是被搖啊搖的奶子刺激到，艾絲特大吠。

肩膀又近得快要相觸，真的很希望她就此打住。再怎麼樣，我都不想在鑽頭捲面前出醜。處男防禦力是低得可憐，無論如何掙扎都是會勃起的啦，連碰都不用碰。

爛船也有三分釘，二手也是美少女。單憑外表，艾絲特和鑽頭捲都是不分軒輊的上品，而且前者還不知道在積極什麼，視線不時往我下半身撇，拜託饒了我吧。

大腿防禦之術。

大腿防禦之術。

稍微拉開距離，把兒子位置從左推到中。

「即使獲封男爵位，我說穿了也只是高等平民而已。絕不敢痴心妄想，與大貴族的子女，且貴為子爵的艾絲特共結連理。再說她已經有意中人了。」

「是嗎～她本人一副很不甘心的樣子喔？」

「不，那只是一時鬼迷心竅罷了。」

「才不是呢！你在我心中比誰都重要……！」

情況不太妙。

要趕快流放艾絲特的話題，把主軸拉回鑽頭捲身上。

這時候亞倫在就好了……真是的，他到哪裡幹什麼去啦。

「喔喔喔——呵呵呵呵！太難看了吧，莉茲！」

「妳、妳什麼意思！」

「男性這種生物追求的，永遠都是第一次啦！」

鑽頭捲高聲宣告。

「男性就是想要誰也沒碰過，只有自己能沾染的對象喔。而回報對方的愛，就是女性的義務。不能把第一次獻給必須生涯與共的伴侶，有什麼感情可言啊！」

「所以妳、到、到底想說什麼！」

「妳也希望能把處女獻給他吧？」

「！」

竟如此直球對決，好個針針見血的女人。

大概是對於城堡被克莉絲汀毀掉仍心懷怨恨吧，而其矛頭指向了下令的艾絲特。從這深深扎進她弱點的一擊，啊啊，已經可以確定了。從那一臉賊樣的可憎笑容也看得出這點。

至於我呢，則是非常想老實點頭，全力贊同。可是在這時那麼做，蘿莉婊就孤立無援了，鐵定心碎，變成粉塵一把。然而我還是騙不了自己的心靈中核。

怎麼辦？怎麼辦？

是亞倫就會全力否認吧。

對他來說，可愛的處女炮友肯定是滿街都是。

同時對醜男來說，卻是一輩子都不一定遇上一次的奇蹟。

怎麼辦？怎麼辦？

煩惱到最後，答案自然往普世觀點跑。

「我想，也不是只有男性這樣吧。不管有意無意，女性不也會希望意中人的初體驗發生在她身上嗎？朵莉絲小姐，像妳這樣要求高的人更容易有此想法。」

我的計畫是隨便轉移話題，掃盡滿天星火——結果鑽頭捲意外冷靜。

「哎呀，所以你想說什麼呢？」

「許多條件好的女性從年輕時便有頻繁的異性經驗，男性也是如此，而條件好的女性不是本來就容易吸引男性嗎？之後會發生什麼事就不用多說了吧。人的未來有無限可能，不用這麼侷限自己。」

「那是一般而言，不是你個人的想法吧？」

我都忍痛肯定自走炮和公車了還這樣說，太教人心痛了。難道是不該把條件好的女性說成大部分都不是處女嗎？說不定是刺激到處女的自尊了。

管他的，事到如今只能硬推過去。

「對呀，妳說得沒錯。我不是那麼想。」

「所以你是怎麼想？」

「取笑他人性經驗的人，不管是不是處女都很差勁。」

「唔……」

說出口以後我才發現這是好大一把迴力鏢。

還是切肉斷骨的一鏢，差點沒被它劈死。

不過鑽頭捲不會知道我心裡在想什麼，表情變得非常氣惱。在我看來，她種種言行都表現出她是個自尊心很高的女人，信念遭人否定必然很嘔。

但正因她是這樣的人，才能榮居好女人ＮＯ．１。

要趕快修正話題軌道。

要加把勁了。

「然而在如此一般價值觀當中，妳希望對異性忠誠的情操，我認為非常可貴。會被妳高潔精神吸引的男性，應該是很多很多吧。感覺真的太有魅力了。」

她是貴族千金，那或許本來就是理所當然的事。搞不好還需要在婚前檢查處女膜呢。這樣說來，反而是艾絲特太隨便了。照這樣看來，和亞倫交往之前的她不曉得是怎樣。

「我才不需要你虛情假意咧！哼！」

「那是我的真心話，並不是虛情假意。」

「真的嗎？」

「是啊，真的。」

「也就是說，你也認為會為丈夫保留貞操的女人比較好吧？」

「…………」

「我說你啊，想不想知道莉茲以前有過哪些男人啊？」

唉，到頭來結論還是轉回這裡。

假如這一連串問題都是源自她被我煞到，想多認識我一點，那我自當是竭誠相待。然而不管怎麼看，她都只是想酸艾絲特。今天就替艾絲特撐腰吧，不然怪可憐的。

「好歸好，夢中情人和實際上的情人畢竟是兩回事呢。」

「唔……」

「人總是覺得那樣比較好，這樣比較好，但絕大多數還是會有一個比較實際的結果。」

「哼、哼~真的嗎？」

可是我絕不會就此放棄喔，朵莉絲。

朵莉絲肥滋滋的無毛女陰仍在我視線之中，濕亮水潤的光澤銷魂得可以，散發著令人狠不得把雞雞深深塞進去的魅力。

刀就是要找個鞘來收啊。

「喂，不許你再汙衊我的主人，人類。」

當我煩惱此後該怎麼拉好感度時，M魔族忽然開口了。

先前一聲也沒吭過，他是怎麼啦。

「主人以前被偷偷交往的市井男子狠狠甩掉以後，就完全奉行單身至上主義。雖然現在對外是虐待狂的面貌，心裡依舊是將迎入陽具當作是夢想中的夢想！」

「原來如此。」

非常有說服力的解釋。

「給、給羅士你少多嘴！」

「可是主人，這個人在否定您的品格。」

「哪有這樣就揭主人瘡疤的僕人啊！」

「哎呀，我怎麼會這麼衝動，非常抱歉。」

我就覺得奇怪，這麼可愛的鑽頭捲阿呆怎麼會是處女，背後果然有其原因。不過我還是不想聽，感興趣的女生的戀愛史可以徹底砸碎死處男的心。

就像在盲人面前講景色多美多壯麗一樣。

「你給我閉嘴！」

意外的爆料使鑽頭捲大聲怒罵。

憤怒的矛頭指向屁股底下。

「今晚你等著吃豪華全餐！看我全力修理你！」

「求之不得。」

M魔族一副快爽死的樣子。

這傢伙是想討賞才爆料的吧。

不愧是職業M奴。

被他揩到油了。

不過沒關係。

我的心已經在配備雙蘿莉●的混浴池裡獲得充足療癒。

＊

時間在我招呼一個個意外訪客時不停流逝。

紮紮實實地流逝。

期限分秒接近。

最近又蓋了一個新據點出來。位在北區，作為鎮長府邸之用。也就是克莉絲汀繼沛沛山之後的新巢穴。原本應該是我的房子，所以費了不少心力，但承諾就是承諾。

真是的，房子怎麼這麼遙遠啊。

先是失去艾迪塔老師的工作室，現在又丟了自己領地的房子，一輩子租房的生活近在眼前。但我仍不氣餒，再度立誓一定要擁有自己的房子。房子即是日本男兒的堅持。

不過，現在得以迴避奴隸路線為重。

「太好了，狀況比想像中更好。」

「對、對呀！這樣勉強可以達到一百七十金！」

我正在鎮長府邸大約五坪大小的辦公室裡和蘇菲亞對話。

和我心愛的她單獨算錢。

至於屋主克莉絲汀呢，她送魔導貴族回首都卡利斯之後就沒回來了，目前不在城裡。這隻龍的任務完成率還真差，該不會是迷路了吧。

說不定是路上，或者到了首都以後，大叔成功擄獲了她的芳心。很好，這樣就達成當初的約定了。大叔是不屈不撓的男人，一定能給蘿莉龍幸福。

沒問題的。

沒錯，一點問題也沒有。

「和曼森商行合作，實在幫了我們不少呢。」

「對、對呀，我也這麼想！」

「多虧於此，岡薩雷斯先生也能專注在城鎮上了。還在施工的東西兩地區，也很快就能開放了的樣子。真是一場及時雨。」

目前就只有南北兩區在吸引遊客。南區是平民取向，北區是貴族取向。兩區界線明確，服務也反映在入場費上，有十足的落差。當然，南區的流量高得多。

北區因為牽扯到艾絲特以及我的立場，在魔導貴族帶來的那一團回去以後就始終是怠速運轉。除了艾絲特和鑽頭捲等熟面孔以外，遊客隻手可數吧。

「商行的馬車也足足多了原本的一位數呢。」

「對、對呀！那麼多馬車一起開過來，嚇了我一大跳！」

率真表示驚訝的蘇菲亞好可愛。

「那麼出納這邊，可以讓我看一下昨天的帳目嗎？」

「啊，好的！都、都在這邊！」

蘇菲亞接到醜男的請求，將手邊紙疊交過來。

話說我現在才知道這個超級膽小的女僕其實對數字

很在行。

她曾老實對我說，她在自家開的餐館負責記帳。所以保守估計，我想她至少懂得四則運算。然而她為了提昇家計，在自己所能的範圍內日益精進。

而成果就是在玩弄數字這方面，發揮了超乎想像的潛力。她交給我的文件上有平均值、離散值、標準差，甚至還有課本上不會有的蘇菲亞原創神祕指數。

據說是因為她發現營業額會定期增減，想進一步了解其傾向所致。

「謝謝妳。」

「請、請你過目！」

依魔導貴族所言，這世界的科學技術發展程度和導入阿拉伯數學前的中世紀歐洲初期沒差多少。原因主要是出在魔法太方便，唸個經就能點燈出水吹涼風，完全剝奪了科技進步的餘地。

該不會這時候大半所謂的菁英連驢橋都跨不太過去吧。

「照這樣看來，好像真的賺得到耶。」

我看著開幕當天到月底的營收趨勢預估圖說。

圖表是以日計算，做得很仔細。

包含各種臨時收入，一五〇金的目標是十拿九穩。

「是的！啊，可是，那個，那、那只是我的推測，實際上就……」

「蘇菲亞妳放心，我不會跟妳計較責任的。」

「好、好的！謝謝你！」

蘇菲亞不忘請求減責的樣子真是小人物感大爆發。

會緊張到從腋下煉出精鹽的女僕發揮意想不到的長才，令人十分欣喜。對數字拿手的女生實在太有魅力了。真希望她在我自鳴得意時將我駁倒，然後強姦淚流滿面的我。

「前天曼森商行給我們租金占了很大一部分，跟整個城鎮的入場費差不多。雖然商家的直接收入因此變少了，但沒有互相消長的感覺。」

「我們本來就是希望各商家進駐，這方面不會有問題。這裡我自己想賣的，也只有佩薩利草做的入浴劑和魔力藥水而已。餐飲店之類的人手，就連準備自己所需也不夠呢。」

「可是，這、這裡這麼大，感覺有點浪費耶。」

是因為家裡開餐館的關係吧。

蘇菲亞以有所渴求的表情望著窗外城鎮。

「以後再慢慢增加就行了。」

「好、好的！」

現在就沉浸在城鎮營運狀況上軌道的喜悅裡吧。

剛來到這裡時還不曉得如何自處的女僕，經過幾天以後也恢復了活力。她總歸是和我交情最長的人，能和她正常對話真是太好了。

「對了，關於中央廣場邊的表演廳……」

不過幸福的時間並不長久。

房門外傳來的呼喊，打斷了她的聲音。

「田、田中大哥！不得了！不得了啦！」

是熟悉的猛男聲。

總不能不理人家。

「……怎麼了？進來說吧。」

就是那個，黃昏戰團之寶雞冠頭。他一秒也不耽擱地開了門，出現的果然是他。最近他好像很常露臉耶，該不會小岡面前的大紅人吧。

「佩尼帝國的公主殿下駕到了！」

「什麼……」

皇家●上線啦！

的確是不得了了。

*

我們走進克莉絲汀鎮長府邸的會客室時，客人已經在裡頭了。雞冠頭說得沒錯，真的是佩尼帝國的公主。前一次見是在學技會當時學校講堂的貴賓席吧。

乍看之下是十五六歲的可愛少女，豪奢禮服上到處是華麗裝飾。曲線之好，即使隔了段距離也一目了然。胸臀渾圓飽滿，腰身也收得恰到好處，不是普通的讚。

依然是非常討男人喜歡的身材。

悠悠坐在沙發上的她身旁，那個屹立不搖的壯年大叔賽巴斯汀也在。大概是公主的貼身執事吧。他紋風不動，簡直像打進地上的木樁，且仍舊是那張撲克臉。

「拜見公主殿下。承蒙殿下撥冗前來，田中萬分榮幸。敢問殿下來到這般偏僻的男爵領地，究竟是有何指教？假如田中幫得上忙，再微薄也一定竭盡全力協助殿下。」

我一進房就火速下跪低頭。

這是為了避免賽巴斯汀給我扣分。禮數有做出來，他也不會亂找我碴吧。

「把頭抬起來吧，田中男爵。」

「是！」

我維持單跪抬起了頭。

眼中自然見到皇家●的身影。

嗯，依然是腰束奶膨的魔鬼身材。真養眼。

「我們不是一起聽過學技會的人嗎，不用對我客氣成這樣。你就來這裡坐著說吧，太拘謹的話我也會覺得很累呢。」

「感謝殿下厚愛。」

經過一番不能免的應酬話，我在公主面前坐下。

而房門也像是算準了時機般敲響。

接著傳來的是蘇菲亞的聲音。

「抱、抱、抱、抱歉打擾，小的給二位上茶……！」

「好的，請進。」

開門現身的，是抖爆模式的小女僕。表情全力緊繃，都快要哭了。

公主是她奉過茶的客人中地位最高的吧。經過艾絲特和魔導貴族，終於要挑戰公主了。照這趨勢來看，替國王奉茶的日子亦不遠矣。

領學校女僕的薪水做這種事，感覺有點對不起她，找個機會跟魔導貴族幫她談加薪吧。如果能用比較高的名分僱用她，就算同樣會抖，也應該抖得比較有意願。

「謝謝妳，蘇菲亞。」

「哪、哪裡！」

「她是你的女僕嗎？」

公主很快就起了反應。

瞥一眼小女僕這麼問。

「是這樣沒錯。」

「她好可愛喔，我也好想要一個。」

「！」

剎那間，蘇菲亞一臉絕望。

她現在八成是在拚命思考該如何婉拒吧。這位女僕雖然非常勤勞，但沒有出人頭地的意欲。工作好像也不是為了賺錢。

大概是從小就在家裡餐館幫忙，養成現在這個氣質吧。正因如此，服侍公主恐怕會讓她緊張出病來。對她來說，最重要的就是無拘無束的工作環境。

「對不起，她對我來說比較特殊……」

「哎呀呀，連公主也不能成全嗎？」

「畢竟她不是我僱用的員工，而是自發性地替我做事。」

說謊也是不得已，這裡就先幫蘇菲亞擋一波吧。

少了她，我會很寂寞的。

「這樣啊？真可惜。」

「拒絕陛下的寶貴請求，田中也感到萬分抱歉。倘若改日見到合適的女僕，請讓田中為殿下引薦。」

「呵呵呵，不用費心了。我比較喜歡自己挖掘。」

「原來是這麼回事。」

在我應付公主時，蘇菲亞已經趕緊脫離戰線，抱著托盤逃出房間。

確定她離開後，我言歸正傳。

「那麼……」

這位公主到底是來做什麼的呢？

貴為公主的人不會突然起癲，大老遠跑來這種鬼地方跟一個低階貴族聊天吧。回想起國王見到她痊癒時緊抱她的模樣，實在不太像是會隨便放她出城。

況且她看起來還是個不諳世事的大閨女。

「請問殿下，今日來訪是有什麼吩咐呢？」

「啊，關於這件事啊，我是聽說了一些關於你的事。」

「我的事？」

「幾個參加學技會的貴族說，這裡多了一座很棒的城鎮呢。」

「原來如此。」

看來是魔導貴族帶來的貴族在首都圈聊起了這個城鎮，最後傳到殿下耳裡。

如今有公主來訪，就能期待王族的光環了。說不定貴族遊客會因此增加。他們消費單價高，收益也會有明顯改善吧。

平民與貴族從入場費就有巨大差異，平均來說差了十倍。若說平民區域是以高效率為前提的共用線路，貴族區域就是保證頻寬的專線了。

不過我個人是比較想從數量大的前者穩穩地賺。

「聽說你有能讓身心非常舒暢的浴池是真的嗎？」

「是的，那正是這裡最大的賣點。」

「我是拿重病初癒，想來這裡用溫泉療養說服父王的。」

「原來有這樣的原因。」

的確不是說不通。

考慮國王溺愛女兒的程度，這也堪稱一大冒險就是了。

「父王他真的很過分耶，在城堡的浴池裡放點熱水就要我將就。我認為這種事啊，就是要到當地享受現場氣氛最重要。」

「陛下是擔憂殿下的玉體吧。」

「哎呀，連你也這麼說啊？」

「畢竟陛下與殿下的安康，是我們貴族的第一考量。」

「真的嗎？」

「然而殿下不辭遠道而來，豈有沒泡到溫泉就回城的道理，還請公主盡情享受這裡的溫泉。田中謹此代表本城全體同仁，歡迎公主殿下蒞臨賞玩。」

「哎呀呀。呵呵呵，我很喜歡你這樣的態度喔。」

「承蒙殿下讚許，田中不勝感激。」

「上次你半途就丟下我，這次一定要徹底替我導覽喔。我也非常期待路上的一切呢。」

「謹從殿下旨意。」

「那事不宜遲，快帶我去浴池吧。」

我往賽巴斯汀瞄一眼。

表情仍是撲克臉。他是身體力行沒消息就是好消息的人，看樣子公主這趟泉療遠征的確是事先經過同意。要是哪裡有問題，他的眉毛肯定歪得跟什麼一樣。

「那我們這就出發，請隨我來。」

「好的，就請你護送嘍。」

就這樣，我開始為公主帶路，目標是貴族取向的北區中最為豪華的澡堂。

公主應該帶了大批侍女，也需要帶路。離開房間後不久，我發現雞冠頭正在裝門框，便將這個任務交給他。

一問之下，才知道城牆外竟然有十幾輛皇家馬車在城牆外待命，公主的專屬侍浴員也都在那裡吧。

有能夠飽賺一番的預感，真是太棒啦！

*

將公主帶到澡堂後，我就把人丟給艾絲特應付。

我是很想用自己的手幫她把奶子跟●裡面都洗得乾乾淨淨，可是有賽巴斯汀盯哨，連接近都別想。於是同為女性且有貴族身分，又跟她好像是朋友的艾絲特便是最適合的人選。

即使蘿莉婊的倫理觀念最近崩得很嚴重，但她總歸是不敢在公主面前放肆，沒要求我一起泡就安分答應了。

兩人融洽地有說有笑，直接消失在更衣間中。

只剩賽巴斯汀和和風臉留在外面。

連接女浴池的更衣間前方，我倆並列在走廊上。

「不好意思，也讓我帶您去男浴池吧……」

我也想讓這個黃昏系撲克臉大叔了解佩薩利池的好。應該是正中這年紀男人的所好。

「田中男爵，我要給你一個忠告。」

「啊，好的，請說。」

對男爵這樣說話，表示賽巴斯汀也是貴族，且地位肯定比男爵高。還是別因為公主不在就放鬆比較保險。雖然我已經有點心理準備，不過當貴族真的好累人。已經開始懷念魔導貴族的友善了。

「你最好離公主殿下遠一點。」

「是，這是當然的事。」

「不，我不是那個意思。」

「……此話怎講？」

「我不方便再多作說明。」

這個賽巴斯汀到底想說什麼啊？

對了，我是直接把這位帥大叔認定為賽巴斯汀，其實根本不曉得他何名何姓。晚點再請教艾絲特好了。話說回來，他就不能再和氣一點嗎，態度比表情更可怕。

「請問那究竟是什麼意思？」

「別誤會，我是為了你好。」

「為了我好？」

「就這樣。以後的事我來就好，你愛上哪去都隨意。」

「……好的，我明白了。麻煩您費心了。」

不曉得是怎樣，總之識相點就對了。儘管看不到泡得紅通通的皇家●極為可惜，我也總不能在這裡賴皮，就老實退場吧。

艾絲特在公主身邊，城裡最大的問題兒童蘿莉龍也不在，黃昏戰團也曉得公主駕到，賽巴斯汀又在門口站哨，應該不會出事吧。

評估過後，我決定回到原本的工作上。

前往南區。

親眼查看來客狀況是很重要的事，尤其是幾天前在廣場邊替柔菲準備的表演廳很令人在意。如果客人夠多，就要考慮更新下個月的契約，提高租金。不然就是找其他業者來租。

總之先去看看再說。

我就此昂揚地離開北區，往南區的表演廳邁進。

*

表演廳門前排起一串人。

「……真的假的？」

盛況是一目了然。

而且不是普通的旺。

站在屋外也能感受到裡頭湧出的狂熱。希安好可愛、希安萬歲、希安我愛妳、我願為希安奉獻生命等呼喊不絕於耳。能切實感覺到他們對柔菲的愛有多麼強烈。

想不到會這麼猛。

因此，興致自然就湧上心頭。

「進去看一下好了……」

我乖乖排隊，前面還有十多人。

如果每天都能吸引這樣的人潮，就有必要擴建表演廳了吧。跟著排之後，背後又來了幾個，隊伍愈來愈長。一面看著這隊伍，一面構思未來的擴建計畫好了。

大概等了二三十分鐘，公演告一段落後，總算是能夠進去了。

將沉甸甸的五十五枚銅幣交到收費員手上，踏進表演廳。

柔菲就在台上。

表演服即是平時穿的騎士團制服，依然是那麼短的小短裙教人安心。飄呀飄的裙襬不時閃現底下那放肆的純白，勾人遐思。這就是正港偶像。

「我今天也要唱歌給你們聽喔！」

在台上，她也是那麼地賣力獻媚。

真是滴水不漏。

但真正該注意的不是那裡。

而是她所在的舞台，比我們觀眾站的區域高了一點。

儘管做的人是我自己，設計成這樣的人是她，而她就穿著小短裙站在那上頭。

仰望的我們當然會見到那高貴且有蕾絲的純白。

「……太棒了。」

這是小褲褲大放送。

難怪觀眾這麼多。

在市井之間也相當知名的魔法騎士團副團長，這麼一個可愛的貴族千金，在舞台上對平民放送小褲褲，是男人就應該天天來。以最短路線挑戰地下偶像最終型態的柔菲簡直是燃燒一瞬間的趕死特快車。

老實說，我從她身上感覺到的魅力不像是舞台上的偶像，比較接近在公園和流浪漢開性愛趴的女生。舞台看起來就像是公園的骯髒公廁。柔菲妳真棒。不挑對象開腿給上的賤貨真是太可愛了。

我愛妳，跟我結婚吧！

婚禮就辦在橋底下，藍色帆布上。

「就像是～♪可是～♪不過～♪的呢～♪的呢～♪」

會唱歌跳舞的魔法騎士團副團長開唱了。樂隊手拿樂器，演奏節拍輕快的樂曲。他們和柔菲穿一樣的制服，不知是否也是魔法騎士團的人。每位都是帥哥，可以感覺到公主婊的講究。

我對詞曲都沒興趣，怎樣都好，整段快節奏的樂曲都是左耳進右耳出。不過隨她一蹦一跳而毫不客氣地往上翻揚的小短裙，就可愛得不得了了。

糟糕啊，好想一直看下去。

這就是宗教的力量嗎？

觀眾基本上都是站著看，每當內褲秀出來就咿咿呀呀地喝采。進來之前，在門口聽到的示愛呼喊就是由此而來。

醜男都忍不住想一起喊了。要是舞台中央再豎條鋼管，一定會嗨到不行。會脫就更刺激了。熟人的情色公演是最棒的配菜。

柔菲的表演大約持續了一小時，我在她看不見的角落盡情欣賞她的小褲褲大放送。眼睛只管跟著明顯浮現在小褲褲上的小縫縫跑，時間不知不覺就過去了。

最後，柔菲親自公告說接下來一小時是休息時間。

即使是她，也沒有在人前連續歌舞一整天的毅力吧。樂隊也一樣，不可能演奏那麼久。

於是我想利用這段時間突擊休息室。穿過後台通道，敲門詢問。

「不好意思，請問柔菲小姐在嗎？」

啊，這時候是不是該叫她希安啊。

這麼想時，有人應門了。

「喂，閒雜人等不准進來！」

門一開就有恐怖的聲音噴出來。

露臉的是舞台上的笛手之一。

如此直接見面，讓我發現他比我想像中更帥。金髮平頭配上又大又銳利的藍眼睛，真是帥透了，像是會聚在冒險者公會的戰鬥型帥哥。

身材也不愧是騎士團，似乎鍛鍊得很結實，隔著制服也能看出他渾身肌肉。好恐怖。從克莉絲汀練來的爆肚拳反射發出警告，說他是容易衝動的人。

「不好意思，我想見一下希安小姐……」

「希安大人在休息！快滾！」

真是直接的反應。是因為貴族下海當偶像，有必要防範不測吧。這也是理所當然的事，不值得我生氣。不過，妨礙我和柔菲談擴建的事就不好了。

「不好意思，請告訴她田中來了。」

「閉嘴。在舞台以外的地方追求希安大人的慈愛，簡直無禮至極！」

「啊，不是啦。你誤會了……」

糟糕，防守比想像中硬。

誤以為我是粉絲了吧。天天在舞台露內褲不是露假的。慷慨成那樣，想追著屁股跑的平民恐怕不會只有一兩個。萬一錯放一個，搞不好要用腦袋負責。

「再繼續糾纏下去，別怪我對你不客氣！」

男子手一伸，揪住醜男的衣領。

驚覺不妙時，拳頭已經飛了過來。

「！」

啪地砸在臉頰上。

好痛啊！真的好痛！

上次遭到毆打，是跟克莉絲汀對戰那次吧。

「怎麼樣，還想討打嗎？不想就快滾！」

戰鬥型帥哥繼續揪著我的領口再三警告。

大概是注意到吵鬧聲，門裡多了些反應，傳來靴子喀喀的腳步聲。似乎有人朝這裡走來。

「修凱爾，不要太凶啦。」

十之八九是柔菲的聲音。

節奏抓得這麼準，讓我明白這是怎麼回事。

這多半是黑臉白臉那套，好維持地下偶像的人氣。男護衛打人，柔菲療傷，受過她溫柔的粉絲就會愈陷愈深。不過被打還是很痛，所以會保持一定距離。繼續抓著衣領肯定是為了把戲演完的必要手段。

美妙的蜜糖與皮鞭。

「對不起喔，這位客人。晚點我會再好好跟他……」

柔菲從開啟的門後現身了。

舞台上那件制服解了兩三顆鈕釦，顯露出濃濃的後台氣息。鎖骨好性感。鎖骨實在好性感。讓人意識到胸部就在下面的鎖骨實在好性感。

這也是為了拐粉絲而做的橋段之一吧。要是沒在歌舞伎町補習班上過課，我一定整個栽進去了。真是好險。

「…………」

柔菲一見到我就精準地定在原處。

很少看到她這麼自然的錯愕反應，好可愛。

不枉我吃一發紮實的拳頭了。

「啊啊，希安大人，您真是太善良了！對這樣的鼠輩也這麼慈悲，我修凱爾真是太感動了！我發誓我一定會改進，請讓我永遠追隨您吧！」

這個叫修凱爾的傢伙也繼續唱戲。

話說，他還滿投入的嘛。

「……希安大人，您怎麼啦？」

不過，他還是察覺到了異狀。

他要服侍的公主沒反應，引起他的疑惑。

同時，柔菲小聲說：

「你打的是那個……這裡的領主田中男爵。」

「……咦？」

修凱爾的傻樣比想像中可愛，好療癒啊。

*

柔菲一句話就讓我安全地進休息室了。

修凱爾揍我的那一拳也以治療魔法迅速消去。和克莉絲汀的爆肚拳相比，那實在太可愛了，沒什麼好發脾氣。能因此拜見公主婊的素顏，我還想感謝他呢。

然而他卻在我面前垂著腦袋。

「非、非常抱歉！」

「沒關係啦，事情都過去了。只是一場不值一提的小誤會……」

「小、小、小的有眼無珠，居然對男爵大人動粗，還、還請大人饒命！」

如果這麼快就投降的戰鬥型帥哥是個貴族，事情很簡單，道個歉就行了。但很不巧，他是個平民。聽柔菲說，包含他在內的整個樂隊都是平民。

大概是因為主要客群是平民，不可能找貴族來演奏吧。這也是當然的。會在這個封建到不行的佩尼帝國對拋頭露內褲的貴族，也只有柔菲了。

就這點來說，她還真是走在時代最尖端的神童呢。

「柔菲，今天我是來談以後的契約……」

冒犯的事說下去會沒完沒了，我便直搗黃龍。

「好的呢。我也想找你談談下星期的契約。」

「從今天的盛況來看，下星期維持現有契約應該沒問題吧。」

「租金不用調整嗎？」

「這個月就維持現狀沒關係。下個月開始，我們再另外談吧。」

「可以嗎？」

「我們是曾為公主殿下一起奮鬥的夥伴，這點方便不算什麼。」

「……謝謝的呢。」

「哪裡哪裡。」

柔菲意外坦率地點了頭。

就算是演的也很可愛，傷腦筋啊。不愧是清純系婊子。

「那我沒別的事了，先告辭……」

然而這個社會就是麻煩在事情不能就這麼算了。

「你還沒決定怎麼處置修凱爾呢。」

看來這個勁歌熱舞蹦蹦跳，頗為特立獨行的她，心裡對於貴族和平民還是有條嚴密的界線。地下偶像換上嚴肅的臉，對我這麼說。

「話雖如此……」

「他沒弄清楚身分就對貴族動粗，絕對有必要給予對等的責罰以示警告。這關係到田中男爵你未來如何在貴族之中立足。當場制裁他，是貴族的權利和義務。」

「唔……」

柔菲的話讓修凱爾抖了一下。

臉上被揍一拳，不討回來的確是解不了氣，然而修理他是否就會好過一點，那倒也未必。如果他是衝著田中男爵來就算了，既然是誤會一場，也沒必要談什麼制裁不制裁。

揍回去對和風臉沒任何好處，只是浪費時間跟破壞心靈祥和罷了。

「如果放過他會使我跌下貴族之列，那我就跌吧。」

我唬弄一句，讓柔菲睜大了眼睛。

「……真的嗎？」

「畢竟我只是因為艾絲特一個念頭就成為貴族了嘛。」

「平民成為貴族是很難得的事喔。」

「我會找到其他幸福的。」

例如從蘇菲亞、艾迪塔老師或蘇菲亞身上。能和她們兩個3P，我死而無憾。

若能無套內射，死兩次也沒在怕。

「這、這樣啊……」

「是的。」

我能有今天，全是仰賴許多人的協助。或許我自己也做了很多努力，可是只憑我一個，不可能建造一個像這樣滿街是人的城鎮。就連柔菲也是功臣之一。

正因如此，我不想因為貴族的面子問題而造成這些人的困擾。就算這座城被人奪走，我再帶蘿莉龍到其他尚未開拓的土地玩石牆術即可。

下次一定會更順手。

「就這樣，我先告辭了。」

「我懂你的意思了，就這樣吧。」

「改天見。」

我向柔菲和帥哥簡單致意，匆匆離開休息室。

*

和柔菲掰掰以後，我又回到鎮長辦公室繼續幹活。

與國王約定的日子就快到了，得早點整理出用來呈報城鎮收支狀況的帳簿。也就是月結報表。

其實是下個月中才要交，應該是沒問題，不需要趕著做。不過這種事本來就是愈早弄完愈好。

「那個，田、田中先生，打擾一下……」

「什麼事？」

一回到辦公室，蘇菲亞就找上了我。她好像一直忙到現在，實在感激不盡。

她戰戰兢兢地用雙手交來一疊幾十張的紙，用類似迴紋針的東西固定著。

是什麼呢？

會是情書嗎？

「我把到現在能列出來的帳目都整理好了，那個，可、可以請你檢查一下嗎？我是第一次處理這麼多數字，那、那個，實在沒什麼自信……」

看來這個月結報表已經很有進展了。我原本是請她機械性地將數字組合排列並加以謄寫，結果她連結算都做好了。這個女僕的性能比我想像中高太多啦。

就像想買一般計算機，結果拿到工程計算機。

「謝謝妳，那我就開始看了。」

我拿著紙疊走向辦公桌。

一頁一頁地翻，查看濃濃墨水味另一邊的數字。她整理得相當仔細。我還在學習這世界的簿記，有這樣的範本實在獲益匪淺。

至少是沒有計算錯誤的問題吧。

「應該沒問題吧？就這樣交上去好了。」

「咦！」

「我也不太了解這個國家的做法。」

「不、不行！那個，還是不要這樣比較好吧！」

一下子慌得亂七八糟的女僕好可愛。

蘇菲亞果然是腋下濕濕的時候比較可愛。

「那我就先找艾絲特問清楚好了，她應該也能幫我驗算。這樣就應該真的能交出去了。」

「好的！請、請你一定要先問問她！」

小女僕像搖頭娃娃一樣猛點頭。

看著這樣的她，我想到一件事。

先前在浴池聽魔導貴族說，我不在學校的期間，蘇菲亞立下大功，扮演了解決南努翠事件的要角。

現在還讓她替我處理祕書業務，不知道怎麼感謝她才好。

是不是應該以男爵身分給她某種報償呢？我也是受了艾絲特許多恩惠才有這個地位，若能將這樣的恩惠傳承下去，應該會是一段佳話吧。

「對了，蘇菲亞，我有話跟妳說。」

「好、好的！請、請、請問是什麼事！有哪裡錯了嗎……」

她的思考模式真的會先往負面方向狂奔呢。

「最近我一直在接受妳的照顧，覺得應該要鄭重答謝妳才對，有沒有什麼想要的東西呢？如果想不到，直接拿現金也可以。」

說得好像很能花的樣子，可是我把資金都給岡薩雷斯了，手上一個子兒也沒有。

若數字不高，還能向艾絲特借吧。

「咦……」

「不需要現在就決定，有空就想想看吧。」

「啊，好、好的……」

原本惶恐的她忽然傻掉。

感情豐富是好事。

有女孩的感覺，讚。

不過，反應冰冷也不錯。

話說我認識這麼多美少女，竟然沒有一個是高冷型。

這或許算是奢侈的煩惱，可是高冷型真的很棒啊。高冷讚。好想被那種女生白眼。

柔菲是有點接近沒錯，但實際上是正好相反的公主婊。

啊啊，哪裡有野生的高冷蘿可以撿呢？

*

【蘇菲亞觀點】

最近工作讓我的生活好充實喔。

什麼工作呢，就是在田中先生建立的城鎮裡，幫忙計算收支帳目。以前我頂多只有幫忙記過家裡的帳，這幾天處理的卻是整個城鎮的生意。

我家的餐館生意好是好，跟店家這麼多的城鎮相比規模還是差太多了。平常根本碰不到的位數有好多好多。

鬥志自然就來了吧。

在學校宿舍吃吃睡睡很自在，其實也不錯，但偶爾接觸這樣值得努力的工作，也給我一種自己有在認真過活的感覺。

啊，可是不能太累喔。絕對不行。

「…………」

我忽然想到，這個狀況就是我理想的工作環境吧。

田中先生還說要給我獎品呢。

獎品，好開心喔！

超級超級開心的！

才覺得自己最近很努力，田中先生就給我獎品了。

所以怎麼說呢，有種真的有在照顧我的感覺，好安慰喔。比起有沒有獎品，我們這種當傭人的還是比較在乎這種感覺。當然，薪水也很重要就是了。

其實獵龍那時分到的賞金我都還沒動，對現在的工作待遇也沒有不滿，突然說要給我獎品，實在很難決定該怎麼回答呢。

我人在田中先生配給我的房間裡，坐在大床邊緣。這房間大得我都不曉得該說什麼了，床也跟家裡的有天與地的差別，大小甚至超過一倍，而且好軟好舒服。

如果還要跟田中先生要求什麼，我想想，那就是讓我不要再給貴族奉茶了吧。可是艾絲特小姐人很好，法連大人也對我不錯，做這種要求，我也有點排斥。

那麼，至少就請田中先生別讓我給王族奉茶好了。昨天見到的公主殿下超恐怖的。這樣說也許是大不敬，不過從她的眼神，完全看不出她在想什麼。

感覺跟以前在首都卡利斯小巷裡糾纏我的酒精中毒患者一樣可怕。

「……就這麼決定吧。」

我要請田中先生再也別讓我給王族奉茶。以現在的工作來說，這是最迫切的需求。對，就這麼決定了。

解決一個難題了呢，洗個澡放鬆一下吧。

我離開房間，前往北區的澡堂。

＊

【蘇菲亞觀點】

我到澡堂來了。

迅速脫下女僕裝摺好，快快泡進浴池放鬆身心。田中先生特製的入浴劑幫助下，泡起來舒服得難以言喻。好想泡一整晚。

夜也深了，浴池只有我一個，完全是包場。

「好舒服喔……」

大概是上天懲罰我太鬆懈吧。

喀啦啦，有人開門了。

注意力自然往那裡跑。

這個浴池是給貴族用的，既然有貴族要來，我這個小老百姓自然就往角落移動。縮著身體撥開水嘩啦啦地走。

這當中，我看見了對方是什麼人。

「……！」

我的天啊，這下危險了。

「有什麼好害羞的呢？我們都這麼親密了。」

「那個，可是安潔莉卡殿下，我已經……」

「有什麼關係嘛，安妮蘿賽。妳不是最近才升為上級騎士嗎？和我的關係就像家人一樣，哪裡還需要客氣呢？」

「可、可是……」

「還是說妳不願意和我一起入浴呢？妳的騎士精神，不許妳和我這下賤的身體泡在同一個浴池裡什麼的。」

「小的不敢！」

是公主殿下。

梅賽德斯大人也來了。

我立刻找個東西躲起來。這個不斷湧出溫泉的神祕石像，好像是田中先生設計的。老實說，我不太懂。總之就是有溫泉從野獸的嘴裡一直冒出來。

「那就無所謂了吧？還是說，妳還有其他理由？」

「……小、小的知道了。」

看來她們都沒察覺我的存在。

鬆了口氣的同時，我也發現自己無路可逃了。

澡堂只有一個出口。

想躲過她們的視線溜出去是不可能的吧。

「呵呵呵。太好了呢，小安。」

田中先生都叫她梅賽德斯，但看樣子她還有另一個名字叫安妮蘿賽，到底哪邊才是假名呢？我很喜歡這類故事，非常好奇。

可是梅賽德斯大人的反常行為，更吸引我的注意。

「殿、殿下，請您別靠太近。那個，我……」

「哎呀，不喜歡啊？」

「殿下玉體尊貴，小、小的不敢冒犯……」

美女當前，那個梅賽德斯竟然會自制。

我還是第一次看到這種事。好像見到某種奇景一樣，甚至有點感動。難道是連艾絲特小姐也不客氣的她，也知道公主殿下碰不得嗎？

我還傻傻這麼想呢。

「呵呵呵。妳還是對我特別冷淡呢。」

「不、不敢，絕對沒有這種事！」

「先前妳因為我受了很多苦吧？」

「不會……」

「可是不用怕嘍。是我把妳帶到這個世界來，我一定照顧妳的啦。呵呵，既然都帶妳來侍浴了，我們今天就好好敘敘舊，讓我徹底享受妳的身體吧？」

「別、別急啊，殿下！」

怎麼會這樣。

反而是公主殿下一步步逼向梅賽德斯大人。

「妳都這麼有骨氣，不怪我任性乖乖回來了，呵呵呵呵，我就永永遠遠把妳養在身邊好了。妳是第一個被我丟掉還自己回來的玩具呢。」

「……！」

該不會、該不會是那樣吧？

我好像目擊了梅賽德斯大人性癖的根源。雖不曉得有怎樣的來龍去脈，從這一連串對話來看，她肯定是被公主殿下鏈住了。而且，那個，另一邊還連到公主因為進了浴池而一絲不掛的那裡去。

「小安，妳不會不舔吧？」

「…………」

公主殿下嘩啦一聲從池子裡站起來，而仍然泡在水裡的梅賽德斯大人，將她的臉、她的嘴往公主殿下的胯下湊。雙脣緩緩張開，舌頭顫抖著伸了出來——

哇～

哇哇哇～

女人之間做這種事好嗎？

沒想到公主殿下竟然是梅賽德斯大人的師父，不曉得田中先生知道了會是怎樣的表情。這太危險了，要是被她們發現，我這小女僕的命堪比風中殘燭。

於是我屏住呼吸往水裡沉。

儘管如此，視線還是不由自主地往她們倆的行為跑。

啊啊，天啊！

要做到這種地步啊！

兩個女人也可以，啊，咦？啊啊，不會吧……

「呵呵呵。這裡的領主也好像很有意思呢，光是想像他最後會露出怎樣的表情，就讓我快等不及了。安妮蘿賽，我准妳在離我最近的地方觀賞這一切喔。」

「不、不要啊，公主殿下！假如您指的是田中……」

「哎呀？妳竟然也會想保護男人，讓我對他更有興趣了。」

「殿下！」

「不過現在就讓我們先忘了這件事，盡情享受吧？」

好像又看到很不得了的東西了。這次完全不是南努翠大人那次能比，真的是嘴巴裂了都不能說出去，必須乖乖帶進墳墓裡。

「啊，殿、殿下，那裡……」

「呵呵。」

啊啊，怎麼辦？

真的是到底該、該怎麼辦才好啊！

胯下裡面開始痠痠的了。

＊

下個月終於到了。

編入昨天的收支後，田中領地的首月結算終告完成。同樣是由蘇菲亞統計，並由艾絲特從多利庫里斯找來的驗算員檢查完畢。

除了我以外，蘇菲亞、艾迪塔老師、艾絲特、岡薩雷斯和雞冠頭也聚在鎮長辦公室裡，只有鎮長自己去了首都卡利斯就沒回來。無所謂，有魔導貴族陪著就不要緊了吧。

那麼，和主要成員一起做最後確認的時間到了。

「蘇菲亞，麻煩把帳簿給我。」

「好、好的！」

我從蘇菲亞手上接過用細繩捆住的紙疊。

有中小型週刊雜誌的厚度。這沉沉的重量說明了短短幾星期之內發生了多少事，令人感慨不已。同時也對她一筆一劃整理了這麼多出來而肅然起敬。

對於電腦世代的我來說，光是看到這麼厚就想閃。

「先從結論說起。營業額是金幣一百七十二枚、銀幣三十九枚、銅幣兩枚。」

比當初設定的最低門檻一五〇枚高出了二十二枚。這個最低門檻真的是最低門檻，別說耗材成本，就連我的生活費都沒包含在內，這數字實在很危險。

而且其中有三十九枚金幣，是我請求曼森商行破例預付原本要下個月底才給的本月租金，才能勉強過關。

這樣看來，其實我腦袋跟身體只連著一層皮。說個祕密，聽蘇菲亞報告的時候，我背脊還哆嗦了一下。但無論如何，無疑是過關了。

這個城鎮下個月還能繼續營運。

「所以說是很勉強的意思嗎？」

「是啊。真的是非常驚險。」

要是柔菲沒來表演就爆了。要是魔導貴族沒帶佩尼帝國的貴族來就爆了。要是艾絲特跟岡薩雷斯沒有到處宣傳就爆了。要是沒有曼森商行的契約就爆了。

回想起來，這全是許多協助和幸運女神眷顧的結果。很難稱之為個人功績。

「能過這一關，全都是靠各位大力相助。田中誠心向各位道謝。」

我深深一鞠躬。

結果很快就有婊聲響起。

「沒這種事！大家也是看到你的鬥志才會想幫你，應該挺起胸膛為自己高興才對！不過這麼謙虛的態度，我、我也是很喜歡的喔！」

金髮蘿莉超直接的示愛依然是那麼高調。

多虧她的發言，我才獲得抬頭的機會。

「所幸沒讓艾絲特小姐的顏面塗地。」

「我怎樣都無所謂啦！只要是你塗的，不管是地還是屎尿我都甘之如飴！儘管放馬過來！你就、撲、撲、撲進我的懷抱裡吧！」

「不了，這樣實在不太好……」

蘿莉婊高興得像自己的事一樣亢奮。

比平時高出七成的感覺。

「那麼田中先生，以後怎麼辦？不嫌棄的話，我們再多合作一陣子吧？老實說，建設城鎮真的很有意思。我已經問過兄弟們的意見了，目前都沒有問題。」

「各位願意留下，我也非常高興呢。」

「好。那以後的行程定好以後，記得跟我們說一聲啊。」

「說到以後的行程，我就一併在這裡向各位做個報告。」

也沒什麼大不了，只是到首都繳稅而已。

後面的事都還沒規劃。

「我會和艾絲特小姐一起到王城繳稅。這件事必須由本人親自執行，所以不好意思，要離開這裡幾天了。岡薩雷斯先生，這段時間這裡就交給你了。」

「好，你就儘管去吧，這裡包在我身上。」

「謝謝你。其實我一直在煩惱自己不在的期間這裡怎麼辦，有你在真是太好了。至於這個月的佣金，我們再另外找時間談吧？」

「隨時都行。」

「那麼不好意思，就這樣了。」

太好了。

可以放心到首都去啦！

我往艾絲特瞥一眼，這婊子果然是用極其興奮的臉盯著我下半身看。想像力已經在之後的公主抱飛行上狂飆了吧。

會自然就往那裡想，我也中毒不淺呢。

不好。不好。

到了首度就儘早和亞倫談談吧。

「請、請問，我該做什麼呢……」

蘇菲亞露出小狗遭遺棄的表情。

我是很想帶她一起去啦。

可是她的簿記能力對這個城鎮來說非常寶貴。

「不好意思，就請妳留下來繼續管帳吧。」

「這、這樣啊，我知道了。」

難道她在懷念宿舍生活嗎？我是很想繼續默默待在她身邊，再玩幾年夫妻遊戲。但很抱歉，現在得委屈她管一陣子帳簿。

「那麼，我、我們什麼時候出發！」

「明天就出發。」

「這樣啊！很好！愈早處理完愈好嘛！」

「是啊，我也這麼想。」

艾絲特喘得好厲害。

鼻孔都噴出聲音了。

「什麼時段走？」

「我想天一亮就走，用飛行魔法的話大概傍晚就會到。」

「真的嗎？你的魔法效能真的很誇張耶。」

「是啊！超強的！果然厲害！好帥喔！」

蘿莉婊不要吵。

相對地，艾迪塔老師來到這裡以後就沒說過話。

她本來話就不多，但今天比平時更少。我找個機會偷看她一眼，發現坐在沙發上的她腦袋一頓一頓地打瞌睡。忍不住想戳她臉頰。

力氣都花在寫書上了吧。這幾天，她都關在房裡拚命地寫，三餐大多是由蘇菲亞替她送到房裡去，簡直像個迷上新網遊的廢人。希望她也能加入寶特瓶族。

「她好像睡得很香呢。明明是在沙發上。」

「應該是很累了吧。就讓她睡吧。」

「是啊。她在蘇菲那件事上也幫了很多。」

「真的啊？」

「真的。你口中的這個鍊金術老師也滿有一套的嘛。」

「既然這樣，我得找個時間好好謝謝她才行。」

當我們在一片溫馨氣氛中看著艾迪塔老師時——

她忽然抖了一下。

「呼嘎！」

就是睡眠時會突然抽搐的那個。那一般好像稱作入睡抽動，不限於人類，在貓狗身上也能見到這現象。記得是某某神經在睡眠時會怎樣怎樣，課堂上聽來的。

不曉得這世界的生物怎樣的構造，或許和我那個世界不同，但至少精靈睡覺也會抖。而且她抖得很用力，把自己給抖醒了。

「……唔唔。」

老師慢慢睜開眼睛，左顧右盼。

「怎、怎麼啦？你們講好啦？」

還用昭告自己睡到剛剛的語氣說話。

「對、對呀，很順利地講好了。」

「這樣啊！那、那真是太好啦！是吧！」

「是啊。」

看她可憐就不吐槽了。

其他人也用慈祥面孔望著她。竟然能這麼自然地搏得大家的關愛，這個精靈也真的是喔。如果換成柔菲來做，肯定出局。

「所以呢，大家也盡量修養生息吧。減少各個設施的用量，再用輪班的方式拉長休息時間。」

「好。那不好意思，我們就這麼辦啦。」

「各位配合我這麼多要求，真的感激不盡。」

總而言之，可以當作是現在終於有個著落了吧。

感覺肩上擔子輕了幾分。

＊

在辦公室開完會之後，我首先來到南區的鬧區。

既然平安達成目標，是該給自己一個獎勵。我一走出克莉絲汀府就立刻奔向柔菲的舞台。因勞動而疲勞的男性肉體，就是要用爽露小褲褲的美少女來治癒。

熟人在舞台上放送小褲褲，不看就虧大了。在這個沒有展示用內褲概念的世界，不能放過能盯著正港內褲看的機會。對方是熟人，興奮度更是倍增。

我不是柔菲的粉絲，但說不定是她放送小褲褲的粉絲。我每夜練功時，也受過柔菲的倩影不少照顧。這種單純好用的清純婊屬性，永遠是不能小覷。用量第二高。

可是不知出了什麼事，本日會場門可羅雀。

「…………」

進門一點阻力也沒有。

上次排到門外的隊列如今完全消失，明明正在表演也沒什麼人，舞台正前方就只有兩三個一小撮的團體。當初人擠人的盛況彷彿幻夢一場，真的是光速過氣。

真的這麼快就膩了嗎？

醜男我還沒膩耶。

這麼想時，我不經意聽見了觀眾的對話。

「你是說真的嗎？」「真的啦！二街的混浴池變得很刺激，不騙你！」「真的會有那種女人嗎，不可能吧？」「真的啦，超淫亂的。敢脫褲子就給上耶！」「還讓你上好上滿喔！」「這、這樣的話，我就去參觀一下好了。」「我、我也要！」「唔……那我也……」

是令人不禁想往二街跑的內容呢。

我也好想去喔。真的好想。

比起小褲褲大放送，我更想看小鮑鮑大放送，而小鮑鮑大放送又不如公開抽插秀。這是個弱肉強食的世界。要是高級土耳其浴只收傳播妹的錢，當然每個人都選高級土耳其浴。男人永遠都想追求大冒險。

想著想著，最後僅存的觀眾也愈走愈遠，不看完表演就離開表演廳。入場費五十五銅幣絕不是小數目，但還是敗給淫亂兩字。不到幾分鐘，全場就只剩醜男一個。

至於舞台上，柔菲仍在歌舞……而且偏偏是清唱，真的就只有她一個。

慘到不行的樣子好可愛。

柔菲這麼地悲哀讓我興奮異常，可是現在該怎麼辦呢？在這種狀況下還要把歌唱完的敬業精神，使我更深入地感受到她的自尊是多麼高，雞皮疙瘩都起來了。好想用廣角鏡永久保存。

我是非常好奇二街的淫亂女啦，但現在還是繼續鑑賞這位臉頰抽搐也要擺出笑容，唱歌跳舞露內褲的可悲魔法騎士團副團長好了。這麼棒的表演肯定是空前絕後，也是一樣難得。

即使覺得有點對不起她，和風臉仍然注視著舞台。

以更為莊重的心態，拜見內褲上的小縫縫。

無限感激啊。

這之後再也沒有新客入場，大概唱了兩首表演就結束了。最後柔菲和樂隊都在台上敬禮，和風臉也隨即向她走去。

從表演廳角落來到舞台前方，這次樂隊沒有阻擋我。從這個位置能從觀眾席仰望舞台上的她，終於美夢成真。只要稍微彎腰，一直偷窺裙子底下也不是不可能。

「辛苦了，柔菲。」

「…………」

總之先打個招呼試試。

反應不太好。

感覺她受到不小的打擊。

這也是當然的吧。

「客人好像都跑到其他地方去了呢。」

「……好像是的呢。」

她從舞台上輕巧地跳下觀眾席，噠地一聲宣告小褲褲大放送結束。最後還發揮服務精神，讓我品嘗裙子整個翻起來的幸福。一路露到大腿根，令人由衷歡喜。

「謝謝你聽到最後。」

「哪裡。在這種時候來，真是不好意思。」

「沒關係的。」

可能是先前那場誤會的影響吧，識時務的樂團們快步退回休息室，修凱爾還在裡面。太好了，看來柔菲沒有特別處罰他。

不過這個外貌婊搞不好天天都在搞性虐待就是了。

「怎麼突然會有這麼大的變化呢？」

「這座城裡有很多只看一次的客人。」

「是嗎，或許是這個緣故吧。」

在她的主場首都卡利斯應該就不一樣了。話說回來，柔菲能這樣斷定有沒有固定粉絲也真不簡單。所以在這裡表演算是拓荒吧，應該是相當辛苦的事。

「再多觀察一段時間吧？」

淫亂女也不可能連續亂交幾週。

「…………」

「柔菲？」

柔菲不知在想些什麼。

但那只是一下子的事。

「……我去看看。」

「咦，現在嗎？」

「是的呢。」

魔法騎士團斗篷一掀，公主婊颯爽出巡。

妒火中燒的柔菲也滿可愛的嘛。

和風臉若無其事地跟上去。

＊

事發地點距離表演廳十幾分鐘的腳程，這肯定也是從柔菲的舞台奪走客人的一大因素。最後來到的是此刻甚囂塵上的二街混浴澡堂。

想到這也是我自己蓋的，心中便五味雜陳。

「……好多人的呢。」

「對、對啊，是沒錯。」

男性擠得像她那天的盛況一樣。

而且顏面偏差值都很低，可見在這個世界，醜男一樣是碰不了女人的宿命。有點悲從中來。在一旁看著此情此景，我心裡是陣陣抽痛。

這搞得混浴池再也沒有女人想進，路人也完全迴避。走近隊伍，便聞到一股濃濃的男人臭，這恐怕就是原因。澡堂裡肯定是加倍地臭。

「我走了。」

「啊，別急啊，柔菲！現在要排隊——」

柔菲踏著強健的腳步噠噠向前，我急忙追過去。

男性客人見到她就立刻後退，人牆分斷，產生一條通往屋內的道路。這就是貴族的威力嗎，有點爽。

「喂喂，那不是希安大人嗎！」「真的耶，是希安大人！」「喂喂，希安大人是魔法騎士團副團長那個希安大人嗎！」「真的假的！」「喔，本尊耶！」「我第一次看到，這麼小隻啊！」

「話說，該、該不會希安大人也要加入混浴吧！」

「不可能吧！希安大人是貴族耶！」「可是，你、你們看，她過來了！」「不會吧！好猛、好猛、太猛啦，看我這邊！」

「她後面那個男的是誰啊？」「該不會就是傳說中的田中男爵吧？」「我也聽說過，大家都說他臉很扁耶！」「真的很扁。」「看到他這樣，我忽然心情好很多。」「啊，我也是。」

歡呼聲好催情啊！

醜男光是聽就小鹿亂撞。超想看全裸的柔菲和醜醜的平民亂交，想看得不得了。請恕在下直言，公主婊就是要輪姦為敬。

我就這麼邊妄想邊跟。

穿過玄關橫越門廳，踏著男人臭漸濃的走廊往人口密度、濕度、室溫更高的地方走。拐了個彎，雄性氣味急速攀升，簡直像踏進男性專屬的三溫暖。

朝我們看的視線也瞬間倍增。

最後，我們在每一步都要和別人磨蹭肌膚的情況下來到更衣間。

房裡另一扇敞開的門後，問題場面正在上演。由於人實在太多，我們都用飛行魔法浮上空中，在眾多觀眾頭頂上查看蒸氣另一端澡堂的情境。

「啊、啊、啊啊啊啊啊啊啊啊啊啊！」

浴室響起可愛又強烈的嬌喘。

一名裸女在十幾個男性的圍繞下全身抽搐。

我見過她。

就是那個，對，梅賽德斯的肉便器。特徵是金髮西瓜皮的普希共和國魔法兵。上次見到她是在拉吉烏斯草原交戰那時吧。

「……還真巧。」

完全沒想到她會遠征到這種地方。

我偷偷往柔菲看。

「…………」

想不到她也會慌亂得這麼直接。她像是受到不小的驚嚇，愣愣地注視澡堂裡的畫面。臉頰的肉不時輕顫，不

曉得是何種情緒使然。

順道一提，由於她浮在空中，腳底下有好多人趴在地上看她全都露的內褲。好混沌的空間。

「我們還是回去比較好吧……」

「…………」

就算是柔菲，也沒有和不特定的眾多低顏值中年大叔亂交的經驗吧？公主婊踏進亂交空間的事實，對死處男而言倒是已經很高分了。

「在澡堂、在澡堂做這麼開心嗎？」

「呃，這種事別問我……」

「…………」

「柔菲，我再說一次，我們還是趕快回去比較好。」

「……我、我也要下去泡。」

「咦？」

這孩子在說什麼啊。

「那個，這樣做真的不太好……」

那聽起來美妙到不行，我也想看到不行。

我身為領主，應該是非得阻止她不可，但是手伸不出去。

褲子裡的大拇指都豎起來了。

沒有性經驗的女生因為目睹朋友的賣春現場，像用香魚釣香魚一樣婊子覺醒之類的賣春性歸納法，實在引人遐思。如果被釣的還是外表清純，肉便器資質爆表，上床就瘋狂發浪那種，更是大爆硬。

柔菲的未來就決定是這樣了。

彷彿用快轉看完了地下偶像的一生呢。

＊

柔菲下定決心後不久。

全身脫光的公主婊來到和風臉身旁，面前就是放滿溫泉的浴池。包圍我們的大批英雄好漢，都擺出了不錯過她一舉一動的架勢。

這裡是混浴澡堂。

男女一起全裸泡澡，啊啊，也沒有什麼不對。

「我、我進去了……」

光溜溜的柔菲就要挑戰浴池。她是想和梅賽德斯的肉便器較量嗎，她裝作無所畏懼，不遮胸不遮●地向前邁進。事實上旁人也看得出來她肩膀和腿都抖得很明顯。

原來公主婊也是白虎血統。好個一線鮑。不過我個人認為黑鮑會感覺現實一點，反而煽情。她的恥丘真是太漂亮了，該不會每天都固定會用脫色魔法保養吧。

小縫縫一步又一步地前進。

她面前的浴池，就算不仔細看，也會有處處略顯濃稠的感覺。若說那是這個浴池的特色也就算了，但至少我不知道自己弄過這種池。

「那個，柔菲啊……」

試圖制止的我依然穿著衣服。

自己穿著衣服來鑑賞全裸的柔菲，實在令人興奮。

「請不要阻止我。」

收到了高要求的回答。

周圍一大堆男性注視著她，就連肉便器妹妹也用下面的嘴叼著香腸盯著她看，一舉一動都不願放過。

這當中，柔菲的腳慢慢伸進池裡。

從腳踝、小腿、膝蓋、大腿到腰臀，慢慢下去。

「……」

略短的銀髮也浸入浴池，與池中漂浮的某物交纏的畫面令人狂喜。要是這裡只有我們倆，我已經用蹲踞起跑督下去了吧。

最後整個身體沒入池水底下，下巴輕觸水面。

維持一會兒後，她終於注意到了某物。

「……這是……」

並用雙手捧起一掬水。

小小的掌圍內側，漂浮著生命的奧祕。

「…………」

柔菲忽然全身一顫，反應強烈得不遜於出發前在辦公室見到的艾迪塔老師那一抖，雙眼驚愕地睜大。

形狀姣好的鼻子還抽動了兩下，像在檢查氣味。

「！」

緊接著猛然站起。

「精精精精、精、精液……」

柔菲的每一吋肌膚，冒出了一顆顆的疙瘩。

梅賽德斯的肉便器全身都沾滿了那些精精精呢。

今天的二街澡堂是一池兩吃啊。真想放棄當貴族，以平民身分天天來。這麼棒的浴池是誰做出來的啦！就是我啦！可惡，自己做的卻不能用，白痴得要死。

「我、我、我要回去了！」

話一說完，她就快步往更衣間走。

赤裸地顫抖的柔菲真是太可愛了。Q彈的小屁屁滴著泉水的模樣，將她的背影襯托得更美。從胯下滴落的水珠簡直藝術。

儼然是最棒的獎勵。就是因為這樣，我才無法不去工作。

迷途的柔菲，明日將何去何從呢？

*

隔天，我與艾絲特往首都卡利斯出發。

走的當然是空路。

我照例用公主抱帶金髮蘿莉婊飛，她也同樣發動絕技，用盡手背後膝伴裝不可抗力來對我性騷擾。

忍了幾小時後，我們降落在旅舍鎮稍作休息，一路上如此反覆。

我覺得自己已經拿出極速了，可是抱著一個人，還是無法在日落前抵達。來到目的地時，天已經全黑了。俯瞰著首都卡利斯裡點點文明之火燦爛地點綴黑夜，我們回來了。

好美喔！

真的好美！

而且是在如此甜蜜的對話中落地。

著陸地點照例是學校宿舍。我雖事先表示要送她到自家附近，但她以今晚要在宿舍過夜為由拒絕。

要是被她家裡的人看見也是有致命危險，我也就順她的意了。

此刻，我們在宿舍餐廳對面而席。

「我們天一亮就去王城。」

「知道了。」

服務生送上的菜餚在手邊冒著熱氣。

這就是蘇菲亞口中的貴族餐。

依然令人食指大動。而既然滋味這麼高級，桌椅也要有同等格調，全都有高級餐廳的等級。明明全都是木製，卻發出石材般的光澤。

在東京預約上萬塊的晚餐，說不定也會帶到這樣的桌位。菜單都是成套，用完一盤就上下一盤。

「對了，艾絲特，我有件事想請教妳。」

「有事想問我啊！什、什麼事？」

「亞倫他現在還在騎士團裡嗎？」

「咦？亞倫？」

「是啊，我想跟他打個招呼。」

「……是、是喔。」

「對。」

原本閃亮亮的眼睛一下子變得跟死魚一樣。

亞倫實在太可憐啦。

「他應該還是在騎士團裡吧。」

「這樣啊，那就好找了。」

不過艾絲特回答得比想像中快，難道是還有聯絡嗎？這樣他就還有機會了。不是說女人這種生物對沒興趣的男人會極度冰冷嗎？

剛認識時的艾絲特完全就是這樣。

如今回想起來，心裡還是會酸一下。

「那我就放心了，妳和他還有聯絡吧？」

「！」

剎那間，艾絲特表情緊繃。

喀啷一聲，餐具都掉了。

「沒、沒、沒有！我們沒聯絡！完全沒有！」

「真的嗎？」

「真的！剛才那是聽別人說的！」

「原來如此。」

她是蘿莉婊，踏再多船都沒在怕吧？

而且是歡迎亂交那種。

好險，真是太危險了。差點就燙傷啦。

「無論如何，幸好妳知道。」

謁見完國王就去找他吧。

「太、太好了。能幫上你，我也很高興。」

「謝謝。」

面對表情複雜地點頭的金髮蘿莉，我開始用餐。

其他座位不時有視線飄過來，或是有人竊竊私語，吃起來不是很愉快，但是在公共場所吃飯，本來就會有這樣的事。蘇菲亞將餐點送回房間的用心，使我銘感五內。

以後就盡量在房間用餐吧。也不是避免不必要的誤解，那根本就是極其明顯的事實，不能再對公眾散布下去。這個蘿莉婊的言行一天比一天過分。

受眾人注意的狀況始終沒改善，我便決定早早吃完返回房間。

艾絲特絲毫不在乎周圍的關注，但我實在辦不到。

這就是出身的差異吧，我深深為此感嘆。她的膽量真是了不起。

出了餐廳，我直往房間走。

上樓穿過走廊，來到房門前。感覺上，我離開的時間比兩三週久多了，想必我在拉吉烏斯草原的生活就是如此充實。

通往各自房間的門就在眼前。

這時艾絲特忽然開口。

「對、對了，田中男爵。」

表情像是做出了重大決定。

「什麼事？」

「今天我女僕不在！」

「這樣啊？」

「所以，可以的話，要、要不要一起？」

「……………」

我不打算問做什麼。

想必是在邀我合體。

處男也懂。

蘿莉婊在邀我跟她合體啊。

「不了，今天我實在很累了，為明天保留體力吧。總不能帶著黑眼圈去見陛下吧。妳的好意我心領了。」

「既然這樣，一、一次就好！一次的話不會有黑眼圈吧！」

「不，不是這個問題……」

「是你的話我馬上就去了！我也一定會讓你射在外面的！啊，可、可是！如果你喜歡射裡面也完全沒關係喔！不如說，我我我我我、我還比較希望你射在裡面！」

說什麼一次，前面的戲不就白演了嗎？

怎麼突然就提出這麼直接的要求。

還是一樣痴情哪。

不早點跟亞倫談談會很危險。

這個體內咻咻的提議實在很有魅力。

「我認為費茲克勞倫斯子爵的貞操比什麼都重要。套一句朵莉絲的話，女孩子還是別隨便獻出自己的身體比較好。妳的身體不是只屬於妳一個呢。」

「……」

「那麼艾絲特，晚安了。」

再說下去搞不會被她攻陷，怕怕。

明天是真的需要體力，我便匆匆龜進自己房間了。

*

我在艾絲特的伴隨下謁見國王。

她說尊親有責任在宮中指導不習慣貴族規範的子弟，對我仔細說明。這次的謁見，她也做了無微不至的安排之後才帶我入場。

我也應該儘快記住這一連串程序。不僅是謁見，在宮中所需的各種規範也是，即辦公要訣那回事。現在相當於學習貴族的新手教學期間。

然而蘿莉婊在實務上什麼也沒教我，還很得意地說只要叫她一聲，她就會馬上趕過來幫我辦好。擺明就是會把部下溺愛成廢物的新訓教官。

把這些規矩當作是接下來的功課吧。只能靠自己慢慢學了。

「請兩位在此稍候。」

舉止優雅的差爺說道。

他帶領我們到等候室內就迅速離去。

在這等到另一個差爺來通知國王已經準備好，我們才能進謁見廳。經過先前兩次謁見，我也大致了解這部分的程序了。

「這樣你就正式成為貴族的一員了呢。」

艾絲特微笑著說。

稀鬆平常地坐上昂貴沙發的她很有貴族的風範，而他對面同樣坐沙發的醜男卻非常不像樣。不禁低頭查看服儀，才發現糗大了，穿的完全是平民的服裝。

今天再怎麼說都該盛裝打扮一番。

「希望國王還願意當我是貴族……」

我是不計較服裝的人，然而在對的場合穿對的服裝還是很重要。

「在我眼裡，你比其他貴族還耀眼啦！」

「非常感謝妳的厚愛，可是這樣恐怕沒有意義。」

「你的好只有我知道就夠了。要是你被別人搶走了，我會難過得要死。最近柔菲的樣子怪怪的，搞不好在打你的主意。」

「不，我想是絕對沒這種事。」

艾絲特好像愈來愈病了。

「你、你要做什麼是你的自由，可是我，那個……」

亞倫被ＮＴＲ的創傷發揮得淋漓盡致。

讓蘿莉婊學乖了不少。

就在我們瞎扯時——

「打擾了。」

房門忽然敲響，另一個差爺進房來，不過穿的是相同制服，也是城堡裡的人沒錯。

原以為是來報告國王準備好接見了，結果說的是另一件事。

「田中男爵，請恕我僭越，請將稅金暫交於我。」

「咦？」

「我會在清點過後，盛放到謁見廳的台子上。」

「喔，這樣啊。」

的確是應該事先處理好，在國王面前一個一個數的畫面實在太滑稽了。記得那裡只有地毯，連椅子都沒有。

「這是必要程序，請容我在這此清點。」

「好的。」

我隨差爺要求，清點金幣交給他。

「好的，確實是五十枚金幣沒錯。」

「麻煩您了。」

「我這就去準備。」

他恭敬地鞠躬，收下金幣袋離開房間。

前腳剛走，後腳就有另一個差爺進來。

「費茲克勞倫斯子爵、田中男爵，可以進謁見廳了。」

「這一刻終於到了！」

「是啊。」

我對艾絲特點點頭。好，就在謁見廳一決生死。

*

「頭抬起來。」

高台上，鎮坐於寶座的國王說道。

除了城主外，這裡還有大批華服貴族沿兩側牆壁貼著站。觀眾好像比前一次和前前次都多了幾成，像是擠沙丁魚罐頭。

這些渴於娛樂的貴族擠成這樣，都是為了看這陣子獨占宮中話題的費茲克勞倫斯子爵與她一手拔擢的平民男爵有何下場吧。相信每個人都認為我會在這裡受到制裁。

「據說你這趟來是為了繳稅，真是如此嗎？」

國王不說應酬話，直攻正題。

該不會國王和宰相其實是一夥的吧？如果是，那麼就算今天過了這關，以後也恐怕有得受。艾絲特家裡勢力再大，恐怕對國王也起不了作用。

「回陛下，真是如此！」

然而我都主動踏出這一步了，現在也只能乖乖點頭，把人家要我繳的東西繳上去。明天以後的計畫，改天再跟蘿莉婊討論。

「哦？」

「因此小人斗膽，懇請陛下讓小人在此呈報。」

王位置於比地面高出幾階的台上。

我對其投以決勝的眼神。

「短短不到一個月的時間，你就從那塊土地賺來了五十枚金幣嗎？」

「的確是如此。」

「天啊，實在太驚人了，難以置信啊！」

「…………」

那一開始就不要開那種條件嘛，有夠吐血。

可是現在抗議也沒意義。

「那麼，快，就把證據拿出來吧。」

「是！」

我從懷中取出蘇菲亞做的帳簿。

見狀，國王表示疑惑。

「……嗯？那疊紙是什麼東西？」

「回陛下！這是陛下恩賜之領土的近期財務狀況。這段期間的營業額扣除成本等各種經費後，共餘得金幣五十二枚、銀幣八枚、銅幣一枚。」

有種回到社畜生活的感覺。

跪著做財報倒是挺新鮮的。

「那種東西晚點交給其他人就行了，現在要看的是實證。」

「敢問實證是……？」

「費茲克勞倫斯子爵不會沒跟你說吧？」

「…………」

「你領地要繳的稅，總共是五十枚金幣。」

「金幣的部分，剛才已經……」

我看看周遭，尋找類似的東西。那個差爺說會先放在謁見廳的台子上，所以我想像的是一個金幣擺得漂漂亮亮的台座，然而地毯上除了我們沒有任何東西，連那個差爺也不在。

怪了，到底準備到哪去啦？

「小人斗膽，請問陛下替小人清點的官差人在何處？」

「清點？什麼意思？」

「…………」

不會吧！？

整個是中招了的感覺。

「怎麼啦，田中男爵？動作快。」

「遵、遵命……」

想不到會在謁見前擺我道。仔細想想，某人本來就該千方百計阻撓我，我早該想到才對。大概是天天建城太開心，讓我的腦袋變得太和平了。

「……那、那個人該不會……」

「嗯，就是這樣吧。」

艾絲特從旁小聲問。

看來她也發現了。

「怎、怎麼會……」

不消多久，她的表情轉為錯愕。

事到如今，我也沒轍了。

「怎麼了嗎，田中男爵？快呈上來。」

宰相補臨門一腳似的催。

「我應該說過，你要親自呈報給陛下。」

嘴角泛著奸笑。

那個差爺肯定就是顧鐘伯安排的吧。

他好像真的那麼說過。

「……是。」

搞砸了。好久沒犯這麼大的錯了。

在國王面前，沒有我辯解的餘地，就算說了也不會信吧。反而多半會讓他懷疑我是明知繳不出來，想利用他的信任編謊話。

可惡。都到了這一步，真不甘心。

如果我再警覺一點就好了。

「小的實在是萬分抱歉……」

確定是奴隸路線了。

既然如此，我就全心全意服侍艾絲特吧。我會日日夜夜提供各種性援助，要我吃什麼就吃什麼。來自您體內的一切，就是我活下去的糧食啊，主人。

眼看這就要成真，怎麼說呢，整個心都飛揚起來了。

這就是墮落的快樂嗎？

受不了啊！

可以直奔終點的感覺。

然而才剛窺見的終點線，其實非常遙遠。

「請恕小人無禮！」

謁見廳大聲響起某人的聲音。

轉頭一看，來人的竟是諾伊曼。他就像過去擺脫詛咒的公主那樣，一掀雙開門堂然登場。

好久不見的他瘦了好多。臉頰都癟了。

當然，所有人都向他看去。

他一個平民闖入如此連貴族都很少來的地方，對他來說是件天大的事吧。他是誰？什麼人？到處傳來這般吵雜的喧嘩。

這當中，諾伊曼向我直奔而來。

並這麼說：

「田中男爵，抱歉我來晚了，這是您要繳的稅。」

他伸出的手上，是用紙帶包得很美觀的金幣。

一時靠目視也看不出正確數字，但感覺有五十枚金幣的厚度。回想起來，我的確對他說過五十枚金幣這個數字，可是那不是一個公務員能在約一個月時間準備得出來的大錢。

而且也不像是從宰相的手下那奪來的。

諾伊曼不是武夫，也不會用魔法，純粹是靠辦公能力爬上來的國家公務員。這是先前他和我跟肉彈暗精靈喝酒時自己說的，肯定沒錯。

話說回來，他怎麼會在這時候闖進來呢？謁見廳門口也有衛兵，要攔也攔得住才對。

「還有什麼要吩咐嗎，田中男爵？」

「這、這個，沒有。謝謝你，諾伊曼先生。」

拿到手裡後感到的紮實重量，的確與收在懷裡時無異。最上面的金幣像是很少人碰過，亮得刺眼。

能夠這麼短時間避開宰相阻撓備妥五十枚金幣，又讓低階公務員闖入正在使用中的謁見廳的人，我也只想得到一個。

我望向高台寶座上的國王。

「…………」

「…………」

他嘴角小小地一勾。

原來真是這麼回事。

完全不懂為什麼，也不知道他心裡是如何盤算。

但既然車來了，我這個新手男爵自當是感激地先上再說。

打起精神重來一遍。

「陛下，這便是小人當初承諾的五十枚金幣。」

我維持跪姿，將金幣高捧過頭。

「嗯。田中男爵，你在艱困環境之中也依然努力不懈達成使命，本王十分欣賞這樣的精神，幹得真是太漂亮了！」

「謝陛下讚賞！小人永誌於心！」

想不到會有真心說這種話的一天。

好驚訝。

我伺機偷瞄顧鐘伯一眼，見到他表情極為懊惱，緊握的拳頭還用力到發抖了，可見那個差爺果真是受他指使。

我高捧的金幣最後是由國王身邊的騎士收取，往國王手邊的莊嚴台座走。台座和寶座一樣金飾無數，看起來價值連城。

金幣莊重地擺了上去。

好，任務完成。

「莫德雷，這下你服氣了吧？」

「陛、陛下，請別太早下定論，這些錢真的是男爵他——」

「真的是男爵怎樣？你這是什麼意思呢，宰相？」

「唔……」

國王打斷宰相的話，反問回去。

顧鐘伯也只能閉嘴了。

「鑑於田中男爵完成本王開出的條件，他從今以後便是佩尼帝國名副其實的貴族，諸位請勿妄自質疑。田中男爵，即使你此後享有與眾貴族同等的待遇，也得勤加營運自己的領地，不得荒廢。」

「遵命！」

國王的宣告響徹謁見廳。

這個人還滿會扮豬吃老虎的嘛。肯定沒錯。

＊

謁見結束後，隨即有人到等候室傳喚我。

這個人正是前不久在謁見廳替和風臉送金幣給國王的騎士。據說是有人要立刻和我單獨會談，我便讓艾絲特留在等候室，自己跟騎士走了。

穿過走廊爬上階梯，再穿過一段走廊，再爬上一段階梯。

就這麼一層一層地向上走。

最後來到一扇雕飾隆重的門扉前。

騎士人一帶到就不知上哪裡去了，走廊上也沒有其他人影。靜得像飯店走廊的氣氛，令人不由得期待一場大冒險。

總之先敲門看看。

「不好意思，我是田中……」

「進來吧。」

應門的是耳熟的聲音。

我依言開門。

等在裡頭的不是別人，就是我剛謁見的佩尼帝國國王。房裡沒有其他人，對一個僻地男爵來說是破格的待遇吧。

「很高興看到你，田中男爵。請坐。」

而且他是笑著迎接我。

其實我也猜到是這個狀況，並不驚慌。

「失禮了。」

我在國王對面的沙發坐下。

這是我進房以後第二次掃視周遭，仍舊沒見到其他人影。國王竟然願意和我這個來路不明的異邦人單獨對話，膽子也真不小。

不過無論如何，我也是一貫態度就是了。

「感謝陛下賞賜我這樣的機會，小人——」

「又臭又長的官話就不必了。」

「……這樣啊」

竟然打斷我拜碼頭。

緊接著，他劈哩啪啦說了起來。

「首先要說的，其實也在謁見時講過了。田中男爵，這次真的辛苦你了。想不到你能拿出這麼好的成果，比本王的預期高出很多。」

「謝陛下。」

先看看情況再說。

我還是不懂國王葫蘆裡賣什麼藥。

「本王原本是打算，假如是理察的女兒在胡言亂語就把你盡早捨棄，結果你竟然在拉吉烏斯草原建起了那麼堅固的要塞。」

「殿下過獎了，也沒有到要塞的地步。」

原來國王有派人監視啊。

到底是誰呢？

喔不，都忘了公主來過。

長相甜美的她說自己是費了一番功夫才說服國王讓她以視察名目來泉療，可是那搞不好真的是實話，的確有視察的一面在。

「難道諾伊曼先生也是……」

「佩尼帝國的勢力結構其實很複雜，尤其是貴族們各個都有強大勢力，即使是一國之君也無法將一切操之在手啊。」

「…………」

「這次辛苦那個小吏了。本王礙於立場，難以自由行動。所以事先請他準備了錢和帳簿，等待這一天的到來。不過帳簿看來是用不到了。」

「原來是這麼回事。」

「在沒人信得過的狀況下，這個工作也只能交給他了。請原諒本王像是在說風涼話，但還是請你給那個小吏一點豐厚的報酬吧。若有必要，本王也能給點方便。」

「敢問陛下為什麼要這麼做呢？」

「本王很早以前就知道宰相在暗中搞鬼。」

「……原來如此。」

看來國王是以先瞞過不知官場凶險的新手男爵和腦

殘妹搭檔為前提，在事前做好了安排。實際見到整個過程後，突然覺得好可靠。國王頭銜不是掛假的。

可是實戰部隊好像只有諾伊曼一個。

這個很會使喚人的國王都這麼說了，他肯定被操得很慘。

「對於弄得像在耍你一樣，本王向你致歉。」

「不敢當。凡事都有其難處，請陛下別放在心上。如我外表所示，我是來自外國的人，謹慎一點並不為過。陛下在我危及之時出手搭救，我感謝都來不及了，還談什麼致歉呢。」

「很高興你能有此諒解。」

所以說，國王和宰相感情不好啊？

那麼找和風臉密談是所為何事呢？

恐怕是沒好事吧。

「那麼男爵，可以答應本王一個請求嗎？」

「……請求是嗎？」

喔，馬上就來了。

畢竟清場得這麼乾淨。

我就知道會這樣。

「費茲克勞倫斯子爵的領地似乎有個東西讓宰相特別執著，希望你去把它找出來。而且要盡可能暗中行事，別讓其他人知道。」

果然國王也發現那裡有古怪了。

但交給我這樣的人不太好吧。

「交給我這個來路不明的人真的好嗎？」

「本王還自認有點識人之明。」

「不敢當。」

被權貴誇獎的感覺還不壞。

這就是小市民性格吧。

「而且說來可笑，現任國王的夥伴實在不多。」

還接著來了個自虐式玩笑。

但這說不定是他的肺腑之言。以正面角度思考，這也是他迂迴行事的原因。謁見廳是國王的主場，也是他最能發揮力量的地方。

當然，也是有全是謊言的可能。

乖乖點頭出房間時就被一刀砍死這樣。

「在旁觀者眼中，或許很難理解吧。」

「…………」

不過以這場密會而言，我認為不太可能。

他沒必要特地挑一個異邦平民來幫忙拆宰相的台。會同意賜我爵位，八成是需要一個清白的棋子。他那麼疼愛魔導貴族，也可以印證這一點。

爽快答應才是上策吧。

「我明白了，我一定達成使命。」

「嗯。這真是太好了，田中男爵。」

國王臉上泛起笑容。

儘管我有艾絲特作後盾，背後的爸爸怎麼看我還是未知數。趁早和高層打通關係，是讓貴族生活圓滿持續的重點動作。有必要表現得積極一點。

「本王準備了一點經費，你就拿去吧。」

他將一疊金幣擺上沙發桌。

圍繞金幣的紙帶很眼熟。

就是先前諾伊曼呈上的五十枚金幣。

「……可以嗎？」

「本王很期待你今後的表現。這可不是客套話。」

「我明白了。為達成陛下所託，田中粉身碎骨在所不辭。」

「嗯，就交給你去辦了。」

反正我也推不掉，就加把勁做個人情吧。比起宰相的無理要求，這應該簡單得多。況且他彌補了我的過失，有恩於我，接下這個請託的排斥就更小了。

國王與新手男爵的密談就此結束。

費茲克勞倫斯家

FitzClarence Family

正式取得男爵爵位的隔天。

我在透過窗簾縫的陽光下醒來，以指尖揉起惺忪睡眼時，眼角餘光忽然掃到有個女僕站在床邊。一時之間以為是蘇菲亞，但接著想起昨晚是睡在宿舍，而她還在龍城看家。

那麼這個女僕是誰呢？

「……」

我趕緊坐起，而對方隨之反應。

「啊，你醒啦！」

是蘿莉婊。

艾絲特跑進來了。

不知為何是女僕版。衣服和蘇菲亞每天穿的是同樣款式，不曉得打哪弄來的。和我家海咪咪女僕相比，胸前頗為空虛。

至於裙子呢，她好像把裙頭拉高了不少，單純站著就讓小褲褲若隱若現，對雞雞非常有幫助。烘托出足以彌補乳量不足的魅力。

「聽、聽說男人身上有一種叫晨勃的現象！」

「…………」

不過蘿莉婊就是蘿莉婊，冷不防就說這種話。能跳的全被她跳了。

話說回來，我應該沒給她備用鑰匙才對。

然而她每次都是說進來就進來，好像當作自己家一樣，真是不能小看蘿莉婊的侵蝕性。睜開眼睛就發現兩人已經合體的未來，相信已經不遠。

應該是蘇菲亞屈於權力，把鑰匙分給她了吧。

「我是為了增進學識，可以讓我看一眼嗎？」

「…………」

鼻子都呼嘶呼嘶響了。

眼睛像整晚沒睡般布滿血絲。

這蘿莉婊到底是多想打炮啊？

有股想乾脆把身體交給她的衝動。惡魔在我耳畔低語，說她都這麼誠懇了，中古車又怎樣？連天使都一副快繳械的表情。最近一起洗澡什麼的，距離拉近很多。

然而，理智也在反駁。

誰教我跟亞倫約好了呢。

說什麼也不能毀約。

只要尻一發開啟聖人模式，脫了褲子蓄勢待發的天使也可以恢復到能夠訓斥惡魔的程度吧。堅守了幾十年的原則，怎能說轉彎就轉彎。輕率的行動必定會招來後悔。

新車才重要。就是要新車。

「對不起，今天我打算一早就去騎士團營，不能陪妳。」

「唔……」

艾絲特的眼眸因而一顫。

「我要換衣服了，不好意思……」

「啊，等一下嘛！」

我按著蘿莉婊的背，將她推出房門。

掌心陣陣透來的少女熱度，感覺好極了。

＊

這天上午我照原定計畫，前去拜訪亞倫。

沒事先約好，只聽艾絲特說他應該還在騎士團。於是我照之前的印象來到團營，想碰碰運氣。

結果很不巧，他不在營裡。

但從他同僚打聽到他的所在。

說是碧曲家的馬車到團營來，不曉得帶他到哪裡去了。這碧曲家不是別的，就是柔菲她家。最近動不動就聽到她的家名，應該不是錯覺。

腦中自然浮現不好的想像。

公主婊是好人家的千金，且岡薩雷斯說，碧曲伯爵在費茲克勞倫斯陣營中勢力龐大，而帥哥跟她關係又那麼深入。

該不會是事蹟敗露了吧？

那麼這對亞倫來說是攸關生死的大事。

「…………」

先去看看再說吧。

自混浴騷動後分別以來，傷心的柔菲就不知上哪去了，令人頗為在意。要是她在首都放送內褲，那我一定要去看看。至少在龍城看不見她的人，舞台都空著。

若需要其他理由，由於我是艾絲特的下屬，實際上就是費茲克勞倫斯派的人，同派下屬向長官請安，也絲毫沒有不妥之處，反而這樣才懂事。

好，就這麼辦。這就對了。

雖然在順序上好像有那麼點瑕疵，但現在人命要緊。

如果是我多慮了，就是磕頭道歉的事。對了對了，伴手禮可不能少。這國家的貴族好像會很計較這種事。空手拜訪這種事，在封建社會根本白目吧。

是不是愈貴愈好啊？可是我手上沒多少錢。國王賜給我的五十枚金幣是我領地重要的營運資金，多半全都得拿去支付黃昏戰團下個月的薪水，不能現在就去動它。

我就這麼邊苦惱邊往騎士團走。

走著走著，忽然想到一件事。

「話說柔菲家在哪啊？」

完全沒消息。我只是姑且往貴族豪宅群聚的城中央走，但這裡沒人在掛門牌，不曉得問不問得到。

正當我頭大時，她出現了。指路幼女降臨。

「啊～叔叔！」

「喔呼，又碰面啦。是叔叔喔！叔叔在這喔！」

好久不見，令人興奮莫名。

反應有點噁也是沒辦法的事，誰教她太可愛了。那面帶天真笑容噠噠噠跑過來的模樣使我能紮實感到心靈獲得療癒。只有這一點是艾迪塔老師的肉大腿所達不到的境界。

舉世無雙。

「你怎麼了？很傷腦筋的樣子耶。」

「其實叔叔要去一個地方可是不知道路，真的很頭痛。」

「咦～是喔？你要去哪裡？」

「我想去碧曲伯爵家，妳知道怎麼走嗎？」

「嗯？我想一想喔……」

尋思片刻後，她降旨了。

「先走那邊，再走這邊，然後一直直走就到了！」

「這樣啊。先那邊再這邊，然後直直走是吧？」

「嗯！」

還是一樣有夠模糊。

但是，這孩子沒有指不了的路。

我相信她。

「謝謝喔，那叔叔要走了。來，這給妳買點心。」

「耶！謝謝叔叔！」

拿幾枚銅幣給她時，醜叔叔的指尖稍微划過她的掌心，心裡飛躍了一下。幼女嫩膚萬歲。

「啊，對了叔叔，這給你！」

「嗯？」

她從裙子口袋窸窸窣窣地翻出一個東西給我。

掌上是個糖果大小的礦石。

閃亮亮的很漂亮，像是會在河邊見到的那種。

「這是什麼？」

「我撿到的喔！很漂亮吧？是我的寶物喔！」

「這麼棒的寶物，我怎麼能收呢？」

「叔叔常常給我零用錢，所以我要送給你！」

「嗯……真的要給我的話，我就收下嘍？」

「要收好喔！」

「沒問題。叔叔一定會很小心很小心地收好。」

回想起來，這說不定是第一次收到異性送的禮物。

噢，真是太想不到了，我收禮的貞操就這樣沒了。不過對方是指路幼女，完全沒問題，反而是美夢成真。

這種純純的感覺超棒！根本無敵！

實在太美妙了。就是它，這才是脫處的正確流程。

我果然沒選錯。再來碰碰嘴脣，碰碰雞雞，一步步增加難度才是正道。鬥志滾滾而上啊！

「再見嘍！」

「小心不要跌倒喔。」

「嗯！」

幼女就這麼笑嘻嘻地跑掉。

我目送著她的背影沒入人群之中。

順利獲得指引了。

禮物也收了。

雖然沒有根據，我認為自己現在能解決任何問題。

*

於是我總算來到了碧曲伯爵府。

「好大……」

畢竟是位在首都卡利斯的貴族豪宅，自然會拿來跟魔導貴族府相比。論占地，是院子足夠讓克莉絲汀起降的魔導貴族府勝，不過宅邸規模和氣派程度就是碧曲伯爵府強了。

怎麼說呢，哥德到爆的風格。

想像聖母院大教堂或聖斯德望主教座堂這類古典豪華建築就對了。看起來不像是人吃喝啦撒睡的地方，可是富豪的思維不是常人所能理解。

站在正門口觀望一會兒，守在門邊的門衛來問話了。

一左一右雙人組之一走過說：

「你來碧曲伯爵府有事嗎？」

「啊，那個，不好意思。敝姓田中，最近才成為費茲克勞倫斯派伊莉莎白子爵底下的男爵，所以想來向碧曲伯爵打聲招呼。」

「…………」

沒預約還是有困難吧。

鑑於前幾天的遭遇，這次我趁早表明身分。

想當然耳，門衛投來懷疑的眼神。這天我又是做平民打扮，一身旅人裝束。畢竟原本只是打算和亞倫見面，當然不會盛裝出門。

不過都自稱貴族了，至少沒有揮拳就打的事。

「……好的，我們先進去問問。請稍候片刻。」

「勞駕了。」

與我對話的人對另一人使個眼色。

另一人收到指示便往大宅跑去。

我一時起意就來了，對他們來說跟推銷員沒兩樣，最後能否見到人還是未知數。即使亞倫是被碧曲家的馬車送過來的，能不能走出去卻是另一回事。

說不定是有點太魯莽了。

站在正門邊沒多久，一個穿著典雅，像是隨從的中年男子來到面前，說主人要見我，請隨他走。

看來伯爵在家，我便如他所言進門叨擾。

正對道路的大門到玄關還有一段距離，而且有五六公尺寬，主要是給馬車走的吧。比起私家住宅，還比較像是公共設施或主題樂園。

穿過門廳，在走廊前進了一段。

男子將我帶到位於一樓的會客室。

與偏重功能性的魔導貴族府和學校設施相比，這裡首重門面。每樣東西都經過精緻裝飾，隨便一個櫃子就是滿滿的雕刻，非常絢爛。走廊上也到處都是繪畫或瓷器。

而具有如此品味的人，如今就在我眼前。

碧曲家的主人，坐在房間中央的沙發上。

「……你就是田中嗎？」

「是，小人正是田中。」

相貌好嚴肅的人。

輪廓深到令人讚嘆這副尊容也生得出柔菲。這國家基本上都是高加索人種了，他卻是更上一層地深邃。年紀像是四十多歲，但也許是受到長相影響，實際上還更年輕一點。

高挺的鼻子和凹洞般的眼窩中發亮的藍眼睛是唯一能聯想到他和公主婊是父女的部位。髮色漂亮的褐髮全抹油往後梳，好像在強調頭形一樣，頗為恐怖。

「田、田中先生……」

「好久不見了，亞倫先生。」

騎士團營的人說得沒錯，亞倫也在。

他與伯爵隔著沙發桌對坐，見到我而一臉驚愕。看來在我進門之前，他都在與柔菲爸爸單獨對話。會是世交關係之類的嗎？

「想不到你本人會在這時候來找我……」

柔菲爸爸目不轉睛地盯著我說。

該不會他們聊的就是我吧？

有點好奇。

「承蒙伯爵撥冗接見田中這樣的小輩，田中萬分感激。田中未曾接觸過上流社會，若有任何不周之處，還請伯爵多多指教。」

總之我先發制人，深深一鞠躬。

「田中男爵你動作還挺快的嘛。」

這是在揶揄我嗎？

那該怎麼回答才好呢？

「我的一切行動，都是為了報答費茲克勞倫斯子爵的提拔。子爵的昌盛就是我最大的心願。」

不知道怎麼辦時，拍上司馬屁就對了。

他們同是費茲克勞倫斯派的人，至少不會出問題吧。

「哼。名不虛傳，一副跟班的樣。」

「是，伯爵說得沒錯。」

我鄭重頷首。

事實上，我的確受了她很多照顧。

「碧曲伯爵，田中其實是很厲害的魔法師，實力就連法連閣下也要退讓三分。我自己也在獵龍那當時親眼目睹了。」

「哦？」

亞連來支援我了。

碧曲伯爵的眉頭皺了一下。

大概是魔導貴族的名字起了作用。

「說成連那個魔法狂都要退讓也太誇張了。萬一被他聽見了，亞倫，小心腦袋不保啊？」

「不，伯爵多慮了。其實這是法連閣下自己說的。」

「……哦？」

第二次的哦。

與上次相比，眼神似乎銳利了些。

這個人就是標準的凶臉吧。

「那麼，理察他怎麼說？」

「抱歉，我還沒見過費茲克勞倫斯公爵。」

「說什麼傻話？你是說你還沒見公爵就先來見我嗎？你傻了不成？還是說，這也是費茲克勞倫斯子爵的主意？」

「我是想找亞倫先生談談，而團營的人說他在您府上，我便順這個機會快馬加鞭上門拜訪了。」

「……原來如此。」

「還請伯爵諒察。」

「也就是說，你也知道我特別關照他。」

「…………」

咦，真的假的！

原來狂推亞倫的人是柔菲爸爸喔！

「聽說他和費茲克勞倫斯子爵關係不淺之後，還以為得到了一個好家臣，結果沒想到卻被其他男人橫刀奪愛了。」

「…………」

糟糕，踩到地雷了。

他抓亞倫過來就是為了談這件事吧。

「可是這個男人竟然先跑來找我。」

柔菲爸爸的嘴角彎彎地勾起來。

這是那種狀況吧。

非得順勢衝一波不可。

闖進不知道就會倒大霉的路線啦。

「……是的。」

「有意思、有意思。」

再來怎麼辦？

這個費茲克勞倫斯派肯定也是各懷鬼胎。

要是搞砸，我的貴族生活第一次登台就要炸掉了。

「不錯嘛，亞倫。多虧了他，你的腦袋還能留在脖子上。」

「感、感謝伯爵……」

「關於這點，我也有一件事要向您報告。」

「什麼事？」

這裡就在碧曲伯爵面前提一下艾絲特的婊度好了。她遲早會回亞倫身邊，如果不先跟相關各處的高層說點什麼，恐怕會非常危險。

不然伯爵下次要約談的就是我了。

「費茲克勞倫斯子爵是很善變的人，對我好絕對只是一時心血來潮。我今天來找亞倫先生，也是經過子爵同意的。」

「可是，成為男爵的還是你啊。」

「下次成為男爵，再飛昇為公爵的，說不定就是亞倫先生了。」

「當著我的面，居然敢講這麼大的話？」

「哪裡。」

滿滿是走鋼索的感覺啊！

而且我根本沒見過艾絲特爸爸，不管說什麼都只是出於想像。她的家族對我周遭的影響力會與日俱增，遲早要見的吧。

「哼，我看你是從平民升為貴族就得意忘形了。」

「田中不敢。我現在的地位只是虛有其表而已。」

「那麼你說說看，得到貴族的地位以後，你還想追求什麼？」

話說這個人長相雖凶，話倒是挺多的。

還以為偉大的伯爵不會想聽底層男爵說話呢。

「我嗎？」

「對，就是問你。」

「…………」

問我想追求什麼，當然就是蘇菲亞的處女膜啊！不然成為指路幼女的老公也很有魅力。然而如果說實話，伯爵不動私刑才怪。

「我想追求的也沒什麼了不起，幾個平民朋友——例如亞倫先生都已經得到了。而且像呼吸一樣簡單。」

把之前唬弄曼森商行商人的渾話再搬出來吧。

「不過那對我來說非常遙遠，為了達成這個夢想，第一步就是來到這裡。只能用這麼抽象的方式來形容，還請伯爵恕罪。」

「…………」

結果碧曲伯爵若有所思地閉上雙眼。

這種苦惱的表情帥到不行，不是普通的深沉。男人果然是輪廓夠深才像樣啊，自卑感大爆發。再叼個雪茄就完美了。

「……無所謂，裝模作樣的話遲早會露出馬腳。」

「伯爵所言甚是。」

「哼……」

碧曲伯爵自討沒趣地說：

「總之你們今天就先回去吧，以後有需要再叫你過來。」

接著他緩緩站起，我視線跟著他腳步移動，結果他就這麼留下我們兩個，自己離開房間了。又是個難以捉摸的人。

這種人一定要特別留意，不然會吃不完兜著走。

「亞倫先生，現在我們怎麼辦……」

「這個嘛，我們到其他地方再談吧。」

「好的。不好意思，請你帶路了。」

謁見時間到此結束。

我們在屋裡執事與女僕的目送下離開碧曲家。

*

我帶亞倫來到學校宿舍。

沒有比這裡更能放心說話的地方了。尤其這次話題敏感，非謹慎不可，不能找耳目眾多的地方。所幸蘇菲亞留在龍城，房裡只有醜男與帥哥。

「那麼，我就直說了……」

我們在客廳沙發對坐。

矮桌上有兩杯茶。

從學校類似咖啡廳的地方買來的。

「請先讓我向你道謝。田中先生，這次真的很謝謝你。」

「不好意思先別急，我現在還不曉得那是什麼狀況，能請你替我解釋一下嗎？當然，不能說的就不勉強。」

「好，我也有這個打算。」

原本還以為他不會願意告訴我呢。

但亞倫意外乾脆地點了頭，娓娓道來。

「事情要從我跟艾絲特開始交往那時說起……」

帥哥的陳述與我想像中的過程很接近，只有細節上的不同。

大致就是他對柔菲下手時，爸爸已經透過女兒得知了他和艾絲特的關係。於是爸爸決定保密，要將自走炮拉進自身陣營。

柔菲的貞操究竟是否也是計畫的一部分，亞倫本人直到今天也不得而知。假如伯爵知道連自己的女兒都被亞倫吃了以後，會有什麼反應呢？噢，怕。

柔菲爸爸就是在這般背景下成了亞倫的贊助人。等亞倫日後靠艾絲特達陣成為貴族，就將他納入自身旗下。

艾絲特爸爸對孩子的溺愛已經是路人皆知的程度。多半是想藉由籠絡蘿莉婊所愛的帥哥，鞏固自己在派系中的地位。

之前聽說柔菲曾經擔任艾絲特的魔法家教，背後八成也是有這類的意圖在吧。這麼說來，不難看出碧曲爸爸的方針了。

「原來如此……」

「說來也是很不光彩的事，真是慚愧。」

也就是說，我這個天上掉下來的田中男爵把亞倫的未來完全破壞掉了。原本要得到爵位的是坐我面前這腦袋低垂的帥哥，而不是在對面爽喝茶的醜男。

不由得有點罪惡感。

「把事情搞成這樣，我才應該向你道歉。」

「哪裡，你不需要為這種事道歉，全都怪我不中用。何況在我覺得自己的命就到今天為止的時候，又讓你救了一次。感激都來不及了，怎麼還能讓你道歉呢。」

「可是本來要成為男爵的是亞倫你才對啊！」

「成功只屬於成功的人，沒有什麼本來不本來的。」

「那你之前的努力不就……」

「空有努力沒有意義，成果才是這個世界的一切。」

被攔胡了還看得這麼開。

感覺不像還有路可走，他的精神狀態沒問題嗎？要是我有同樣遭遇，不怨個一兩句才怪。不只是心愛的女人，連近在眼前的爵位都被人搶走了耶。

糟糕，說出來以後罪惡感更重了。

我是認為努力就應該有回報的人。在今天這世道，成果這種東西，要掰多少有多少。

「我現在最想確定的是你的生命安全。」

「以今天的感覺來說，應該是沒事了。」

「那我也放心了。」

他和碧曲爸爸也算有點交情吧。叫來家裡吃飯的事也有過才對。

「說個題外話，碧曲伯爵也是個難搞的人呢。」

「是啊。由我來說這種話或許是大不敬，不過他的城府很深，對我這樣的平民也從來不會疏忽或賣弄。」

「這樣啊？」

「在費茲克勞倫斯派系中，他也是上位的人，不過他並不急於建立自己的派系。大概還是會怕自己會一睡不醒吧。因為這個緣故，他偏好培養像我這樣的小人物，幫自己打樁腳。」

「原來如此。」

我自己是不反感。

不過一旦與他敵對，事情恐怕會很麻煩。

以後要盡力維持在協調路線。

「先前他會提早趕我們出去，是因為他對你懂得不多吧。我想，他應該正在想盡辦法蒐羅你的資料。」

是這個緣故啊？

差點被那張凶臉騙了。

第一印象完全是攻擊性很強的人。

「所以他才會特別著眼於艾絲特。或者說，著眼於如何加強與理察大人的關係。要柔菲做艾絲特的魔法家教也跟這一點有關吧。當時的事我不太了解，但柔菲曾經嘀咕這樣的事。」

好耶，猜對了！

有點開心。

「而伯爵自己呢，則是用自己的手腕把父親留下來的一塊貧苦領地救回來的經營天才。且因為他個性謹慎，一旦認定是自己人就會用心栽培。同理，只要碧曲伯爵能維持他傑出的能力，理察大人就不會輕易拋棄他吧。」

話說回來，這一連串對話實在很貴族耶。

好像是蘇菲亞會喜歡聽的事。

這使我想起剛進公司那陣子在空閒的會議室玩董事會遊戲的事。好心陪我玩到最後的派遣工山田不知現在過得如何？

「可是這麼說來，你的立場還是很危險吧？」

「你在伯爵面前替我維繫住了我和艾絲特的關係。聽了那樣的話，無論實情如何，碧曲伯爵都不會貿然行動才對。不然會斬斷難得與艾絲特建立起來的關係。」

「了解，那就安全了吧。」

「對，所以真的很感謝你。」

亞倫恭敬地鞠躬。

這個人真的很正直耶。

「我實在不應該接受你的道謝，畢竟事情是因我擾亂情勢而起。因此，我認為有需要儘快把這一切亂七八糟的事拉回正軌。」

「可是艾絲特她……」

「我就是為這件事來找你的啊，亞倫先生。」

「…………」

繼魔導貴族之後，我還要幫亞倫牽紅線啊。

送佛送到西，我就盡全力來當個愛神邱比特。

「我想跟你討論討論接下來要怎麼安排……」

來，速戰速決。

醜男鬥志都起來了，立刻切入正題。

然而就在要切入的時候——

玄關有聲音傳來。

「我、我是艾絲特！進去嘍！」

蘿莉婊偏偏在這時候上線了。

這金髮蘿也也太會挑時間了吧。

*

「亞倫怎麼會在這裡？」

艾絲特一進房就愣住，歪頭就問。

地點仍是我家客廳，亞倫一樣獨坐三人座沙發，而艾絲特以理所當然的流暢動作一屁股坐到和風臉旁邊。

她的行為與平時無異。

看得亞倫表情苦得要死。

「艾絲特，好久不見。我正在跟田中先生聊。」

「你是聽說男爵的事而來嗎？」

「對、對啊，就是這樣。」

「真的喔？那我們就一起幫他慶祝吧，可以嗎？」

「好啊，我也受了田中先生很多照顧。」

「明天我家照慣例要舉行宴會，亞倫你就一起來吧，有很多好吃的喔。當然，你也要來喔！這次主賓是你喔！不跟我一起出席的話會有事喔！」

「咦？」

「什麼？」

未免太唐突了。

艾絲特的邀請讓兩個男的傻在原處。

「這是費茲克勞倫斯派的集會，所以是讓大家認識你的大好機會！」

「等一下，艾絲特。這恐怕……」

搞不好會沒命耶……被他爸殺了之類。

感覺還需要多一點準備跟斡旋。

「啊，對了！跟我去準備衣服吧！要用好衣服把你的優點襯托出來才行！既然我很喜歡現在的你，那就一定會更喜歡盛裝打扮的你！我愛你！讓我懷孕！」

「…………」

早上的女僕版就夠沒下限了，現在還繼續突破。

這樣未免太對不起亞倫。

稍微硬起來教訓她好了。

「艾絲特，我說過好幾次，我已經有心上人了。」

「嗯，我知道！」

「那麼……」

「我也有心上人啊，那就是你！」

「等等，所以說……」

「你也會為了喜歡的人努力過每一天吧？可是我還沒看到你那個樣子，而你呢，現在就看到我努力的樣子了。差別就只有這樣而已。」

「…………」

有道理。

被她這樣說，我也不曉得怎麼回嘴。

否定一個人的誠意是跟自己良心過不去的行為。

「那好吧，我就去參加宴會。」

「真的？」

「真的。」

可是維護我與亞倫的關係也很重要。

「太好了！很好很好！既然答應了，我們就去買衣服吧？不只這次，既然你成為貴族了，至少要準備幾套像樣的服裝，不然不用多久就會吃虧喔。」

「是啊。可以的話，也讓亞倫先生一起來吧。」

「不了，我、我……」

「說得也是。騎士的正式服裝就是甲冑，不過那總不能穿到宴會上去。你也一起來挑吧！」

「…………」

就跟上班族的西裝一樣吧。

肯定是未來的必需品，我便老實從命。

反正現在的蘿莉婊攔也攔不住。

＊

【蘇菲亞觀點】

這裡是拉吉烏斯草原上的龍城。

我現在受田中先生之託管理，不許失敗，每天都是用上戰場的心態面對工作。精神集中的程度完全不是在宿舍吃了就睡的那時候能比。這裡沒有貴族飯能吃。

然而在這樣的狀況下，還是出問題了。

有鬼。鬧鬼了。

位置是在眾多浴場之一，北區的一間澡堂。目擊者是普希共和國的貴族，我跟她只見過幾次面，領地在田中先生隔壁。

好像是叫做朵莉絲。

捲成螺旋狀的頭髮讓人印象很深刻，是艾莉絲小姐的朋友。

「這裡！就是在這裡出來的！」

「好、好的！這裡是吧！」

然後不知怎麼地要我去看狀況。

就只有我一個。

朵莉絲小姐好像很怕鬼，遇到以後連衣服都沒穿好就衝到田中先生的辦公室來了。要是房間的主人還在這裡，那她要怎麼辦呢？

「妳是他的女僕吧？快去把鬼趕走！」

「抱、抱歉，那個，我只是普通的平民，完全不會魔法……」

「喔喔喔喔喔呵呵呵呵呵！普通魔法對鬼是沒有用的喔！再怎麼砸火球也打不死喔！妳連這種事都不知道嗎？」

請不要邊發抖邊這麼猖狂地賣弄知識好嗎？

有點可愛，氣死人了。

平常寸步不離的護衛不在身邊。他乍看之下有點陰沉，可是仔細看會發現他其實很帥，超棒的。這就是跟第一印象的反差嗎，令人心跳加速呢。

「……那個，沒鬼啊？」

跟朵莉絲小姐來到浴室後，並沒有所謂的鬼。

「…………」

「…………」

也沒有其他客人，整個澡堂空蕩蕩的。

「剛、剛才真的有鬼！我沒騙妳喔！」

「好、好的！」

「如果洗頭髮的時候背後突然有人的感覺，妳也會嚇一跳吧！」

「是的，我、我想也是！」

「討厭，到底躲哪裡去了！是知道我是朵莉絲．歐布．亞杭才嚇我的嗎！啊，也有可能是莉茲對我惡作劇！」

「…………」

艾絲特小姐應該不會做那種事。

她是有意見就正面對幹的那種。

「可惡！討厭、討厭！怎麼有這麼卑鄙的女人！」

「…………」

隨便啦，朵莉絲小姐高興就好。

身為女僕，只要點點頭混過去就行了。

「就、就是說啊。那麼今天就請您先回房休息……」

「要我回去？開什麼玩笑！找到證據以前我才不要睡覺！」

什麼不睡，我看是不敢睡吧。

「…………」

請妳乖乖睡覺啦！

為什麼貴族都這麼活潑啊！

會害我睡眠不足啦！

＊

被艾絲特小姐牽著拉著，宴會的日子轉眼就到了。

我搭乘馬車抵達會場。

因成為男爵而避不了的事主動找上門來。地點是首都卡利斯的艾絲特家，今天是我第一次去。有夠大一間。

昨天拜訪的伯爵家都遜掉了。

占地面積就有數倍之差，搞不好有十倍。亞倫告訴我，公爵和伯爵只差兩級，而今天我親身體會到，這兩級說不定已是無法跨越之壁。

有錢人好過分。

封建主義好過分。

我這才明白魔導貴族府是多麼剛健樸直。

「又是一間好大的豪宅……」

「是嗎？以首都地區的房子來說，可能是滿大的啦。可是跟我們領地那間比起來還算客氣的呢。」

真的假的！

艾絲特老爸家這麼猛？

知道的都會想搏個少奮鬥幾百年的機會吧。

「有領地的貴族都會把主要的住宅設在領地裡。所以以平民的感覺來說，首都的宅邸就像是別墅一樣吧。」

「原來是這麼回事。」

亞倫為我補充。

這跟各藩大名在江戶設宅一樣吧。

從馬車窗口窺見的景象每每讓我讚嘆不已。

這麼大的房子，需要養很多女僕才夠打理吧。由於幾乎是天天在這生活而住進來的小妹妹肯定是不在少數。

貴族的房子好色。艾絲特好色。好想趁女僕打掃時偷掀裙子。瞥見深陷股溝的黑色丁字褲時，老爺就要飆起來了。

「大小姐，我們到了。」

想著想著，馬車停了下來。

車夫翻身下馬，開門擺放梯台，然後恭敬行禮。艾絲特帶頭下車，我和亞倫跟上。

一出馬車，正前方便是宅邸門廳。

看來是直接停在了玄關口。梯台下就是紅地毯，地毯兩旁有一大排女僕與執事，見到我們就整齊劃一地彎腰鞠躬。

「「「大小姐，歡迎回來。」」」

大小姐齊呼出現啦！

有錢人真的會幹這種事耶。

「這邊走，跟我來。」

而蘿莉婊卻連應都沒應，直接往裡頭走。

對跟在後面的鄉巴佬來說，已經開始想回去了。

話說艾絲特是打算怎麼向家人說明和風臉和亞倫的關係啊？而且她還曾經當面警告過我不能洩漏她和亞倫的關係耶。

喔不，現在他們分手了，沒事了吧。可是處都被亞倫破了，不管怎樣好像都是死路一條。對未來的想像是愈想愈凶險，傷腦筋啊。

不過我來都來了，操這種心也沒用，看著辦吧。真的危急時，就用飛行魔法帶亞倫落跑。

好，就這麼辦。

「亞倫先生，我們走吧。」

「好、好的。」

我們倆吞吞口水，跟上艾絲特。

穿過玄關進入門廳。

門廳又大又高，搞不好裝得下一整個小住宅。面積約有近百平方公尺，比起私人住宅，還更像是飯店。

正前方左右兩側各有一道階梯，通往樓中樓的部分。這裡像是陽台的構造，可以俯視玄關。正面沒有通道，一座噴水池嘩啦啦地噴。好個資產階級。

「哦哦！伊莉莎白妳回來啦！」

「是，我回來了。」

陽台狀構造那裡有人。

是個翹鬍子好生氣派，年約五十的紳士。頭髮和艾絲特一樣是金色，全往後梳的頭髮則是與碧曲伯爵相同，不過比伯爵略長，而且怎麼說呢，接近小混混髮型。

至於體格呢，以這年紀來說是非常壯碩。肩膀寬得令人印象深刻，身高也約有兩公尺，胸肌厚實到隔著衣服也看得出來。好像跟小岡單挑也能輕鬆獲勝。

服裝像是艾絲特男裝造型的ＸＬ放大版。腰間繫了把劍，劍柄在長長的斗篷下忽隱忽現，令人非常在意。希望那只是裝飾。

然後果不其然，長相好恐怖。

「我說伊莉莎白啊，他們是什麼人？」

「這位是我的子弟田中男爵，這位是任職騎士的朋友亞倫。」

「……哦？」

紳士的目光露骨地淩厲很多。

無論是登場時間還是剛才的話都顯示他無疑就是艾絲特爸爸。眼睛周圍的輪廓真的好像啊！雖然感覺比較像爺爺，但多半是晚婚的緣故。

「小人田中，拜會大人。」

「小、小的名叫亞倫！」

總之先行禮問候再說。

而對方不出所料，開口就調侃。

「你當伊莉莎白的子弟，年紀不嫌太大了嗎？」

噢，怕。

該說是果然還當然呢，他不太高興。

這也難怪。

可愛的獨生女帶個名不見經傳的男人回家了呢。

「費茲克勞倫斯子爵已具備立於萬人之上的才幹，就算是開玩笑，我也說不出否定主子的話。」

「哼。以平民來說倒是很伶牙俐齒。」

「若有冒犯之處，還請恕罪。」

今天的方針確立了。

就是狂捧艾絲特，死撐到底。

「我們是來參加宴會的耶。不要站在這裡講話，趕快到會場去吧，好、好嗎？在這裡待太久，好菜都要涼掉了。」

「咦？啊，呃……是沒錯啦……」

「可、可是聽你誇我，我好開心喔！好、好開心！」

艾絲特忽然滿臉通紅，用樂到不行的表情對我頻送秋波。爸爸見到這種反應，表情自然多了些殺氣。

「你這小子……」

「我帶路！這邊！」

而蘿莉婊完全無視於他，逕自帶頭離去。

「站、站住！我還沒說完啊，伊莉莎白！」

「誰理你！宴會在等著我們呢！」

我們也總不能留下，趕緊跟上。

想當然耳，爸爸追了過來。

在門廳目睹這一幕的一整排執事與女僕都用驚愕與疑惑，再加上巨大的畏懼，搧動見者的不安。

我們就這麼一路在艾絲特帶領下，往宴會的會場強行軍。

＊

會場超豪華的啦！

宴會辦在上千平方公尺的廣大室內樓層裡。在我貧乏的社會經驗裡，是有那麼一次受朋友招待，到東京柏悅酒店的喜宴廳吃喜酒，而這裡比那更大更氣派。

尤其天花板實在有夠高，約有先前門廳的一倍高，

大概有十公尺。我不禁妄自猜想，天花板的高度搞不好在這個國家的文化裡是一種指標。

細部也沒有任何馬虎，每張椅子都好像買得起一個平民的人生——夠買跌落進仕之道而嚴重貶值的諾伊曼。搞不好值三個諾伊曼。加油啊，諾伊曼。

「……田、田中先生？」

「嗯。雖然已經做好心理準備，但沒想到會這麼厲害呢。」

我的平民夥伴亞倫跟我一樣，一進來就慌了。

至於跟來的爸爸呢，則是被艾絲特丟的慢速火球拖在走廊上，正拚命用水球術滅火。在家裡用火球術會讓艾迪塔老師氣噗噗，就別這麼做了吧。

「那個，我、我真的應該參加這個宴會嗎……」

「我也有同樣的疑問啊，亞倫先生。」

「不用不用不用，你是貴族嘛！」

「就算是，現在你比我還像貴族呢。」

我們才踏進會場一步，就吸引了整個全場目光。

彷彿能聽見眼珠轉動的聲音。

而且門口像是執事的大叔還高喊：「艾絲特大小姐駕——到——！」之類的東西，人家不看過來才怪。

糟糕，腳要抖了。

我往亞倫的腳瞄一眼，他也有點抖。

太好了，不孤單。

艾絲特則好像見慣了這種大場面，絲毫不為所動。不愧是大貴族的千金。她氣定神閒地掃視會場一圈，不曉得在找什麼。

最後她在眾多視線之中找到一個我也認識的人。

而且昨天才見過面。

對方也注意到這邊，果真是張揪結的臉。

輪廓還是有夠深。

「唔……」

「拜見碧曲伯爵。感謝您昨天撥空接見。」

他正喝著酒，跟我不認識的人對話。那人聽見我們上前搭話就後退一步，讓位給我們。

「這麼快就來參加定期宴會啊？腳步還真輕快。」

「只要一聲吩咐，我隨時能成為費茲克勞倫斯子爵的手腳，扶持往日繁榮的奠基。若有必要，哪怕是直奔暗黑大陸中央也在所不辭。」

「還真會說大話。你這句話我可不會忘記喔，田中男爵？」

「田中隨時聽候伯爵差遣。」

「哼，真想看看你和果果露族見面會是什麼樣。」

「果果露族？」

「怎麼，該不會沒聽過吧。」

「非常抱歉，田中出身低賤，孤陋寡聞。」

「要治你這種只會耍嘴皮子的蠢蛋，沒有比果果露族更好的了，我家正好有一隻。有機會就讓他幫你看看，應該會很有意思吧。」

「好的。」

不曉得是怎樣，總之是上級的話，點頭再說。

果果露，聽起來好悅耳啊。

忍不住想喊個不停。果果露果果露。

「哎呀，你們認識啊？」

與碧曲爸爸說到一半，艾絲特詫異地問。我這才想起自己還沒向她報告我們見過面的事，不過那牽涉到亞倫，也不能隨便說。

「承蒙昨天伯爵賞臉。」

「他沒事先知會，就直接跑來我家了。」

伯爵掀我底似的接在我之後說。

「咦！那、那該不會是是是、是柔菲她……」

蘿莉婊立刻就敲響了ＮＴＲ警報。也太敏感了。

碧曲伯爵是柔菲的爸爸，這也是沒辦法的事。

「跟她無關，我是為了找亞倫才冒昧叨擾的。」

「真、真的嗎？」

艾絲特的視線指向亞倫。

太好了，有帶帥哥來。

「是，正如田中男爵說的那樣，伊莉莎白小姐。」

開嚴肅模式恭敬鞠躬的亞倫，真是太帥啦！

滿滿的帥哥隨從感。

不迷上他也難啊。沒辦法的事。

被這種態度當大小姐接待，腳都能開到背後去了。

「是喔……」

隨著我們和碧曲伯爵開始對話，會場各處也交頭接耳起來。

近來成為宮中話題人物的新手男爵與保守力高得出名的凶臉伯爵見過面的事，說不定已經在派系內的勢力平衡間激起一點漣漪。

「…………」

「碧曲伯爵，有哪裡不對勁嗎？」

「……沒事。」

大概是在艾絲特面前，碧曲伯爵也不敢強出頭，氣焰比昨天弱了幾分。為了消災避禍，目前還是和蘿莉婊一起行動比較好。

原來今天這場宴會是費茲克勞倫斯派的定期聚會。

就像是為了提高派內凝聚力，而在年初舉辦的全社誓師大會那樣。

所以今天出席的就是費茲克勞倫斯派所有成員，弄個不好就有當天資遺的危險，要盡可能慎重行事。別的不說，今天一定要平安度過。那麼我該怎麼做呢？

沒有比全程做蘿莉婊小弟還穩的了。

「費茲克勞倫斯子爵，我替您拿餐點來吧？」

「咦？你、你要幫我拿嗎？」

「既然宮中都傳成那樣了，我得在這裡多表示對妳的忠誠才行，再小的事都要替您服務。這樣對您也好吧？」

我學亞倫油嘴滑舌一下。自己好像不該這麼說，但真是噁斃了。這不是醜男該說的話，但內容的確是事實。讓她在這種場合對我發騷，一切都完了。

才剛這麼想——

「那、那、那現在就到我房間去……」

「好的，您要那些肉是吧。請稍候。」

我離開她身邊，往會場眾多取餐桌走。

蘿莉婊最近不是普通的瘋，如果相信她，那就是這幾週都沒見過亞倫。考慮到她體內沉眠的魅魔之血，說不定已經憋到極限了。

我一邊將不知名的肉料理夾進盤裡一邊想。

「…………」

視線也自然往她瞥。

她今天又是男性貴族裝扮，醜男的注意力不禁往藏在褲子裡的胯部跑。為何穿褲子？怎麼穿褲子？難道是氾濫到不能穿裙子嗎？

蘿莉莉黏稠稠的全熟婊穴。

「…………」

糟糕。不行，不可以。

我趕緊拉開視線。要是被人發現我在看哪裡，不曉得會鬧出多大的事。她最近有股公開吹簫也不怕的架勢，而且今天亞倫也來了。

「…………」

冷靜想想，沒有比今天更適合重新撮合他們的場合了。

老實說，亞倫的顏面偏差值在這裡也是頂尖。這裡有許多十五六歲的年輕貴族，但能與亞倫相提並論的帥哥頂多只有一兩個。

因此，只要他能成功取悅艾絲特的父母，受邀到他們家吃飯也可能是常有的事。就結果而言，無論蘿莉婊心在何方，兩人的距離都會拉近。

好，就用這招。沒更好的了。

金髮蘿莉很容易變心，只要亞倫猛攻起來，她就會早早回巢，像我在飛艇上見到的那樣恩愛吧。那時餵她幾片自己做的蛋糕就神魂顛倒了，好拐到不行。

所謂想攻城得從填溝開始，就是這個道理。

「費茲克勞倫斯子爵，讓您久等了。」

「謝謝！我、我好感動喔！好感動！」

將盤子塞給艾絲特後，我轉向亞倫。

「亞倫先生，現在是好機會。」

「咦？這是什麼意思……」

「爸爸那邊好像不好對付，就先從媽媽下手吧……」

蘿莉婊一接過盤子就往嘴裡猛扒，簡直是社團活動結束後狂嗑牛肉蓋飯的學生。我先放下這樣的她，對亞倫解釋此後的計畫。

然而很可惜，來不及說出重點。

因為說下去之前，先被第三者的問候打斷了。

「……伊莉莎白小姐，希安向您請安。」

「哎呀，希安，妳也來啦？」

「是的呢。」

柔菲不知何時來到我們身旁。看來她是暫停龍城的表演，返回首都了。應該是跟伯爵一起來的吧，不過伯爵不曉得飄去哪了。

她今天穿的不是內褲露免錢的魔法騎士團制服，而是奢華禮服風。回想起來，我還沒見過她穿袍子跟制服以外的服裝，印象頗為新鮮。整個是清純婊的感覺。

「要辦田中男爵發表會嗎？」

「對，沒錯！」

「原來如此的呢。」

在這樣的場合，艾絲特與柔菲的應對也與平時沒差多少，就只是稱呼彼此時會用點敬稱而已。我想她們應該是從小就認識了。

有點羨慕這樣的關係。

「話說，我實在沒想到你真的會成為男爵呢。」

柔菲直勾勾地盯著我看。

「我也有這種感覺呢，希安小姐。」

「這樣啊？」

「是啊，真是如此。」

她的到來讓我偷偷尋找著不知何時消失的碧曲伯爵，然而會場裡找不到。大概是把場子交給女兒，自己先閃了。亞倫說他個性極為謹慎，肯定不是玩笑話。

是想把公主婊安插在我們之間，觀察情況吧。

「要和我結婚，繼承碧曲家嗎？」

「希、希安！妳說什麼！」

「開玩笑的。」

「妳開的玩笑都很不像玩笑啦！」

之前也有過類似的對話。

對公主婊來說，龍城的表演受創影響不小吧。言行頗有自暴自棄的味道，完全是發病的徵兆。很渴望找人陪陪她的階段。

但即使我是高齡處男，也不會蠢到被這種沒有愛的言行迷惑。

好想跟有病妹做個酣暢淋漓。

「在這裡的每個人，都看不透你的心思的呢。」

「是嗎？」

「最近這陣子，每個人都在猜呢。」

「可是我不過是個平民出身的男爵啊？」

「最近獵龍跟領地的事漸漸傳開了。」

「喔，這樣啊……」

這邊的事，我都是把功勞讓給魔導貴族和艾絲特。是他們的英勇事蹟都有和風臉相伴，被人拿來炒話題了吧。社會都是在當事人都忘了以後才開始反應。

不過光憑我自己，也不會吸引這麼多目光。都是因為身旁有艾絲特和柔菲才會這樣。

這當中，還有幾個穿著華麗的人朝我們走來。

「參見費茲克勞倫斯子爵，近來可好？」「哎呀，說是豔冠全場也不為過呢。」「正是如此。今日有幸目睹費茲克勞倫斯子爵的風采，在下感到萬分榮幸。」「的確的確，我深表同意。」

年輕男性特別多。

一群十歲中旬至二十歲前半，自信洋溢的年輕帥哥貴族包圍了她。從長髮垂眼型的牛郎風帥哥、戴眼鏡的知性帥哥，到短髮的火爆肌肉型帥哥等等應有盡有，任君挑選。

不愧是大貴族的女兒，魚自己會往網裡跳。

醜男勢單力薄，自然就被他們的肩啊背的愈擠愈遠。追求地位財富名譽的上進帥哥來勢洶洶，十幾人組成的牆遮得她一根毛也看不見。

他們如果生在現代日本，一定能在全球性舞台颳起轟動武林驚動萬教的革新技術。

而且每個都是上流人家的子弟，撥開他們去找蘿莉婊根本找死。反正平平是找人說話，當然要找可愛的女生，於是我轉向了柔菲。

結果這邊情況也差不多。

一群不亞於艾絲特那邊的青年貴族包圍著她。

「希安小姐，能請您教我魔法嗎？」「如、如果不嫌麻煩，也讓我參加吧！」「能請您說說獵龍時的事嗎！」「啊，這我也想知道！」「既然大家都想聽，不如一起到寒舍開個茶會如何？」

總覺得這邊都是草食系。並不是比較醜，就只是比較缺乏自信，體質好像有那麼點虛，平均身高也比較低。總之就是這樣，性癖漂亮地區分開來了。

所以只剩下兩個臭男人。

沒辦法，只好跟亞倫增進感情了。

「亞倫先生，我們到那邊吃點……」

一轉過頭，竟赫然見到亞倫深陷女人堆中。

「哎呀，你叫做亞倫啊！名字好好聽喔！」「真的耶，十分悅耳呢～」「您在騎士團服務嗎？身材好結實喔。」「我都快愛上你了呢。」「這麼厚實的胸膛，好有男子氣概喔。」「不過眼神好迷濛，反而非常有魅力呢。」「就是說啊～」

而且每個都是一身豔麗禮服的女性貴族。想不到他在這樣的地方也能跨越身分，後宮照開不誤。不知可怕的是帥哥的顏值，還是女人的性慾。

年紀也是上探二十七八，下至十三四，幅員廣大。

「…………」

難道說這場宴會也有供派內男女交流之用。有可能，很有可能啊！那麼還會有其他尋找伴侶的妙齡女子吧。

於是乎，我也試著等了等。

Come on！

女生 come on！

可是誰也沒來。

是怎樣！

我不是最近的話題人物嗎！

「…………」

艾絲特、柔菲和亞倫身邊依然是人人人，數量還只增不減。重重談笑聲不由分說地傳入耳中。

是啦，結婚對象和利用的對象本來就不一樣。

這也是當然的。

要結婚，我也是會挑可愛的。

「…………」

算了，到角落吃飯吧。

肚子好餓。

沒關係的。

一個人也沒問題。

這很正常。

正常。

「…………」

我龜縮著慢慢移動到會場角落，霸占沒人的取餐桌。

可能是宴會才剛開始，桌上各式佳餚都還冒著煙，幾乎沒動過。看起來好好吃。我拿一片肉到嘴裡試試看，結果它在舌頭上化掉了。

而且是隨便我吃。這全都能隨便我吃。

我開動了。

今天的晚餐是自助式。

「…………」

真好吃。

啊啊，貴族飯真是太好吃了。

蘇菲亞正在做什麼呢？

＊

【蘇菲亞觀點】

小女僕今天也要全心全意努力工作。

地點在辦公室。

管帳其實很有趣，沒什麼問題。說起來，比女僕的工作更討人喜歡。經手數字愈大，運用時要考量的幅度就愈廣，愈做愈開心

另一方面，由於田中先生不在，一個小女僕要應付每個來洽公的人實在非常辛苦。田中先生的朋友好多喔。

這也是當然的吧，他是造出一整座城鎮的人呢，跟各行各業的人有來往也不奇怪，應該說是當然的事。我貧乏的交友圈完全就不能比。

「…………」

面對紙張寫寫寫時，房門磅一聲開了。

今天已經這樣好多次了。

不敲門就擅闖的人，十之八九是黃昏戰團的人。

「大姊頭！曼森商行的資材送到了！」

「好、好的！」

有個長相恐怖的人跑了進來。

他的髮型很有特色。

田中先生都叫他雞冠頭。

「這是商人交的文件！請過目！」

「好的！」

「東西是照樣送到南區倉庫喔！」

我收下他交來的一大疊紙，急忙查看。

這幾天都有這個月要用的耗材進貨，先前是黃昏戰團的人負責，這個月幾乎都是交給曼森商行。所以岡薩雷斯先生他們能把全部心力投注在建設跟經營上。

「我想應、應該是沒問題！」

「好咧！謝謝大姊頭！」

我簡單查看過文件點頭以後，雞冠頭大聲答話。彎腰得好深，向我敬禮呢。

「…………」

「怎麼了嗎，大姊頭？」

「沒、沒事……」

可是怎麼說呢，其實感覺還滿不錯的。被男人叫大姊頭，一開始還有點怕怕的，習慣以後好像反而會上癮。有種變得很偉大，像江湖女傑的感覺。

「打擾妳工作了！」

雞冠頭東西交完以後就迅速離開房間。

門又跟先前一樣磅地好大一聲關起來。

房間剩下我一個。

「…………」

他身材好魁梧。

胸肌好大一塊。

男性的魅力真的有不少是來自肌肉呢。這樣有意無意地秀那麼壯的肌肉，少接觸男人的小村姑隨便就會被他迷住。肌肉好棒喔。

「…………」

田中先生脫了以後，也會那麼猛嗎？

不，完全沒那種感覺，連手都好像跟我差不多粗。之前完全沒想過這種事呢，田中先生說不定是好人家之後。

如果每天都要做點事，自然就會有點肌肉嘛。

「…………」

啊啊，不可以再想了。要先把這星期的帳結完才行。

田中先生把帳交給我，我一定要仔細算清楚才行。

這裡的帳比家裡多了兩三位數，有個萬一也不許出錯。

雖然月底時，艾絲特小姐的驗算師會從多利庫里斯過來幫忙結算，不過最好還是一開始就不要出錯。

「再加把勁吧。」

做完以後，就可以開心吃飯泡澡了。

定好目標後，鬥志也湧上了呢。

想著想著，房門忽然敲響。

「我是諾伊曼，打擾了。」

「啊，請進。」

這次進來的是從昨天跟我一起工作的官差，而且是田中先生領地獨一無二的官差。聽說他原本在中央做事，被踢到邊境以後受到了田中先生的器重。

長得很高，很挺拔的一個人。

不過很可惜，他已經結婚生子了。

「請、請問什麼事？」

「我想確定一下，明天要補的耗材來了沒……」

「啊，那批耗材剛剛送來了！」

「這樣啊，那我馬上就去分發。岡薩雷斯說又有些設施裝潢好了，尤其是浴場的毛巾這些需要儘速備妥。」

「南區這幾天的業績提昇好多喔，說、說不定要多訂一點比較保險。錢不夠的話，北區人少很多，可以從那邊挪一點過來用。」

「大概需要多少？」

「入、入場收入提昇了六成左右，照這個比例應該就行了……」

「知道了，我會告訴岡薩雷斯的。」

「咦？那、那個，這種事不是我說了算吧……」

「領主和鎮長都不在，還有誰能決定？」

「不是啦！話、話是這樣說沒錯，可是，我只是一個女僕耶！」

我一時得意忘形，說了分外的話。

對不起。

請原諒我。

這六成比我家一年的總收入還多呢，請原諒我。這不是我能決定的。要是我估錯了，會造成很可怕的損害，對現在的龍城是致命傷。我不管怎樣都擔不起這個責任。

「那我先告辭了。」

「啊，等一下，我……」

連辯解的機會都不給我。

他也跟雞冠頭一樣，事情辦完就離開房間。磅一聲關上的門後，比平時略早響起的腳步聲和它的步調一樣，很快就聽不見了。

我又剩下一個人。

「…………」

身邊的人明明變多了，反而覺得比較孤單。

好想多聊一點開心的事喔。艾絲特小姐和田中先生都不在，不在不在。沒人可以聊天，好寂寞喔。周圍的人都不熟，不安也隨之蠢動。

但是我好像沒時間可以哀怨。

因為諾伊曼先生才剛走，辦公室的門又打開了。

「喂！蘇菲亞！蘇菲亞！」

「我、我在！」

螺旋捲小姐衝進來了。

她是普希共和國的子爵，朵莉絲小姐。

該說按照慣例嗎，她又沒敲門。

「出來了！又出來了！」

「那個，您、您是說……」

「不是鬼還是什麼！」

看來浴場又鬧鬼了。

這是第幾次啦，我一次都沒見過。而且朵莉絲小姐照例是全身只裹一條浴巾，豐滿的胸部都快要從浴巾縫隙裡跳出來了。

有夠大的，羨慕死人了。

我從來沒見過這麼大的胸部。

「跟我一起來！這樣我不能放心泡澡！」

「那個，您、您不是有個隨從嗎……」

「給羅士？他說有無聊的私事要辦就不曉得跑到哪裡去了。」

「這、這樣啊。」

「廢話少說，快跟我來。離開水吹風太久，我會著涼的！」

「可是……」

「蘇菲亞，妳是只聽莉茲的話，不聽我的話嗎？該不會是給了妳很多酬勞吧？呵呵呵，那好辦，我用一倍價錢請妳！」

「不、不是的！我沒有那個膽！」

錢固然重要，但就業環境才是重點。

這是我離家以後所學到最重要的事。

「唔呼呼呼、唔呼呼呼呼呼。好想趕快看看莉茲知道引以為傲的女僕被人搶走以後慌張的表情喔～怎麼樣？一倍不夠的話可以再加一倍喔？不需要現在就決定，妳好好考慮考慮吧。」

「好、好的……」

搞得名字都被她記住了。

我是很想在今天之內把帳簿整理好，可是我也不能拒絕貴族的要求。沒辦法，只好跟上自己走掉的螺旋捲小姐。

在走廊上經過的黃昏戰團成員都很傻眼地回頭看我們。感覺我好像也加入了痴女的行列，好害羞喔。

田中先生，請你快點回來。

只是在辦公室喝茶也無所謂。

拜託快點回來。

*

縮在宴會會場角落不知吃了多久。

肚子填飽以後，我一口一口捧著玻璃杯喝酒。這是請女僕替我拿的蒸餾酒，有股艾雷島威士忌般的煙燻味，絕不放縱中年男性天真的一面，但仍能給予一時的慰藉。

搭配切成骰狀的不知名果實喝下去，感覺實在暢快。

我讓心思沉浸在酒精細細燒灼食道的感覺中，思考逐漸放緩，心也隨之神往。

酒真好喝。

喝酒萬歲。

「……啊啊，這酒真好喝。」

我自言自語，又一口下肚。

在人家家裡作客，自然是不能喝個爛醉。但即使明知如此，杯依然是舉得極其順手，兩杯三杯停不下來，並在美味的下酒菜推助下四杯五杯地喝。酒興一來，獨酌也無妨了

宴會的喧囂彷彿離我遠去。

喔不，是真的很遠。

眾人對我男爵長男爵短，讓我太得意忘形了。好恨這樣的自己。

「…………」

快回領地繼續建城吧。

對，這就對了。

蓋得更大更熱鬧的貧民窟出來。

經典款的貧民窟。

「……回去吧。」

我將玻璃杯放到桌上。

然而有個人就等這一刻似的，冷不防對我說話。

「這不是田中先生嗎，真巧。」

誰啊？

竟然這麼溫柔地對和風臉說話。

豈不是要我愛上你嗎？

聽見有人叫我名字，我火速回頭。

見到一張認識的臉。

「哦，黑格爾先生啊？沒想到會在這裡遇到您。」

原來是之前到龍城來談生意的商人。據說他好像是為佩尼帝國數一數二的大商行工作，是叫曼森商行吧。

岡薩雷斯說那是費茲克勞倫斯派的商行，所以他才會參加這個所謂的定期聚會吧。能在貴族的聚會裡露臉，在公司裡肯定地位崇高。

論實際上的立場，恐怕是遠在新手男爵之上。

也就是所謂的富商。

「玩得開心嗎？」

黑格爾問話的模樣十分融入這樣的地方，進出貴族社交場所的次數絕不算少。顯得很熟悉這樣的環境，比低階貴族更加大方。

在這樣的人面前裝模作樣，只會丟自己的臉。

誠實一點吧。要誠實。

「是啊，尤其是這種酒真是太棒了，每天喝也不會嫌膩。」

「哦，您這麼喜歡啊？這種酒很挑人的呢。」

「喜歡啊，尤其是這股類似藥草的煙燻味。我不太懂酒，但假如是我買得起的，會希望定期買一瓶來解饞呢。」

「真巧，其實我也很喜歡這種酒。雖然進貨量很少，但一半我都自己喝掉了。不過美中不足是價格實在昂貴，畢竟釀造上很有難度。」

「原來是這麼回事。」

果然是好酒啊。

真可惜。

實在太好喝了。

「身邊沒有興趣相同的人，一直讓我覺得很可惜。您願意的話，我就拿一瓶給您吧。啊，當然是不必付錢。田中先生那的獲利，比預期好很多呢。」

「真的可以嗎？」

「不礙事的。我就直接送到領地嘍？」

「非常感謝您，這樣日子能過得開心多了。」

「哪裡哪裡。我也很高興能遇到知音呢。」

說不定黑格爾還滿愛喝的。

既然是商人，也許還知道更多美酒，這個朋友是一定要交的啦。酒，就只有酒，能救贖我的靈魂。只要有酒，感覺就能繼續走下去。

「如果方便的話，我很想向您多了解一下這國家的酒呢。」

「改天我們找個機會去喝一杯吧。我給您介紹個好店。」

「真的嗎？那真是太好了。請您一定要帶我去開開眼界。」

好耶，約到了。

邂逅美酒，是讓人生更美好的第一步。

算是不枉被艾絲特拉過來當壁草了。

「話說回來，田中先生您真的成為男爵了呢。」

「全是拜費茲克勞倫斯子爵高明的政治手腕所賜。」

「是這樣的嗎？」

「正是。」

「那或許的確是一大部分，不過其他還有很多要素。例如拉黃昏戰團進來，拉法連閣下進來，連普希共和國的亞杭子爵都被您拉進來了，影響絕不算小啊！」

「換個角度來看，就像是全靠人幫一樣呢。」

「是沒錯，但建造那座城的就是您自己吧？光是這一點，就沒有任何人能代替您了。在短短幾星期就在什麼也沒有的草原上蓋出一座城，這個事實是沒人撼動得了的。」

來啦？拍馬屁看反應攻擊？

就因為會有這種事，絕不能小看想往上爬的人。

頭要是點下去，不曉得會發生什麼事。會場到處是他人耳目，我的一舉一動又很引人注意，更別說這是費茲克勞倫斯派的聚會了。點下去只會自掘墳墓。

那就按照當初的計畫行事。

把蘿莉婊捧上天。

「即使如此，在前方為我照路的仍是費茲克勞倫斯子爵，我只不過是在她的引導下前進罷了。我做的一切，都是為了費茲克勞倫斯子爵的榮耀。」

「這樣啊？可是我聽說您昨天去見碧曲伯爵呢。」

喂喂喂，怎麼已經傳出去啦？

從哪洩漏的？

凶臉伯爵，你不是慎重派嗎？

「您消息真靈通。」

「畢竟位子坐得還算高，比較容易聽到這種風聲。」

「不過事實其實不是您想說的那樣。我也是拜會當天才知道，碧曲伯爵也認識我原本要找的人，所以我才有這個機會見上一面。真的沒想到沒事先預約，伯爵也願意見我呢。」

「伯爵也認識的人？」

「是啊。」

「恕我冒昧，可以告訴我他是誰嗎？」

黑格爾竟然追問這件事。

就是這張微笑沒停過的親切表情推了一把吧。再加上一點酒意，我很自然就說出來了。假如對方是小岡那種驃悍長相，我大概就閃遠一點了。

「他名叫亞倫，是個在騎士團服務的模範青年。」

「亞倫？好像在哪聽過……啊，對了。前陣子首都經常談論的屠龍隊伍裡面，好像有一個人叫亞倫，該不會就是他吧？」

「正是這位亞倫。他是一個值得尊敬，非常優秀的騎士。」

「這樣啊？」

「是的。費茲克勞倫斯子爵和他也很親近呢。」

啊，這個可以說嗎？

算了，告訴黑格爾應該無所謂吧。

反正我也沒說出他偷吃的事。

再說他本人還在會場裡呢！

「……有這種事？」

「是啊，感情很好的樣子。」

不如就先散布亞倫的好話，從外側填溝。等到消息傳進本營裡，也已經傳成蘿莉婊的父母可以接受的程度了吧。不管怎麼說，人都是靠第一印象和世間風評判斷他人。

他有張可以秒殺前者的帥臉，再有後者就無敵了。

現在就已經有屠龍士亞倫之稱。喔，真是帥斃了。

普通女人見到他就要潮吹了吧。

一旦作戰成功，碧曲伯爵也會按照原訂計畫力挺亞倫。雖然讓愛慘和風臉的艾絲特離開我身邊非常不捨，但現在的我還挺得住。愈早割捨傷害就愈小。

「獵龍當時我也在現場，還見到他賭命保護費茲克勞倫斯子爵呢。同樣身為男人，我也很希望自己能那麼英勇。」

「原來如此。」

不管有沒有發生過，吹就對了。

就憑這股酒膽，我，今天要和蘿莉婊訣別。

不早點覺悟，以後一定會斷得要死要活。

「聽他本人說，現在是任職騎士團的副團長，是個前途非常光明的年輕人呢。比起我這樣的人，他更值得擁有貴族頭銜。或許有朝一日，他還要一肩扛起佩尼帝國的命運呢。」

好像有點吹得太凶了。

大概是真的喝多了。

不過呢，偶爾一次也不為過。

畢竟這種酒真的太好喝。

「這樣啊……」

「怎麼了嗎？」

「沒事，一點問題也沒有。謝謝您告訴我這些事。」

黑格爾原本就很瞇的眼睛變得更細。

完全是一條線啊，一條線。

這是他認真時的眼睛嗎？

如果這一連串猛捧有造成影響就好了。

亞倫的部分就抬到這裡為止吧，長了反而會惹來反感。迷湯不能一次灌太多，少量多餐比較重要。要記得定期找機會捧個兩句。

說也奇怪，啊啊，突然好想吃烏賊麵。

高貴的骰子水果也不錯，可是我好想念烏賊麵。

「對了，黑格爾先生。關於此後物資進貨的事，我想再跟您……」

正當我想改變話題時，事情發生了。

「我、我回來了！」

一道響亮的聲音傳來。

不是別人，正是艾絲特。

看起來有點累不是我的錯覺吧。即使是蘿莉婊，也不能隨意怠慢來家裡作客的貴族。雖然她個性有衝動之處，但畢竟不是個白痴，正常時還很聰明呢。

「費茲克勞倫斯子爵您回來啦，頭髮有點亂……」

我在黑格爾面前演出與上司互動的戲碼。

可是她聽不見這些話。

「……咦？」

且乍然吐出表示疑惑的聲音。

視線釘在黑格爾身上。

「怎麼了嗎？」

該不會是他正中婊子的性癖吧？

既然這樣，介紹一下也無妨。她是多利庫里斯的統治者，免不了要接觸這樣的人。曼森商行和他們家關係好像又很深，趁現在讓他們見個面，對她以後也有好處。

或許有點對不起先前那個像是太太的人，我還是必須這麼做。

「我就先向替兩位介紹了吧。費茲克勞倫斯子爵，這位是曼森商行的黑格爾先生，他在我拉吉烏斯草原那座城的營運提供了絕不算少的幫助。」

「……黑、格爾？」

「是的，黑格爾先生。」

艾絲特嘴巴半張，愣愣地複誦這名字。

而黑格爾則是不改其色地答道：

「莉茲，最近好嗎？妳突然不見，害我好擔心呢。」

「唔……」

怎麼啦。

蘿莉婊的反應怪怪的。

說起來，黑格爾說的話也不太對勁。

就在我這麼想時——

「……爸爸，你怎麼在這裡……不是說明天才要回來嗎……」

「我很擔心妳，就快馬兼程趕回來了嘛。」

咦？

是怎樣？

爸爸是怎樣？

喂！

＊

地點依然是舉辦於首都卡利斯艾絲特家的宴會會場，我在那意外遇見前幾週才見過面的商人，但看樣子，那只是他的偽裝。

艾絲特極為慌張地問他：

「黑、黑格爾是什什什什、什麼意思！」

「關於這點，我需要先向田中男爵致歉。」

「致歉？等、等一下，爸爸，你到底在說什麼啊！」

很好很好，繼續說下去啊，蘿莉婊。

不過呢，我也大致理解狀況了。

想不到他會用水戶黃門那套潛到我身邊探虛實啊。

「很抱歉，田中男爵，曼森商行的黑格爾是我假造的身分，本名是理察‧費茲克勞倫斯。或許你已經知道了，我是伊莉莎白的父親。」

依然是保持笑咪咪的表情。

我偷偷往周圍看一眼，發現不覺之間每個貴族都往我們這裡看。那絕不是開玩笑吧，他的出現使整個會場的氣氛為之一變。

那這麼說來，在門廳見到的威力爺爺是誰啊？

不不不，現在不是想其他事的時候，要把心思全放在處理黑格爾上。要是在這裡得不到他的原諒，我可能就要被迫當場跑路到外國去了。

到底是怎樣，真的很傷腦筋耶。

他實在很不像貴族，該怎麼處理才好。

總之先下跪比較好吧。

「費茲克勞倫斯公爵，小人見識淺薄，上個月談生意時多有不敬之處，實在是萬分抱歉。無論任何責罰，小人都願意接受。」

用面對國王的卑屈態度看看反應。

這種會先用低姿態接近每個人的人是最危險的啦。

要背刺時當然會刺，可是完全看不出什麼時候會動手，一回神已經中招了，還會背上一堆有的沒的黑鍋。

我悲慘社畜經驗所培養出的心靈正在瘋狂拉警報。

說這個笑面男非常危險。

「不用那麼計較啦，我們不是聊得很開心嗎？」

「不行。小人是費茲克勞倫斯子爵的僕人，因此費茲克勞倫斯公爵就等於是主人的主人。絕不能在公眾面前再有剛才那樣的失禮之舉。」

「我自己都說沒關係了不是嗎？」

「還是不行，不然無法向在場諸位大人交代。小人只不過是多了一層皮的平民，雖然對這國家的禮節不夠熟悉，但所謂長幼有序，請費茲克勞倫斯公爵先見其他大人吧。」

「這樣啊？」

「是。」

「給你一個忠告。膽子小是無法出人頭地的喔，田中男爵。」

「請原諒小人再三回嘴。如同小人過去所言，小人的願望並不需要貴族頭銜、廣大領地或豪宅來完成。」

「哦？這樣啊。」

「是。」

只要不混淆膽小和慎重就沒問題，總會有辦法。

既然被他貼上，第一步就是拉開距離。雖然他不是碧曲伯爵，但現在仍須小心為上。如果可以的話，希望艾絲特先幫我跟爸爸解釋解釋。

啊啊，這什麼感覺。

昨天碧曲伯爵的態度，我絕不能當戲看啊。

感覺有點親近。

說了這麼多之後，爸爸的視線轉向艾絲特。

並若有深意地說：

「聽到了嗎，莉茲？真是太好了呢。」

「唔……」

蘿莉婊的肩頭隨之猛然一顫。

剛那句話該不會有什麼玄機吧？

「既然田中男爵都這麼說了，那我就不勉強你了。」

「造成不便之處，實在萬分抱歉。」

「晚餐的時候我再來找你，到時我們再聊聊吧。假如中途累了的話，這裡有得是房間休息，找個女僕說一聲就好。我會再交代她們。」

「…………」

竟然是過夜路線。

*

我從宴會撤退，來到艾絲特家的客房。

這是給和風臉過夜所準備的房間，也是我和蘿莉婊的作戰會議室。空間寬敞，約三十平方公尺。一角有兩張對放的三人座沙發，我們一人坐一邊，表情嚴肅地對談。

「艾絲特，有件事我非得先問清楚不可。」

「好、好的，也對。我也很想知道你為什麼見過爸爸。你到底為什麼會叫他黑格爾？」

「這個嘛，也不是多久以前的事……」

金髮蘿莉表情有點緊張。

我將自己跟她爸在領地的對話大致描述一遍。從他假扮商行代表來到龍城談生意並實際投資，說到今天這樣的結果。

一項一項不假掩飾地仔細說明。

「……就是這麼回事。」

「竟、就然有這種事？我都不知道……」

「那換我問了，他真的是妳爸爸？」

「……對，沒錯。他是我爸。」

「原來是這樣……」

果然是本尊。

那麼一進玄關就遇到的那個大漢又是誰？

「不好意思，我們剛下馬車時見到的那位是……？」

「那是我爺爺啦！」

怪不得有點年紀。

原以為是晚婚，結果完全相反。從黑格爾即理察的外表來看，應該是很年輕就結婚了，也就是差不多在艾絲

特這個年紀就有了小孩。

「這麼說來，他才是費茲克勞倫斯家的主人嘍？」

「不是，爺爺他已經退隱了，費茲克勞倫斯家現在是爸爸全權管理。雖然還是偶爾會交換一下意見，不過爺爺在爸爸面前抬不太起頭，所以全家都聽爸爸的。」

「了解了解。」

所以我沒想錯，重點還是在於理察。

話說魔道貴族稱呼艾絲特時，都是說理察的女兒。

既然那個魔法神●病會這麼在乎這個人，當他有一定水準的魔法能力才保險。

「不過你沒事就好。爸爸他很怕生的……」

「妳說他怕生？」

看起來完全不像啊。

反倒像是王牌業務員。

「就是因為很膽小，才會那樣試探別人。」

「…………」

果然在試探我啊。

好險。

不不不，險境還沒過去。

他邀我吃晚餐。

今晚會要我在這過夜吧。

胃開始痛了。好想把臉埋在蘇菲亞的咪咪裡療傷。

我要的不是這種需要繃緊神經的住宿，而是能用雞雞感受今天和平常不一樣的那種。

比如說今天不要上課，要一直連在一起之類的。或是爸爸媽媽已經睡了，可以睡在哥哥的床上嗎之類的。拜託、拜託給我這種夜晚！

「對了，亞倫上哪去啦？」

「亞倫他被貴族的女孩帶走，不曉得去哪了。有賽希爾家的三女、史都華家的二女，還有多拉蒙家的四女吧。對了，尼維爾家的南西夫人也在。」

「真厲害……」

那個帥哥這麼快就蓋起後宮啦！

而且還夾了個人妻。

忽然又氣又悲又心酸，不覺得自己跟他一樣是人類。和風臉好想靜靜地走開。

「那、那個，可以聽我說嗎？」

「什麼事？」

「其實我還不想讓你見爸爸。爸爸他那個人不知道該說是樸實還是現實，有成果主義的一面。當然，我是最清楚你立下了多大成果的人喔！可、可是現在時機不太方便……」

「…………」

艾絲特有口難言般低下頭。

看來蘿莉婊是認真要醜男我去攻略她老爸。處男基本上是戀愛結婚至上主義，這樣逼死人的事，希望她能先跟我打情罵俏一番之後再來說。

她要跟我談的事，每次都很唐突又沉重。

「我是不太懂了，妳是想跟我說家裡的事嗎？」

評估片刻後，我向她問。

最後她略顯猶豫，怯怯地開口：

「這是幾年前的事。有一個商人和你一樣受到拔擢，成為我們派系裡的男爵，自然就參加了派系的宴會，結果當天就被爸爸殺掉了。」

「什麼？」

「爸爸也是那樣跟他說話，然後就把他的頭當場砍掉了。」

「實在搞不懂那是什麼狀況耶……」

「當時爸爸也自稱黑格爾來接近他，講一些跟你差不多的話，在他叫爸爸黑格爾的時候，腦袋不知不覺就飛走了。」

「……我的天啊。」

艾絲特的爸爸該不會是蘿莉龍級的危險人物吧？能感到瞬發爆肚拳那類的可怕。

「對不起，這、這種事應該事先告訴你的！」

「沒關係，反正我什麼事都沒有嘛。」

「是、是吧！爸爸難得心情這麼好耶！」

「咦？真、真的嗎？」

完全看不出來耶。

從認識到今天，他都是一副可疑的笑咪咪臉。

「因為他已經好多年沒有請第一次見的人留下來吃晚餐了嘛。最後應該是五年前，碧曲伯爵那一次。對了，我也是在那次晚餐上認識柔菲的。」

「…………」

那是喜歡我的表現嗎？

真的？

不，很難說。

聽說費茲克勞倫斯公爵很寵女兒，這樣的人會只因幾次對話就放開女兒的手嗎？我不禁變得疑神疑鬼，猜想他就在某個角落監視我們。

艾絲特說的商人男爵和我對她爸爸來說，就只有下手的地方在宴會會場還是晚餐桌上那麼一點點差別吧。

從認識艾絲特到今天，她屢屢展現出的壓倒性權力正是來自理察。要是這樣的人把矛頭指向我，究竟會有怎樣的未來等著我呢？

「說、說不定明天就能宣布我們的婚約呢！」

「這也未免太倉促了點。」

結果他女兒卻是這樣傻呼呼的。

心裡滿滿都是不安。

看來有必要演一場大戲。

「不好意思，我有點事要考慮，想一個人到外面呼吸新鮮空氣。」

「咦？我、我不能一起去嗎？」

「很抱歉，我想單獨靜一靜。」

「……是喔。那好吧，自己小心點喔！」

「感謝妳的關心。」

為了尋找對策，就先回到那個煩悶的會場吧。

＊

離開客房，我旋即重返宴會會場。

並接近我要找的人。

公主婊和我離開時一樣，在眾多貴族男子包圍下展現燦爛的營業用笑容。她已經維持很久一段時間了吧，不愧是討拍妹。每日孜孜不倦只為討拍，精神值得敬佩。當偶像的毅力就是超群。

「希安小姐，抱歉打擾您說話。」

「……田中男爵？」

「令尊要我請您過去。不好意思，能隨我來嗎？」

「…………」

她略顯輕蔑地吊眼看著我。

心機深沉的她應該會正確了解我的意圖。同時她也是正統派公主婊，應該會願意放下在會場跟她聊天的理科貴族，跟我談要緊事。我一邊這麼期盼一邊說。

「知道了。各位不好意思，我先失陪了。」

太好了，有得談的前奏。

謝啦，柔菲。

出外就是要靠輕浮婊朋友。

隨她點頭，周圍群眾零落出不滿的嘆息。但是柔菲爸爸有請的藉口讓他們沒能多出聲，就這麼算了。正港草食男的反應。

老實說，我還希望他們多纏鬥一下。包圍艾絲特的那群人應該會埋怨個一兩句吧。這般浮現心中的想法讓我也悲從中來，就此打住。

現在不是替理科男的未來可憐的時候。

「這邊走。」

「好，知道了。」

護送活婊婊的公主婊走了一小段，兩者位置自然變成一前一後，我在前帶路。兩人離開會場，避開人群在屋外繞行片刻。

最後停在圍牆與宅邸之間人蹤稀少的地方。

「這裡應該就不怕被人聽見了。」

「謝謝您的配合，希安小姐。」

柔菲就地轉身站定。

短裙裙襬因轉身而輕輕飄起。可惡，即使看不到內褲也還是很騷，每一個簡單的動作都經過了完美的計算。

而且她接下來對我說的話，還是男人都想聽異性說一次的夢想。

「……像平常一樣叫我柔菲就行了。」

「沒關係嗎？」

「至少現在沒人看見。」

有種特別待遇的感覺。受不了啊。

和她說話，好像會讓人再也不能相信異性。

要是我沒在歌舞伎町補過習就慘了。

「是嗎。我也覺得這樣比較習慣，謝謝。」

「好的呢。」

然而接下來就非常現實了。

且讓我開始談正經事。

「妳對艾絲特的父母知道多少，可以都告訴我嗎？」

「你終於想和艾絲特結婚了嗎？」

「不，妳誤會了。她父親邀我吃晚飯。」

「……真的嗎？」

「對，真的。」

柔菲的眼一下子睜得好開。有點可愛。

這傢伙一年到頭都在裝，偶爾能瞥見她的真實面孔感覺很不錯。

「果然不是一頓單純的晚餐嗎？」

「…………」

經我這麼問，她躊躇一會兒後回答：

「以前費茲克勞倫斯家也招待過爸爸和我來吃晚餐。當時我大概十歲，而我到現在還記得當時的情境。老實說，我不太想回憶這件事。」

「對不起，能請妳告訴我詳情嗎？」

「當時我年紀很小，完全不懂他們說了些什麼，但有一個畫面深深烙在我的眼裡——我的父親，在費茲克勞倫斯家的走廊上，對年輕的艾絲特的父親下跪磕頭了。」

「…………」

喂喂喂，怎麼突然又來個沉重的。

「我們家這幾代都是伯爵，經常看到別人對我父親低頭。而父親對別人低頭的樣子，至少在當時年幼的我來說是第一次見，造成非常大的震撼。」

該怎麼回話才對呢？

告訴我啊，艾迪塔老師。

好想拋下一切，擁抱老師。

儘管老師覺得莫名其妙，也一定會緊緊、緊緊抱住我吧。

求她一聲，說不定還會摸摸我呢。

免費附送。

「這樣深入妳的私領域，真是抱歉。」

「沒關係的。」

「可是……」

「這一代的費茲克勞倫斯是個怪物。」

「妳說怪物？」

「不只是費茲克勞倫斯派的貴族，宮裡每個人都有這種想法的呢。他繼承家業才不過幾年時間，威望就從國內幾個公爵派系的最底升到今天的地位。這就是艾絲特她父親的實力。」

「有這種事……」

我不禁想問，公爵到底有幾個。只是聽她這樣說，能突破眾公爵的重圍在佩尼帝國是非常稀罕的事。

反過來說，在門廳見到的威力爺爺——艾絲特的祖父就等於是沒出息了。

「我能給你的忠告，就只有一個。」

「什麼忠告？」

「根據我這幾年的認識，她爸寵她的傳聞並沒有錯。」

「原來如此。」

「無論你想做什麼，與艾絲特保持良好關係，一來能助你成名，二來能替你保命。以你來說的話，或許真的有機會。」

「以我來說？」

「就我對亞倫的認識，我想他與艾絲特的疏遠其實反而是好事的呢。當然，不考慮我跟亞倫也是如此。」

「…………」

說完，柔菲的眼神似乎有些飄渺。

這孩子因為身分問題，夾在貴族與平民、男與女等極其棘手的問題之間，說不定也想了很多。喔不，以她最近經常白費力氣來說，應該是想過頭了吧。

不過她還懂得以朋友身分擔心亞倫的安慰，還有點人性的魅力。雖不知實情如何，現在與她平時的輕浮樣相較起來，會覺得她真是個好人。公主婊還真是個進可攻退可守的好位置。

「啊，剛才那些話就請你忘了吧。」

說不定她將亞倫與艾絲特的關係洩漏給父親知道，也全是為了——

「妳是想保護亞倫嗎？」

「怎麼會呢。」

「是嗎？我好像有點理解妳的想法了。」

「…………」

艾絲特也好，柔菲也罷，亞倫這傢伙怎麼能被這麼好的女人包圍啊。喔不，錯了。肯定是因為他帥到無法擋，自然會吸引好女人。羨慕死人了。

「也不是說因為這個緣故啦，就我來看，最近的妳好像有點迷失方向。」

「……還真突然的呢。」

「說也奇怪，這種話在妳面前很自然就能說出來了。」

「被你這樣說，一點也不值得高興的呢。」

「真可惜。」

「一點也不像可惜的樣子呢。」

真是的，這種人怎麼會沒膜啊，根本是詐欺。

啊啊，罪大惡極啊。

為什麼能讓和風臉平心對話的人全都開封了呢！為人值得尊敬又聰明得令人崇拜的人，沒一個有膜的。

「可是迷失方向這點，其實也不算錯。」

「是嗎？」

哦？公主婊開始談起自己了。

「老實說，我也不太明白自己想要什麼。」

「…………」

而且頗為哲學。

不知道怎麼回，有點慌。既然是我起的頭，我就用發自內心的話來回答吧。對方是心理有點生病的公主婊，這是早該想到會有這樣的回答。我以此告誡自己，並開導迷失的婊子。

「妳是心裡太慌，以致看不見原本看得見的東西。先冷靜下來想想怎麼樣？如果冷靜不下來，妳現在該找的就是能讓妳冷靜的地方。」

「能讓我冷靜的地方嗎？」

「妳還很年輕，沒什麼好慌的吧。」

「女人壽命很短，我已經過一半了呢。」

「…………」

標準還是那麼高，整個噴上去。

所以才容易白費力氣吧。

「在我出生的故鄉，每個人都說女人三十歲以後會更美麗。跟妳這個年紀的女人結婚，而遭社會撻伐為變態的事也時有耳聞。女性的平均結婚年齡，超過二十五歲呢。」

「咦……」

公主婊聽得傻張著嘴。

由此反應可以確定，這裡十幾歲就已經是適婚年齡。

蘿莉控大喜。結婚就是要找個位數小妹妹啦，婚後還能保二十年新鮮。

真的可以愛到死為止。

不需要說謊騙自己。

「這、這樣男性沒問題嗎？」

「結果就是出生率逐年下降，老年人口比例超過四成。」

「什麼……！」

公主婊再顯驚愕。

好啦，柔菲香噴噴的素顏就吸到這裡，再炫耀自己國家下去就要流淚了。這種事多說無益，就只是效果太好，一時得意忘形罷了。

言歸正傳，我有事要拜託她。

「對了柔菲，我需要可愛的妳幫個忙。」

「不用說客套話，什麼事？」

「不好意思，能請妳和我交往嗎？」

「……什麼？」

柔菲傻眼看著我。

又是素顏，真可愛。

明明是中古車、明明是中古車，可惡。

「我曾對艾絲特說我有心儀的人。這並不是謊話，我也希望有朝一日能夠告訴她。可是不管怎麼說，現況實在太不明朗。」

「所以妳希望我扮演這個人，幫你度過這一關嗎？」

柔菲很快就恢復鎮定。

「謝謝妳這麼快就進入狀況。」

「…………」

我總不能和艾絲特爸爸正面對幹，而且照婊姊妹那麼說，拿亞倫出來擋也會有生命危險。不如就順流而下，利用公主婊的ＮＴＲ癖。

不過，就連她也難以答應這種要求。

「這樣對我有什麼好處的呢？」

「這個嘛，實在是不太好說耶……」

「…………」

她抬眼盯著我看。

是怎樣？

今天的柔菲特別可愛，受不了。

難不成是宴會的菜有下藥？

「不行。」

「……不行嗎？」

「我總不能讓碧曲家毀在我這一代。萬一被費茲克勞倫斯公爵盯上會發生什麼事，你自己剛才也聽到了，應該會懂才對。如果要娶我，就得先毀了費茲克勞倫斯家的呢。」

「說得也是，我想得有點太簡單了。」

「就是這樣的呢。」

果然不行啊。

好吧，本來就不報希望，沒什麼好說的。

「……你說完了嗎？」

「完了。謝謝妳跟我說這麼多。」

「那我走了。」

公主婊一轉身，禮服裙襬又悠然飄起。

「路上小心喔。」

「…………」

她沒回話。

其背影很快就遮掩在轉角之後，再也看不見。

*

太陽下山了。天黑了。夜晚來了。

晚膳時間降臨。

如爸爸在宴會上所言，金髮蘿莉帶我來到她家餐廳。

看來他們有飯要一起吃的規矩。除了我們以外，還有她爸跟威力爺爺兩個。聽說媽媽不在，要大家先吃。

餐廳當然是極度奢華且非常寬闊，裝得下一整個艾迪塔老師家吧。一餐破十萬日幣的高級餐廳，說不定就是這種感覺。

桌椅等家具也是經過精心挑選。無論光澤亮到能反映四周景象的木製家具，還是黃金寶石的藝術吊燈，都散發著碰一下就要傾家蕩產的壓迫感。

「各位，我們先為田中男爵晉爵成功乾一杯。」

「「「乾杯。」」」

爸爸帶頭舉杯，眾人跟上。

周圍還有幾個身穿圍裙的女僕，無微不至地整理我們的餐桌。每位都是面容姣好的十幾歲少女，要讓眼睛不飄來飄去真是費煞苦心。

真希望裙子能再短一點就好了。

「今晚毋需禮數。田中先生，就別太拘束了。」

「小人擔待不起啊，費茲克勞倫斯公爵。」

「在會場上那樣試探你，我向你道歉。所以至少在這種時候，我想和平時的你聊聊。不行嗎？」

騙誰啊？那絕對是騙人的啦！

我都知道了。

你把柔菲的爸爸逼到對你下跪呢。

「加入貴族之列後，如何正確待人接物是一件非常重要的事。然而我在這方面經驗尚淺，不敢踰矩，還請恕罪。」

上司在酒席上說不要拘束，結果聽了一點小怨言就懷恨在心的事，早就是爛哏了。真正不計較的人重視的是上班時間的對等交流。這當中最得提防的，就是準備這樣的舞台還慫恿你的人

社畜才不會被這種花言巧語騙到呢。

要小心應付這個恐怕是進入第二階段的面試官。

「既然是這個緣故，那你就在這裡練習看看吧。」

「也有道理。那麼非常抱歉，小人就盡量嘗試了。」

作戰重點是配合對方打安全牌，優雅抽身。

我要就此唏哩呼嚕混過去。

「你有在拉吉烏斯草原一日建城的魔法技術，並以此吸引人潮，最後達成陛下給予的條件，我想我也能從中學到不少啊。」

「費茲克勞倫斯公爵過獎了，這當中大部分純粹是幸運的結果。」

「人不可以太謙虛喔，田中男爵。」

「這絕不是謙虛。就算湊巧與幸運是假，若沒有費茲克勞倫斯公爵所提供的幫助也不會成功。由於有公爵慷慨投資，小人才能有今天。」

「也不是只有我而已吧？」

來啦！馬上來啦！

這裡就老實回答吧。

「是的。在伊莉莎白子爵的通融下，小人還獲得了普希共和國的朵莉絲・歐布・亞杭子爵的協助。另外，多利庫里斯已經衰亡的奧夫修耐達家嫡子所率領的黃昏戰團，也正全心全意助我建城。」

「…………」

「而且碧曲伯爵家的魔法騎士團副團長希安・碧曲小姐也有投資。乃至於法連大人也從學技會介紹了很多貴賓過來，每一項我都不會忘記。」

「什麼，連法連閣下也有份？」

「其實那當中還有其他緣由，不過結果確是如此。」

「……這樣啊。」

一搬出魔導貴族的名號，艾絲特爸爸就若有所思地點了點頭。既然能對柔菲稱作怪物的的人造成影響，可見他在國內真的有舉足輕重的地位。

說到魔導貴族，我才想起龍城一別後再也沒見過他，不曉得他是否平安歸返了首都卡利斯的家。想到蘿莉龍的跑腿成功率，我不由得有點擔心。

「等、等一下，爸爸！」

「怎麼啦，莉茲？」

「雖然他那樣說，可是朵莉絲那件事並不是我安排的！」

說了幾句之後，艾絲特忍不住吠了。

猜不透她會說些什麼，讓我緊張得要死。

「他在之前那場戰事裡上前線跟普希共和國打過！所以才會認識朵莉絲，然後她也乖乖待在多利庫里斯作人質！朵莉絲會從普希共和國找遊客過來是因為他去拜託，不是因為我！」

蘿莉婊高聲宣告。

說得更精確一點，是因為克莉絲汀比噁長毛強。真的非常單純，不然那個鑽頭捲處女隨時都能攻陷多利庫里斯。我腦袋不是白掉的。

不過，在這裡是她的聲音比較大。

「原來是這麼回事啊。」

「應該不會再有下一次就是了。」

「一次就很了不起了，田中男爵。」

「不敢當。」

艾絲特說得好，起到不錯的牽制作用。

能照這個樣子躲到底就好了。

但才剛這麼祈禱，就有人突然正面突破。

「夠了，少說那些裝模作樣的話！夠了！你給我聽著，就算兒子答應，我也不會放過你！你根本不配我可愛的莉茲！不配！」

威力爺爺偏偏開了個最難處理的戰場。

前面說了那麼多全被他搞砸了。

「我不會管家裡的事，可是可愛孫女的事我一定要管！」

「莉茲不只是你的孫女，更是我的女兒吧？」

「…………」

對此，爸爸狠狠地嗆回去。

威力爺爺無言以對，想不到他這麼不耐打，弱到有點可憐。說家族全權都握在兒子手中是絕無誇大吧，他馬上就惦惦了。

不過家業能夠興盛，也是他懂得自重的緣故吧。在佩尼帝國封建到不行的價值觀當中，能有放任兒子去幹的胸懷，與能幹的兒子有同等價值。他們家人之間感情一定很好吧。

「但話說回來，家父說的事我也有點好奇。」

爸爸的視線從威力爺爺轉到和風臉身上。

不偏不倚地盯著我。

多半是認真的吧。

只有這一刻，是赤裸裸的質問。

「你們這方面是什麼情況呢，田中男爵？」

「這個嘛……」

好啦，該怎麼回答呢。

我晃晃酒杯，思考如何應對。柔菲說爸爸是真的寵艾絲特，真傷腦筋，非常燒腦。要是我生下艾絲特這麼可愛的女兒，一定會扁死破她處的男人。

所以我也不是不能體諒爸爸的心情。

這時，餐廳通往走廊的門忽然打開了。

金屬擦出喀的一聲，吸引在場所有人的注意。

「老公，我回來了。」

從走廊出現的是曾見過的肉彈美女。

不是別人，就是在裝成商人的爸爸身邊不斷問艾絲特相關問題的女子。她在房裡見到理察，就笑呵呵地打招呼。

如那句話所示，她就是蘿莉婊的媽媽吧。

不出所料。

然而我萬萬沒想到——

「咦……艾絲特？還有田中先生……」

見到亞倫在她身邊，喔，我全身都緊繃了。這傢伙居然摟著媽媽的腰啊。那互相依偎的模樣，簡直像是剛從賓館出來的情侶一樣親暱。

任誰見了都會覺得他們距離非常近，而且有過怎樣的互動才會到這地步也是一目了然。要是媽媽的手也摟著亞倫的身體，那或許還有一線生機，然而絲毫沒有這種跡象。

怎麼看都是帥哥在勾引她。他的下半身果然還是自走炮啊。

當然，亞倫一踏入餐廳就是滿臉的驚愕。

「對不起喔，亞倫。」

媽媽淺笑著說。

身子輕飄飄地離開亞倫，來到爸爸身邊。

眼裡完全沒笑意。

「那個，這、這位是……」

媽媽對顫抖的他說：

「我一直很想跟你聊聊呢——和丈夫跟女兒一起。」

「…………」

你也是嗎，亞倫？

艾絲特說宴會上一直有女人搭訕亞倫，她也是其中一個吧。可是，沒想到亞倫這傢伙會不知道艾絲特媽媽的長相。

於是被逮個正著的兩個蠢蛋就這麼並列在桌邊。

「艾絲特？那是指誰啊？」

爸爸對亞倫下意識的稱呼產生反應。

這傢伙一張口就踩到地雷啦！

而且滿滿是連我也會壯烈遭殃的預感。

「唔……」

「老公啊，表情不要那麼凶嘛。他送我到這裡，還說我這個老媽子可愛什麼的一大堆，讓我開心得跟小女孩一樣，是一個很好的人呢。」

「是啊，看起來非常善良。記得碧曲伯爵很照顧他嘛。」

「啊……」

這善良青年沒想到爸爸連這都知道吧，臉色更難看了，一句話都說不出來。我已經覺得自己的處境很危險了，亞倫卻陷入了更糟糕的絕境。

遇到即死級的仙人跳，有這反應也是當然的吧？原本心還在為今晚的美●飛揚，房裡卻是處刑台。先前和梅賽德斯一起踏進去的黑店弱得根本是扮家家酒。

費茲克勞倫斯夫妻好可怕啊！

年紀最大的威力爺爺完全變擺飾。

連話都插不了。

「你叫亞倫是吧？快坐下吧，我叫人幫你準備。」

「……非、非常抱歉。」

聽到理察的邀請，客兄二號立刻低頭道歉。

「我叫你坐下是沒聽到嗎？」

「！」

在當家不由分說的逼迫下，亞倫默默坐到我身旁。原來如此，難怪旁邊沒人坐。而且艾絲特和爸爸跟威力爺爺，在我對面坐成一排。

因此客兄一號、二號坐在長長餐桌的一側。

另一邊是費茲克勞倫斯家全家福。

我現在才了解柔菲的話。他們這一家就是這樣不給加入自己派系的人攻擊的機會，以先發制人的方式連根奪去對方的一切，進而掌握主導權的吧。

爸爸斯文的笑咪咪臉孔底下，根本是超激進派啊。

亞倫和媽媽加入後，晚餐繼續。女僕靜肅地一盤一盤上，我們也機械性地一口一口處理，配合費茲克勞倫斯家的人吃飯。

這樣吃實在食不知味。

「那個，爸、爸爸……」

艾絲特試圖支援。

先不管我，這樣下去亞倫搞不好會跟斷頭台的露水一起消失。當著國內少有的大貴族面前勾引人家老婆，這也是當然的事。在日本，姦情曝光就要噴掉好幾百萬來和解了。

不過這個案例上，很有可能是媽媽主動釣他就是了。

被媽媽這樣的美女搭訕，男人隨便就跟著走了。如果不嫌棄，真想跟亞倫一起用3P照顧她。她是艾絲特的媽媽，保證淫亂。熟成肉的三明治，肯定有搞頭。

「有件事，我無論如何都得先問清楚。」

理察不理會女兒，開口說道。

放下默默用到現在的餐具，注視我倆，表情還是平時的微笑。然而在柔菲告訴我那麼多之後，我絕不會當那是笑。

「教莉茲多餘的事的，是哪一個？」

直球對決啊！

還是完全對著人砸那種！

「唔……」

能感到身旁亞倫的肩顫了一下。

不妙啊。

不是鬧著玩的危機。

不輸給對戰克莉絲汀的險境。

「我再問一次，你們自己承認。田中先生、亞倫，你們誰教了莉茲多餘的事？我又不會吃了你們，只是非要確定這件事不可而已。」

「…………」

好啦，怎麼辦呢？

要是柔菲沒亂說，接下來就是攻擊魔法招呼了。

而亞倫恐怕不曉得這件事。

且考慮到他的個性——

「是、是我給艾……」

我的擔憂迅速應驗，憨直帥哥要認罪了。

沒辦法，亞倫的命只有一條。

沒想到會是這種結局。

真是個從自走炮開始，也因自走炮結束的首度卡利斯生活。

「理察先生，令嬡的貞操是我奪走的。」

喀噠一聲，我以後膝推開椅子站起來。

同時對自己放治療魔法。是最近只用來對付克莉絲汀爆肚拳的持續型。就過去的實績而言，就算腦袋不知不覺飛了也死不了。

「……那是真的嗎，田中先生？」

「是。」

「這就怪了，根據我的調查……」

要保亞倫小命，現在就非得硬推一波不可。

在他踩中地雷時，其他選項就已經全部炸光了。

「我很喜歡小孩子。像艾絲特那樣連毛都沒長的私處，實在是非常吸引我。讓我根本就克制不了自己的慾望，一衝動就把她幼嫩的身體給……」

我回想著在澡堂見到的無毛小縫縫說道。

同時，魔法來了。

「！」

餐廳響起不知屬於誰的抽氣聲。

且踈地渾身一震。某種看不見的衝擊波射向我，唰地一下在脖子留下怪異感覺。痛只有一瞬間。坐在正前方的爸爸保持振臂姿勢注視著我。

從不曾睜開的眼微微開條縫，光芒熾烈。

看吧，果然是暴怒才會睜眼的帥哥。

這種角色真是帥到不行啊！

我完全沒動，眼中景象卻自己轉移，令人想起戰事中暗精靈那一劍。血液四處飛散，弄髒整桌菜的樣子深烙在眼裡。真可惜。

「爸、爸爸————！」

剎那間，艾絲特嘶聲狂吼。

她居然對親生父親丟魔法了。

「！」

爸爸也沒想到會遭到愛女攻擊吧。

口中洩出驚嘆。

連和風臉都嚇一跳。

直徑約一公尺的火團，就要從艾絲特手中射向父親。是火球術。距離這麼近，霎時就會炸開，讓一家人共享爆炸的痛苦。

意識逐漸朦朧的我查看自己的數值。

名字：田中
性別：男
種族：人類
等級：125
職業：鍊金術師
HP：1400／14980２
MP：8255030０／2520000300
STR：10012
VIT：12711
DEX：16100
AGI：12322
INT：2000190０
LUC：27

好，還有MP。

起初一發就見底的魔力，隨等級上升而多了不少餘裕。儘管不能再放相同魔法，對費茲克勞倫斯家的餐廳放廣域治療魔法倒是沒問題。

到底會起多少效果呢？

我聽天由命，在火球著彈的同時付諸實行。

痛痛飛走吧。

＊

【蘇菲亞觀點】

認真工作的女僕，要在下午茶時間拿好茶好點心犒賞自己。

我離開辦公室的大桌，來到隔一扇門的茶水間。把昨天回程買的點心放進盤子裡，起爐燒開水。

等到水面開始冒泡，我從櫃子裡拿出自己的杯子。

「啊……」

事情在這時候發生了。

放在旁邊的田中先生的杯子，莫名其妙地破了。

啪啪啪地裂開，一下就裂成兩半了。

「…………」

不可以，說謊不好。

現在不是逃避現實的時候。

「……是、是我摔碎的。」

被我摔碎了。

我的手背碰到田中先生的杯子，掉在地上了。當然是摔個稀爛，真的是碎得到處都是。

怎怎怎、怎麼辦！

不慌也難。田中先生很喜歡這個杯子，說不定很值錢呢。

「…………」

如果努力一點，不知道能不能在市面上找到夠像的杯子。幸好現在他不在，我有一點時間可以處理。只要我拚命去找，說不定就能找到了。

就在我眼花撩亂地想這想那時——

有聲音冷不防從慌張的我背後傳來。

「喔喔喔喔喔喔喔喔呵呵喔呵呵呵呵！」

「！」

是尖銳的笑聲。

倉皇轉身一看，發現朵莉絲小姐挺立在茶水間門口。

她喔呵呵地大笑，又長又漂亮的螺旋捲隨之搖晃。

最近她動不動就跑來辦公室，而且每天都來。

「蘇菲亞，我看見嘍～杯子是妳摔破的！」

「朵、朵朵朵、朵莉絲小姐！」

「被人知道會很麻煩吧？會很糟糕吧？你的主人都是用那只杯子，喝得很香呢。結果就這樣摔破了，他會很難過吧？」

「唔……」

她的臉上帶著笑容。

對喔，差點忘了。

朵莉絲小姐是虐待狂。

連魔族都能教育的虐待狂。

「要我不說出去的話，就來我的茶會陪我吧？」

「可、可是……」

「我可以幫妳找同樣的茶杯回來喔。」

「這……」

實在太吸引人了。

人就是這樣慢慢墮落的呢。

「怎麼樣？還是說妳要拒絕我的邀請呢？」

「一、一點也不！請、請、請多指教！」

我都不知道朵莉絲小姐會開茶會。

一定是很虐人的茶會吧。

「呵呵呵，我很喜歡乖孩子喔～」

「……」

像我這樣的平民女僕，一定會在茶會上被剝個精光羞辱，而貴族們會拿我丟臉的樣子配茶吧。

這個可悲的女僕是誰啊？配茶真香。怎麼有那個下賤的女僕啊？配茶真香。你們看，那裡都整個露出來了，配茶真香。

啊啊，光是想像就背脊發涼了。

＊

爆炸聲只有一瞬之間。炸裂的火球將房裡的一切全部吹散。

不過爸爸和威力爺爺還是做了點抵抗吧。房間沒有整個炸掉，只有著彈地點，即爸爸所坐位置周圍的天花板和地板有些燒焦而已。

煙和灰塵倒是很濃，很長一段時間才散去。這當中無敵魔法治癒了我的身體，和上次一樣無視於砍下的頭顱，從軀幹啾一下長出新腦袋。

「…………」

話說魔法真的很危險。

美國的槍枝氾濫問題根本小兒科。

晚餐慘不忍睹。桌子整個炸飛，一道道精緻餐點連個鬼影都不剩。鮮豔的沙拉、光亮亮的肉，全都成了滿地焦炭。

我在這片狼藉中查看費茲克勞倫斯一家子。理察保護了媽媽，抱著她臥倒在地。兩個都有意識，還會呻吟。

而威力爺爺則是像牆一樣挺立在爆點和艾絲特之間，前方浮著魔導貴族對戰翼龍時用過的魔法屏障。實在有夠帥，有弁慶的感覺。愛死這種。

美麗的親情展露無疑呢。

而客兄亞倫這邊，喂喂喂，幹得不錯嘛。他以炸散的桌面為盾，一次掩護了整批侍餐女僕。桌面變得坑坑巴巴，到處是焦痕。

女僕因而毫髮無傷，治都不用治。

今天的ＭＶＰ二號就是他了。

「亞倫，謝謝你。相信你果然沒錯。」

「哪、哪裡，那田中先生你自己呢！」

「你也知道吧？這樣我是死不了的。」

「你還是一樣，太、太神奇了……」

亞倫跟上次一樣不敢置信地看著我。

被捧的感覺還不壞。

不過心裡其實有點抖，下次就不一定能得救了。這次是為了亞倫的未來，有必要讓爸爸砍一下。假如旁邊坐的是陌生人，八成是全力開溜。

而且完全沒想到艾絲特會抓狂。

「說起來，會、會變成這樣都是因為我……」

頹喪帥哥無力鬆手，桌面盾喀噠地摔在地上。

嘴因自責而張，好像要將一切都說出去。

拜託拜託，這樣會被你害死。

「別說那種話了，你要毀了這難得的晚餐嗎？」

「可是！」

客兒二號大聲抗辯。

而一號正在為以後怎麼辦傷透腦筋。

我的生活又被抓狂的艾絲特炸個精光啦。好吧，怎麼說，既然每次都來這一套，與其在事後搥胸頓足，不如就當作人生本應如此，退一步海闊天空。

我的貴族地位也是她掙來的嘛。

「……田中男爵。」

忽然有人叫我。

往聲音來處看去，見到理察正爬起來。亮麗的服飾如今布滿灰塵，處處破洞。治療魔法治不了衣服嘛。

「費茲克勞倫斯公爵，抱歉給您添麻煩了。」

「…………」

見我坦然道歉，他露出懷疑的表情。

然後喃喃地問：

「你是人類嗎？」

「至少比府上千金更接近人類。」

「……」

這種話究竟對公爵家能起到多少牽制作用呢？

可是我也沒其他牌能打，只能聽天由命。

說不定配上這場大復活，能多少造成一點影響吧。

「費茲克勞倫斯公爵，我有一個請求。」

「……請說。」

「亞倫真的是個非常優秀的青年。」

「…………」

「請您多多關照了，這也是為了整個公爵家好。」

不講要做什麼，他也會懂吧。

再怎麼寵溺女兒，也不會寵到不計得失的地步，不然柔菲也不會叫他怪物了。她爸的頭不是白磕的。

結果說得像在威脅一樣，實在萬分抱歉就是了。

「……我應該砍掉了你的頭才對啊，田中先生。」

「我的脖子可沒軟到憑你也砍得掉啊，『黑格爾先生』。」

「唔……」

我豎起食指，略顯戲謔地說。

看我用東方醜男的神祕力量嚇死你。

「那麼，今天我到此失陪了。」

「等、等等！我還沒說完……！」

雙方的腦袋都需要冷卻。

我無視爸爸的話，以飛行魔法飄離地面，掃視四周。朝庭院開的窗口炸出大洞，我便由此飛出屋外。

在夜空中悠然飛升，冷風撫過臉頰。

「…………」

看著底下街景，心裡一陣感慨。

算了算了，為過去的事後悔也沒用。

我朝拉吉烏斯草原一路飛馳。

再會了，首都卡利斯。這陣子離這遠一點比較好。

奴隸姊妹

Slave Sisters

和艾絲特爸爸鬧翻，離開首都卡利斯後飛了整整一天。

和風臉回歸龍城。

撲到鎮長府裡我房間床上，睡意馬上就來了。處理領地和貴族的問題讓我這幾週過得非常忙碌，肉體和精神都累壞了吧。我很快就失去意識，再回神已是隔日，太陽曬屁股了。

「…………」

剛醒來，就想到艾絲特家的事。

貴族那種政治角力，我已經受夠了。反正我已獲得正式貴族頭銜，當下就窩在城裡努力建設吧。要趁蘿莉龍不在時多提昇點土木魔法技術，讓她氣噗噗。

我就這麼躺在床上，望著石牆術牌天花板想這想那。

「…………」

是不是放自己幾天假比較好啊？

話說這幾個星期，我真的是不眠不休地打拚。而且接下來這幾天，其他人也是休假模式，那麼和風臉稍微休息一下也無可厚非吧。好想在房裡浪費時間打滾。什麼都不想做。

想到這裡，我緩慢地重新閉上眼睛。

窗外透來的和煦陽光照得我好舒服。不會太冷也不會太熱，是正適合瘋狂賴床的好天氣。啾啾嘰嘰，麻雀般的鳥鳴聲不時傳來，心靈祥和到極點。這就是所謂風和日麗的下午吧。

「…………」

我要放假。

其餘免談。

今天就在床上過一整天好了。一步也不出房門，全心全意享受無為的時光。我的心也笑咪咪地選擇了睡回籠覺。

然而緊接在下一刻，房外出現動靜。

「那個，田中先生，你、你在嗎……」

叩叩叩，有人輕聲敲門並這麼問。

是蘇菲亞的聲音。

蘇菲亞在呼喚處男。

「啊，我在。我馬上出去，可以稍等一下嗎？」

「好的。」

女僕來叫我，豈有不理人的道理。我急忙起身穿衣，整理儀容。拉平皺巴巴的床單，被子也簡單鋪好。

房間弄到自己也看得過去以後，我拉椅子坐下。面前桌上散亂著之前發給黃昏戰團的各種施工指示。最後一手拿起筆，什麼事都沒發生過似的轉向門口。

再翹起一腿，低聲回答就完美了。

「請進。」

「打、打擾了！」

熟悉的女僕裝蘇菲亞開門進來。

同時瞄了瞄房內狀況。

沒問題，房間每一處都很完美。若要說哪裡有問題，就只有我交疊的大腿之間，睡醒而奔流的血氣使兒子正在奮起。敏感部位遭到內褲布料摩擦，要我儘快改善。

「那個，有、有客人找你。」

「什麼樣的客人啊？」

「這個嘛，他是奴、奴隸商，麻煩你了……」

「了解。」

奴隸商也跟扮成黑格爾的理察一樣，想在龍城設點吧。想到買賣的是奴隸，處男的心就飛揚起來。在首都卡利斯去過的奴隸商帳棚浮現腦海。

何其美妙的視覺饗宴。

同樣的東西要來到龍城了。

光想就覺得好興奮。

「謝謝妳的通知。我需要先做一點準備，弄好就馬上過去，能請妳先回去招呼他一會兒嗎？請為他準備高級點心。」

「咦？啊，好、好的！我知道了！」

女僕的表情因「高級」二字而稍微繃緊，然後啪噠啪噠快步跑向會客室。當房外的腳步聲再也聽不見，我昂然起身。

讓兒子平靜下來，趕向會客室。

＊

在會客室等待的人，和風臉之前也見過。

「哦？這不是歐曼先生嗎？」

「田中男爵，好久不見。」

是我過去在佩尼帝國認識的奴隸商。曾因某自稱大盜的誤會而蒙受黑心商人之稱，在市井成為人人喊打的對象。但最後事情圓滿解決，如今堪稱是段佳話。

「抱歉冒昧來訪，感謝男爵接見。」

「哪裡哪裡，我高興還來不及呢。」

「我聽說您獲得男爵位的消息，就立刻趕過來祝賀了。大家都說您在拉吉烏斯草原建立了一個壯觀的城鎮，沒想到會是這麼驚人啊。我歐曼佩服得五體投地。」

歐曼的消息究竟是從哪來的呢？

距離我正式獲得爵位也只有四天，可是從首都卡利斯搭馬車過來，需要五天才能到。謁見廳和艾絲特家的事應該是還沒傳到。

從他的熱度來看，比較像是來城裡參觀。

「請問您此行是想談些什麼呢？」

「可以的話，請務必讓我在這裡開立分店。」

「開分店啊？」

「就坦白跟您說了，我是在前往普希共和國談生意的路上經過這裡，想說有機會難得就進來問候一聲。不過見到這座城之後，就覺得不能只是問候，非要建立更深的情誼才行。」

「原來如此。」

「這座城以後會發展得更加繁榮吧，我也想在田中男爵所規劃的願景之中略盡綿薄之力。拜託您考慮考慮。」

話說歐曼也是費茲克勞倫斯家愛用的奴隸商，與已經進駐的曼森商行是同一陣線，相容性應該不會太差吧。而且我們還是見過幾次面的關係，就請他入夥吧。

絕不是想在身邊弄一個有籠子關裸女的地方。

「既然這樣，就讓我們一起努力吧！」

「真、真的嗎？不用多考慮幾天？」

「您也曉得我是費茲克勞倫斯家這邊的人，自己人不需要計較那麼多。歐曼先生，懇請您從今以後，也為我們費茲克勞倫斯子爵大力效勞了。」

「包在我身上。我歐曼赴湯蹈火在所不辭。」

「感激不盡。」

對方看起來是幹勁十足，那就趁熱推一波吧。現在不曉得理察那兒的事會造成多少影響，在事情傳開以前先把觸手伸一伸絕不會錯。

「那麼事不宜遲，就來替您蓋一間店吧。」

「……咦？現、現在蓋？」

「請跟我來。貴族區有個不錯的地方。」

「田、田中男爵？現在蓋是、是什麼……」

比起說得口沫橫飛，還是現場展示快多了。

*

我帶歐曼來到北區貴族階級設施林立的一角，為建造中大型建築而整理出的土地。當時就在想如果有奴隸商進駐，店面要設在這裡了。

我當場就替他蓋一間。

即使規模大一點，一棟樓房也只消幾小時時間。我一邊聽他需要怎樣的格局，一邊拉出牆壁和樓板。蓋預售屋有其有趣之處，像這樣邊聽邊蓋的設計住宅也不錯。

「最後鋪好外牆就完成了，這樣感覺可以嗎？」

「……謝、謝謝田中男爵，想不到真的能當場蓋出來。」

看著眼前的樓房，歐曼整個人都傻住了。

這個剛出爐熱騰騰的四樓石造樓房約是占地兩百坪，建地一百一十平方米吧。在首都卡利斯蓋相同規模的東西，地段再差也要上千金幣的感覺。

「不好意思，比預想中多花了一點時間。」

「哪裡哪裡，怎麼敢嫌慢呢！反倒還開了眼界呢。」

「能聽您這麼說真是太好了。門窗一類，我會找騎士團的人過來安裝，屆時再請您跟他們個別調整。開業之後如果有哪裡不滿意也請儘管告訴我，我會儘快處理。」

「知道了。田中男爵，日後煩勞之處，歐曼先在此謝過了。」

「稅金方面的事，我們等生意穩定以後再談吧。」

「好的，請您多多關照。」

歐曼笑容滿面地答覆。

似乎是非常滿意。

身為建商，和風臉也十分欣喜。

「對了，田中男爵。這棟樓今天就可以啟用嗎？我聽說男爵建城的事，覺得興建一座城需要很多勞力，就直接帶幾個貨過來了。」

歐曼往停於樓前的馬車瞥一眼。

十幾輛大馬車排成一整串，看來正前往普希共和國談生意一事並非虛假。說不定一開始只是想來龍城買掉幾個奴隸換點車資吧。

「是的，任您使用。」

「謝謝田中男爵，這真是太好了。」

歐曼笑咪咪地點頭。

隨後對站在馬車邊的男子打個信號。

「喂，東西搬出來。全部放下來也無所謂。」

一群滿臉橫肉的壯漢跳下貨台，開始卸貨。

這十幾個人都是員工，護衛另有其人。或許是貨物單價高吧，人數頗具規模。不愧是能在首都卡利斯鬧區蓋豪宅的人。

「…………」

看著看著，我注意到一件事。

卸下馬車的貨物，男性比例非常之高。

一開始還以為是員工，但每個都戴了項圈，被鎖鏈牽著，怎麼也不會是員工吧。這麼一來，事情就大條了。

「……歐曼先生，有件事我想請教一下。」

「請問什麼事？」

「您這些貨好像有某種傾向耶？」

「喔，實在抱歉。原以為您建城正需勞力，把能工作的都找來了。再加上馬車的需要，就變成了您看到的這種比例。」

「原來如此。」

怎麼會這樣。替我想是很好，可是完全揮空啦。

黃昏戰團已經讓猛男率高到不行了，再讓男人進來那還得了。聽說部分澡堂已經變成暗黑紳士的社交場所，深以為憾啊！

「可是我似乎是完全誤會了。見到您展示的施工方式，看起來是不需要那麼多人力。真正需要的，是會在房子裡出出入入的工匠之類吧。」

「是啊，的確是這麼回事。」

「請容我下次再行修正。」

「麻煩您了。」

繼續待下去也沒有樂趣可言。

該蓋的都蓋好了，今天就此撤退吧。我要儘快用蘇菲亞的女僕風情淨化被肌肉汙染的眼睛。晚餐時間快到了，我要和她單獨吃。

於是我在歐曼身旁轉身說：

「那麼不好意思，我先……」

就在這時，有金髮閃過我眼角餘光。

雙腳連忙踩住。

那金色是來自員工牽著走的兩名年幼少女。粗糙的金屬項圈和與其相連的鎖鏈，表示她們的奴隸身分。而最重要的是長相，和風臉見過她們。

就是柔菲前陣子牽來當晉升賀禮的奴隸姊妹。

一對金髮又蘿跳跳的美少女姊妹。

離開我家之後就下落不明了，說不在意是騙人的。但我實在沒想到她們又會流落市場，還以為會在柔菲家做粗活呢。

「歐曼先生，那兩位是？」

注意到了，自然就問起了。

脖子掛鎖鏈，打赤腳被男人牽著走的奴隸姊妹可愛極了。

「什麼？喔，那對姊妹啊……」

「是啊，和其他奴隸不太一樣呢。」

「那是碧曲伯爵家賣掉的奴隸。」

與介紹奴隸時相比，他話說得有點猶豫。該不會他是那邊的人吧，那我得好好拿捏我們往後的關係了。

「有什麼問題嗎？」

「本身並沒有什麼問題，只是說她們是碧曲家賣掉的，其他貴族就不太會想要買了，否則就像買個把柄回去一樣。放著也不是辦法，所以我就想帶到普希共和國去賣。」

「是這樣的啊？」

「田中男爵您或許也知道，碧曲伯爵在人際關係上特別慎重，對奴隸也一樣。伯爵剛買就早早賣掉的奴隸，其他貴族是一定會覺得有問題，買不下去。」

「原來如此。」

「就算賣掉了，日後客人拿這件事來怪罪我也難處理。而且她們長相實在不差，年紀也小，又都會讀書寫字。關在這裡弄壞了也可惜，不如就在普希共和國早點賣掉，對雙方都好。」

「…………」

話說柔菲跟亞倫也說過類似的話，所以不是唬爛或開玩笑吧。

「怎麼了嗎？」

「不，沒事沒事。謝謝您的解釋。」

「哪裡哪裡，沒事的話我先失陪了。」

「好的。」

和風臉就此帶著一絲牽掛離去。

＊

是夜，死處男在床上輾轉難眠。

「…………」

原因出在金髮蘿莉美少女肉便器奴隸姊妹上。

躺下來閉上眼，就會看到在歐曼的店門前瞥見的那對倩影。裹著破爛粗布衣的稚嫩肉體，垂掛的骯髒鎖鏈，另一端的粗大項圈，被男人趕出門一般光著腳丫走路的模樣。

怎麼想都令人心兒怦怦跳。

可是我曾經當著蘇菲亞、艾絲特和柔菲的面拒收，還說了一堆冠冕堂皇的話。要是我又買回去，絕對會招來她們的鄙視。

「…………」

可是，我還是好想娶回家。

超想娶回家打3P奴隸炮。

是貴族這個新頭銜讓我的慾望沸騰起來了嗎？不知道。但可以確定的是，我的心在噗通噗通地加速，兒子也硬起來跟爸爸討新玩具。明明從來沒玩過玩具，也奮力喊著快給我。

這兒子真混帳。

爸爸都還沒玩到呢。

「…………」

這時爸爸開始思考。

為了兒子拚命思考。

最近龍城人手不太夠，即使黃昏戰團已經非常努力，隨著城市日益擴張也漸顯不足，尤其是女性人力特別缺乏。黃昏戰團男性率這麼高，這也是當然的事。

那麼購買奴隸來彌補，其實是非常理智的行為吧？

而且對象還是曾有過一面之緣，前途看好的兩名年輕少女，絕無任何不自然之處。假設要用實驗來證明，不行再放棄就好，成功了就要繼續買。

「…………」

好弱。

這藉口還不太行。

體貼的小岡聽我這麼說，搞不好會從多利庫里斯找他的女性朋友過來。沒什麼比近距離看人生勝利組與異性交流更傷死處男的心了，非避不可。

需要更有力一點的藉口。

「…………」

對了。歐曼說他要帶她們去普希共和國，那麼這對姊妹就會被迫遠離她們所生長的佩尼帝國，且必然會與她們曾是富裕商人的父母分隔兩地。

這個世界沒有戶籍制度，也沒有可以輕鬆查詢資訊的機械。在這個資訊管理鬆散的世界，這樣的別離相當於生離死別吧。心地善良的男爵不願見到如此人間悲劇，便將她們買回佩尼帝國。

於是男爵的善良使少女們逐漸敞開心胸，也敞開了大腿——

「…………」

有搞頭。

絕對有搞頭。

名義穩穩立起來了。

這樣蘇菲亞不會冷眼看我，柔菲也不會說我的不是。艾絲特嘛……嗯，大概不會特別抱怨什麼，但該圓的還是得圓好。

這次脫處之日說不定是真的近啦！

*

【蘇菲亞觀點】

這天小女僕來到北區的鬧區。

這是龍城開業一個月以來做完第一次月結後難得的假日，原本只是打算在房裡吃吃睡睡，悠悠哉哉過一天的。

那我為什麼會來到北區呢？

主要是因為螺旋捲小姐。

「這裡也愈來愈熱鬧了呢~妳不覺得嗎？」

「是、是的！我也是這麼想！」

在房裡賴到一半，螺旋捲小姐不請自來，把我拉到了這裡。我也很不想跟她走，不過貴族來找我，我怎麼也沒有拒絕的道理。

她跑來女僕房間的原因我大概也猜到了。八成是她的魔族隨從幾天前就不在，閒到發慌想找人陪吧。

還以為少了魔族先生她會安分一點，結果並沒有這種事。反而因為平時陪她的人不在，變得更積極去找人串門子。

「那間是做什麼的呀？前天還沒有呢~」

她好像又找到新玩意了。

我急忙跟上大步走過去的螺旋捲小姐。

來到的是看似賣奴隸的店。

「哼~什麼時候來了個奴隸商呀。好好奇喔~」

「這、這樣啊？」

好大一間，有四樓高。

高大的金屬雙開門，和裡面賣的東西一樣，隱約散發著肅殺之氣。我從小就很怕這種感覺。對我們平民來說，淪落奴隸絕不是可以當戲看的事。

「喂，我們進去看看好不好？」

「咦？那個，這、這實在……」

「來啦，我們走！」

螺旋捲小姐用力拉我的手，身體猛然一傾。

看不出來她這麼有力。明明和艾絲特小姐同年，也跟我差不了多少，力氣卻比感覺上大好多，是有在鍛鍊身體嗎？人真是不可貌相。

我就這麼被拉進店裡去了。

「哎呀呀，歡迎小姐大駕光臨。」

出來招呼的是年約四十歲的男性。

在我和螺旋捲小姐出現之前，他正站在門廳裡指揮來來去去的員工做事。再加上馬上就來招呼我們，多半是老闆之類的人物吧。

對了，他根本就是來找田中先生的奴隸商！

「我是來看奴隸的！」

螺旋捲小姐一開口就這麼說。

問候也不說就直接表明來意。

不愧是貴族呢。

「感謝小姐遠道而來，請務必讓我為您介紹。」

「麻煩嘍～」

「不會。」

老闆也司空見慣地開始帶我們參觀。

節奏抓得很好呢。

路上他好像記起了我的臉，不時往我偷瞄。但也只有這樣，什麼也沒對我說。大概是有螺旋捲小姐在，不方便放下她來搭理平民吧。

我們穿過門廳的門，進入走廊。

前方是一大排柵欄。

金屬牢籠裡面，關了很多人。

寬敞的房間裡，柵欄如牢房般與牆壁平行排列，而牆與柵欄之間有人。我是有生以來第一次見到奴隸賣場長什麼樣。

「還可以嗎？這些都是經過精挑細選的奴隸。」

老闆看著螺旋捲小姐笑咪咪地說。

我們的視線也自然往他介紹的方向看去。

這裡沒有其他客人。我們的到來像是一陣風，吹動奴隸這些靜止的風車，一雙雙眼睛不時往我們看。

「哼～」

螺旋捲小姐一點也不在乎奴隸們的視線，從最右邊看到最左邊，像在服飾店門前挑喜歡的衣服一樣。不愧是貴族呢。

至於小女僕這邊呢，就沒有那麼簡單了。

因為奴隸每個都是年輕力壯的男性。儘管長相千差萬別，但還是有長得很帥的人赤裸裸地站在柵欄另一邊。

怎麼辦才好呢？

該不會是以為貴族和貼身女僕來找尋夜晚的慰藉吧，這樣就糟糕了。被身材這麼好的奴隸任意摧殘，那真是，嗯，比想像中更有魅力呢。

「有喜歡的嗎？」

「這個嘛……」

老闆笑咪咪地問。

螺旋捲小姐裝模作樣地回答。

在如此對話的兩人身邊，小女僕忽然發現柵欄裡面還有個小籠子。只有到我胸口那麼高吧，好像是用來關野獸一樣，很狹小的方形籠子。

而籠子裡面，啊啊，我的天啊……

「！」

「哎呀~看到什麼稀奇的嗎？」

「也、也不是，我……」

那不是幾星期前柔菲小姐要送給田中先生的奴隸姊妹嗎？

她們又被關進籠子，坐在站都站不起來的狹小空間裡。姊姊緊緊抱著妹妹，像在藉此忍受男性奴隸的視線在她們身上飄來飄去。

她們也好像注意到我，表情出現變化。姊姊跟妹妹都睜大了眼睛，大概是認出我了吧。我們相處的時間雖然很短，但畢竟是在同一間房吃過飯的人。當然是貴族飯。

「……」

可是她們沒有對我說話。

嘴才忍不住張開，又在幾番猶豫後閉上了。做奴隸的人有很多事不能做吧。別說鞭笞，就算是被成年男性吼一聲，對這麼小的女孩來說除了害怕也還是害怕。

奴隸商就是這樣管教奴隸的吧。

「…………」

好難形容的心情。

這種無法成為勞力的小女孩，最後一定都會流落到有那種興趣的貴族家裡。柔菲小姐還說過她們都是處女，肯定是這樣沒錯了

「妳們該不會認識吧？」

「沒、沒有，我……」

「哼~」

螺旋捲小姐的眼睛在我身上打量起來。

究竟在想什麼呢？

有種不好的預感。

「只要妳跟我走，我可以幫妳買下來喔～」

「！」

螺旋捲小姐聲音很響亮，她們當然也聽見了吧。說得輕鬆簡單的這麼一句話，讓籠中姊妹的肩膀跳了一下，發出身體細微移動的聲音。

這樣不好吧？很不好吧？這樣會給小孩過度的期待，然後變成更巨大的絕望。想到這裡我才想起來，啊啊，螺旋捲小姐是個虐待狂呢。

小姊妹不斷偷瞄看我們的反應。一和我對上眼睛就立刻移開。人家說眼睛比嘴更會說話，真的一點也沒錯。如果是奴隸從籠中投出的視線，就更是如此了。

「…………」

我好難過喔。真的太難過了。

現在的我大概有能力救她們脫離奴隸身分，而這個事實也讓我更煎熬了。如果知道自己再怎麼努力都救不了她們，多少還捨得輕鬆一點。

「怎麼樣啊～」

螺旋捲小姐繼續慫恿。

拜託不要這樣啦！

小女僕我很怕人催的。這樣子我根本就做不出正常的判斷。她大概是明知如此才故意催的吧。

不愧是公主氣質的人。

或許是這個緣故吧，我的嘴不由自主動了。

「我、我要買！」

「哎呀，妳終於點頭啦？我好高興喔～」

「不是的，不是那樣。我、我、我要自己買！」

「……什麼意思啊？」

螺旋捲小姐一副不敢置信的臉。

這也是當然的，奴隸非常昂貴，不是平民說買就買得起。

聽說她們像這樣光溜溜的擺在籠子裡，是開門以後為了吸引客人注意才做的。其實價值和用途夠水準的奴隸，食衣住都還是會受到人道待遇，甚至比貧瘠的寒村好得多。至於商品價值低的奴隸，大部分都過得很慘。

「客人？」

老闆也懷疑起我來了。

表情就像在問我怎麼會說那種傻話。視線還在女僕與螺旋捲小姐之前來去呢，大概是在猜測我與螺旋捲小姐的關係吧。

可是要買的是我，不是螺旋捲小姐。

「請、請把那兩個人賣給我！我有錢！」

是國王賞的百枚金幣出場的時候了。

不過我沒有放在身邊。

要趕快回首都卡利斯兌現才行。

*

昨晚沒睡飽。

原因全都是在於金髮蘿莉美少女肉便器奴隸姊妹。從決心要買的那一刻開始，兒子就開始高歌未來，父親豈有不奉陪的道理，自然就熬夜了。

然而這次的睡眠不足讓我慵懶得很暢快。想到誘人的性奴就在唾手可得的地方等著我，處男的腳步便輕盈起來，一不注意就來到了歐曼先生的店門口。

然後在那裡，我得知驚人的事實。

「咦？賣掉了？」

「非常抱歉，已經有人下訂了……」

「這樣啊……」

實在是太遺憾了。

跟領地稅金被宰相的手下騙走一樣遺憾。

真的難過死了。

而或許是心情都寫在了臉上，歐曼說道：

「不、不過對方還沒付帳，說是要去準備現金。而我們商人，當然是希望商品盡量賣出高價。只要您出價更高……」

「這樣沒關係嗎？」

「您給我這麼好的店面，給點方便也是應該的。」

雖然對另一個買家不太好意思，這裡還是答應下來吧。

竟然想買金髮蘿莉美少女肉便器奴隸姊妹，肯定是個惡質的蘿莉控貴族。要是被那種人買走，肯定會被逼著含插射孕，摧殘得不成人形。

太糟糕了！實在太糟糕啦！

那種凌辱行為是我醜男的工作，誰也不准跟我搶！

「既然這樣，那就拜託您幫幫忙了。」

「我明白了。」

「謝謝。」

太好啦！

幸好跟歐曼有點交情。幸好事先送他這個店面。幸好他來鎮長府的時候有叫蘇菲亞拿高級點心招待。總之太好啦！

「那麼金額的部分，總共是這樣的。」

歐曼從懷中取出小冊子，寫出一串數字。

噢，比想像中貴多了。

不愧是柔菲特選的禮物。

這筆錢不能記在帳上，否則肯定會引起女僕的注意。別說好感度暴跌不可免，就連昨晚想到的藉口一個都不能用了。城裡所需的勞力，哪會值這麼多錢？

「知道了。不過，可以給我一點時間準備嗎？」

「好的，沒問題。等您的好消息。」

「勞您費心了。那麼，萬事拜託。」

現在只能努力賺錢啦！

對了，我是冒險者公會的會員嘛。

*

別過歐曼，和風臉迅速以飛行魔法離開龍城。

目的地是費茲克勞倫斯子爵領地中——地方都市多利庫里斯的冒險者公會。日前那場戰事中，我也受過這裡的照顧。醜男我想不到還有哪裡能偷偷地在短時間內賺大錢了。

「…………」

進門就先看張貼任務的告示板。

現在公會給我的冒險者階級非常低，以過去跟櫃檯接正常任務的報酬來看，想在期限內賺到歐曼秀給我的金額簡直作夢。非得忽視階級，直接要求高額任務不可。

所以先在告示板上找報酬率夠好的工作。

然而能在短期間賺取高額報酬的任務當然是可遇不可求。

「……沒有耶。」

有幾項任務的報酬是達到了目標，但礙於時間問題都不能接。相對於高報酬，每個都是為期數週或好幾個月的中長期任務。

這下傷腦筋了。

那就去首都卡利斯碰碰運氣好了。那邊人多，任務也很多吧？不不不，才剛跟理察鬧翻沒多久，還是別在這時候回去比較好。

看著看著，想著想著。

身旁忽然有人喊我。

「喂，你不是那時候那個黃皮膚的嗎？」

「咦？啊，你好你好。」

要開戰而遭徵兵時，我在這裡的櫃檯向這位公會櫃員領過裝備。光頭又渾身肌肉，再加上壓倒性的凶臉，印象實在深刻，再加上我又受過他照顧。

「你還活著啊！想不到你這樣的人命還滿硬的嘛！」

「我也是費了很大的功夫啊。徹底為國家盡忠之後，我回來報到了。」

「是啊，那就好。那一戰真的死了好多人啊。」

他的手在我肩上猛拍。

我穿旅人服裝就從龍城飛出來了，他怎麼也不會認為我是貴族吧。他豪邁地哈哈大笑，用酒友的語氣跟我說話。

「哎呀，平安就好。辛苦啦！」

「你也辛苦了。」

送人上戰場的人，心裡也不好受吧。當時沒時間想這種事，現在看那張凶臉笑嘻嘻的樣子，一股遲來的感慨油然而生。

可是之前到這裡找小岡時，他完全沒認出這張和風臉耶。可能是當時艾絲特與我同行，他把注意力都放在貴族身上，看都沒看我吧。

「你在看什麼？想找工作啊？」

「呃，是啊。可以這麼說……」

人都來了，就問問這行的專家吧。碰巧他也曉得我上過戰場，不會太看不起我吧？不行就算了，也沒吃什麼虧。

「我在找可以在短時間內賺大錢的工作。」

「喂喂，這麼便宜的事哪會說有就有。」

「這種事我也知道，不過我就是急需一大筆錢嘛。」

「短時間賺大錢啊……」

光頭猛男低頭尋思。

額頭上的皺紋章魚到不行啊！

片刻，他有了靈感似的說：

「多利庫里斯大概沒機會，你去派龐找找怎麼樣，搞不好會有肥缺喔？聽說那邊領主城堡被攻陷，整個城上下一團亂。像這種忙亂的地方，比較容易有好賺的工作。」

「原來如此，派龐是吧？」

沒聽過。照他這樣說，就是原本鑽頭捲的城堡所在的城市吧。

當時的確是鬧得天翻地覆，現在應該還是亂糟糟的吧。我也同意有騷動的地方就有賺頭。距離不遠，靠飛行魔法差不多一小時路程吧。

「不過在跨越國境上可能會比較辛苦吧。」

「那邊也有冒險者公會嗎？」

「嗯，有啊？兩國交情不好，所以跟這邊完全不一樣。」

「了解。既然這樣，好像值得看上一看呢。」

至少比回去首都卡利斯輕鬆多了。

我也有點好奇普希共和國的冒險者公會長什麼樣。

「謝謝你告訴我這麼多。」

「好，路上保重啊。」

我向光頭猛男敬個禮，離開冒險者公會。

*

我照預定走空路，約一小時後順利抵達目的地。

取代城堡的大坑依然健在。那張朝天張開的大嘴深到在正上方都見不到底。鑽頭捲到底想怎麼填這座坑啊？搞不好要挖掉一座山才夠呢。

想到自己要負一部分責任，心還是會痛。

不過那完全是她自作自受，現在就不管了。

「……這裡嗎？」

城鎮構造和多利庫里斯差不多。

沿大道稍走一會兒，就來到了看似冒險者公會的設施。路是跟城門守衛問的。跟首都卡利斯的衛兵差很多，友善得很。

「…………」

我推開西部片酒吧那種雙開小門，進入會館。

第一眼見到的是幾個大老粗互相比肌肉叫囂的畫面。

看來會館裡還有賣點酒食，不少人白天就喝起來了。地方不大卻擠滿了人，到處都是談話聲。

整個是到家的感覺啊！

忍不住想掉頭就走，可是想到一切都是為了金髮蘿莉美少女肉便器奴隸姊妹，鬥志也起來了。我就此走向像是服務檯的空間，告示板晚點再看也行吧。

結果不出幾步，我在裡頭發現了眼熟的人。

「……啊。」

是淫亂魔女。

在首都卡利斯的廣場表演全裸幹架的淫亂魔女。

那天夜裡，我心懷感激地拿來配了。

「哎呀，還真巧。」

同時，對方也注意到我。

不等我問候就先出聲了。

「啊？怎麼了？」

她面前是那個自稱大盜。聽她那麼說，大盜隔著椅背疑惑地轉過頭來，一和醜男對上眼就驚訝地睜大了眼。

其他還有幾個有印象又好像沒有的人圍著圓桌和他們喝酒，都是那群重刑犯吧。其中幾個發現醜男的存在就抓起了傢伙，顯然在警戒。

「怎麼這麼巧，好久不見了。」

不管在首都卡利斯怎麼樣，這裡是普希共和國，打個招呼不成問題吧？他們也全是不遮不掩地坐在這裡喝酒。在現代社會，罪犯遠走高飛到國外度假這種事也是一定要的。

「怎麼大老遠跑來這裡呀？該不會是反悔了吧？」

魔女離席向我走幾步。

在相隔幾公尺的位置面對面。

是想在有個萬一時先掩護同伴吧。

依然是個好女人。

好想無責任瘋狂內射。

「我先跟妳說，這真的只是湊巧，我並沒有反悔。我是因為需要某些東西才跑到這邊的公會來的。而且我是自己一個人來，沒有其他人在看。」

「真的嗎？」

「懷疑我的話，讓妳先掛上奴隸項圈也可以。」

好想當公車的性奴啊。

一馬當先向她跪倒。

畢竟她是邂逅當時始終沒有把視線從醜男身上移開的稀有女性。儘管亞倫的熱狗就在身邊晃讓人很錯愕，但我還是非常高興。

第一次見面就直視我的雙眼，還沒有討錢。

值得信仰。

「……我知道了。」

「太引人注意也不好，可以一起坐嗎？」

「好，請自便。」

我就這麼在魔女的邀請下，走向他們所坐的圓桌。

*

說謊招來不必要的懷疑反而麻煩，我便將事情的來龍去脈大致說明一遍。總之就是我想在短時間內賺大錢，於是多利庫里斯的冒險者公會介紹我來這裡，碰巧遇見了重刑犯一行。

告一段落之後，魔女頗為感嘆地說：

「想不到你也有這麼世俗的一面。」

「也沒什麼好意外的，我本來就是俗人嘛。」

「還以為你是聖人君子那類的。」

「那真是誤會大了。」

不過要錢何用這部分，我就混過去了。為脫處買性奴這種事，老實說出來只會自爆。像這個自稱大盜肯定會瞧不起我，他對幼女的生活福利可是很注重的。

「話說回來，這對我們反而是件好事呢。」

「……怎麼說？」

「你聽說過這座城新發現的遺跡嗎？」

「遺跡？沒有，第一次聽說。」

「這樣啊，那我稍微說明一下。」

遺跡是什麼啊？

疑問乍起，魔女很快就為我詳細解釋。

原來有人在蘿莉龍挖出的巨大洞穴深處，發現了不為人知的人造建築。裡頭有怪物出沒，最近派龐都在忙著處理這件事。

在這種狀況下，重建城堡根本是夢中之夢呢～鑽頭捲。

「想不到會發生這種事……」

「這裡的實際收入比想像中好很多，所以我們當前想在這兒籌點旅費再說。雖然我們已經離開佩尼帝國，這裡還是在他們的耳目底下，賺夠以後要到更遠的地方去才行。」

「原來如此。」

「所以我們有個提議，跟我們一起探勘遺跡怎麼樣？

現在消滅一定數目的怪物，就能跟城裡討賞，而我們的探勘已經相當深入，連地圖都做了呢。」

「的確是很有魅力的提議。」

「考慮到你的目的，這樣的選擇應該不壞。」

「可是其他人願意讓我同行嗎？」

我看向除了魔女和大盜賊以外沒什麼交流的其他人。

他們的團隊默契好不容易才培養起來，要是因我而出現裂痕就糟了。儘管已攻略地圖的存在十分誘人，但現在的醜男要單刷史蹟也不是問題吧，沒必要刻意組隊。

「你們都行吧？我相信他。」

自稱大盜的哈多頭一個跳出來。

其他人也隨之紛紛表示同意。我偷偷觀察他們的表情，沒看見任何不快。或許主要是受到帶頭的兩人影響，然而我也沒想到會這麼歡迎。

這些人還滿溫暖的嘛！

心裡都熱呼呼的了。

「你也聽到了，那我們明天就出發可以嗎？」

「知道了，屆時請多關照。」

「好，也請你多多關照。」

不小心就和重刑犯組團了。

能幹男性的假期，就是要為了性奴攻略地城啊！

*

【蘇菲亞觀點】

和奴隸商預定那對姊妹後，我走在回去的路上。

在通往鎮長府邸的北區大道走著走著，螺旋捲小姐忽然停下腳步。女僕跟著回頭看，發現她表情若有所思，最後問道：

「我說蘇菲亞，妳的錢真的夠嗎？」

問的是買奴隸的事呢。

「那個，我、我……」

我有獵龍時分到的賞金。

不過我在首都卡利斯把它換成其他形式了。這麼大筆錢絕不能讓爸爸發現，不太能保持金幣的樣子放在家裡。所以我利用家裡補貨的管道，轉換成了可以安穩久存的各種權狀。

所以這次買花這筆錢，需要將它們先換回現金，而這當然需要回首都卡利斯自己跑一趟。就算坐馬車，單程也要花五天吧，想到就有點鬱悶。

可是我都拍胸脯包下來了，不去也不行。

小女僕將這些話都告訴了螺旋捲小姐。

「哼～以一個女僕來說，還滿厲害的嘛～」

「沒有，您、您過獎了。這都是因為田中先生和法連大人……」

「不是說那個啦。」

「咦？那麼，請問是什麼……」

「既然如此，我可以幫妳這個忙喔～」

「咦？咦，請問……」

「憑妳的速度，不曉得需要跑幾天喔～如果在這時候賣掉了，不是全泡湯了嗎？說起來，妳、妳會買下來也是因為我的慫恿嘛～要是你回去跟老闆打小報告，我也傷腦筋嘛～」

螺旋捲小姐，真心話露餡嘍。

不過田中先生應該不會去管女僕的財務狀況啦。

「真、真的好嗎？」

「我跟妳感情這麼好，儘管包在我身上吧。」

「謝謝朵莉絲小姐。我、我好感動喔。」

螺旋捲小姐答應支援了。

想到自己不是孤軍奮戰，心裡安穩好多。

小女僕還可以繼續拚下去。

*

隔天，和風臉隨重刑犯隊伍來到地城。

我們深入鑽頭捲城原址的大洞，從隧道進入遺跡。

一行人用飛行魔法下降一段時間後，壁面出現不同於周圍的部分——許多磚頭般同一大小的石塊圍繞著一個空洞。

是穿過地底的通道型建築被蘿莉龍的魔法截斷，才會變成大洞壁面上的開口吧。洞就只有這一個，是遺跡目前所知的唯一出入口。

這讓人很好奇原本的出入口究竟在哪裡，但現在賺錢是第一優先，遺跡構造先擺一邊。我們跟隨帶頭的大盜，大步攻略地城。

「火球術！」

地點在通道。我先發制人，往不知遇上幾次的怪物丟顆火球。

排球大小，和早前在首都卡利斯的某黑店丟的一樣大。從轉角現身的怪物一中彈就瞬間燒得全身浴火，幾乎沒時間慘叫就倒了。

我在白煙騰騰的燒焦屍體旁保持警戒，沒等到後續怪物出現，和風臉便判定戰鬥已經結束。

並轉頭向後方備戰的同伴回報。

「看來只有一隻。」

「太好了。話說，真是沒想到石像鬼也能用火球燒掉呢……」

和風臉罩全場的預感。

被淫亂魔女誇獎的感覺好爽。

好想把臉埋在那對海咪咪裡大爆射。

「剛那叫石像鬼嗎？」

「是啊，魔法抗性很高，先前都打得很吃力呢。」

「這樣啊。」

敵方怪物的水準約在高等獸人上下。若是剛來到佩尼帝國時的我不是打得很辛苦就是被牠宰了吧，現在已經連塞牙縫都不夠。

雖然已經做掉了，好歹還是看一下這石像鬼的屬性長什麼樣。

名字：米開朗基羅
性別：男
種族：石像鬼
等級：58

職業：尼特
HP：0／11001
MP：10100／10100
STR：6809
VIT：5662
DEX：6752
AGI：10900
INT：12990
LUC：2105

確定敵人死透後，大盜向前邁進。

來到剛打倒的怪物旁邊，掠取討賞用的物證。能證明消滅石像鬼的部位就是耳朵了。他用劍柄從根部敲斷長長的耳朵，從懷裡取出皮袋收起。

「好，可以走了。」

大盜幹完活後說。

魔女隊長隨之下達指令。

「那我們繼續前進吧。」

從入侵遺跡至今，這樣的流程已經跑過好多遍。

老實說，這場攻略地城我玩得很開心。手上有大盜謹身製造的地圖，一路順暢，就像拿攻略本一樣。在空中放顆火球當燈，以及照在上下左右牆面上的火光都非常有氣氛。

目前出現過的怪物，除石像鬼外還有樹繩妖跟史萊姆，陣容無話可說。

要是哪裡有問題，就屬淫亂魔女仍未發表尿尿宣言了。我們的綠洲快在乾巴巴的地城地面擴散吧！

大盜都已經上兩次了，真是個尿多的傢伙。

「今天的攻略速度，完全不是先前能比的呢。」

魔女邊走邊說。

「這樣啊？」

「我們每打倒一隻怪物，都要花很多時間。」

「了解。」

若以安全為上，當然是穩紮穩打最好了。

畢竟通道只有三四公尺寬，高也差不多，很難用飛行魔法閃避。萬一敵方能突破火焰衝過來，就要跑給他追了。因為能穩穩殺敵，我們現在才會這樣打。

就這點來說，跟他們組隊是正確的選擇。

有人在前面吸怪，比想像中放心多了。

「照這樣來看，很快就能賺到你要的數目了。」

「真的嗎？」

「這裡的怪物強度高，報酬自然也高。遺跡跟怪物的消息已經逐漸在附近的城鎮傳開，有自信的冒險者會開始聚集過來，所以要趁現在最好賺的時候趕快賺一賺。」

「原來如此，那動作快一點比較好吧。」

「是這樣沒錯，可是不能勉強喔。有命才能回去換錢嘛。」

「知道了。」

真是意外的好消息啊。

看來不久的將來，我就能把金髮蘿莉美少女肉便器姊妹接回去了。一這麼想，就霎時渾身是勁。歐曼說他會在龍城待一陣子，這樣應該趕得上吧。

我就這麼和淫亂魔女邊聊邊前進。

不久，前方出現燈火似的光線，且左右牆面在那附近斷絕，感覺要進入比較大的空間了。從過去幾次的經驗來判斷，大概是小房間一類。

「前面應該有個稍微大一點的房間。」

大盜查看地圖後繼續帶路。

火光該不會來自其他漫遊地城的隊伍吧？這種強碰，最怕就是對方背刺。當各種疑問在腦中盤旋時，一陣人聲印證了我的想法。

「嗯！啊、啊啊！啊啊啊啊！」

是淫叫。叫得好淫蕩啊。

有女孩子在叫春呢。

「……怎麼了呢？」

「是啊，怎麼了呢？」

我和魔女一起往大盜看。

「呃，我也不曉得啊。要看過才知道吧？」

真是中肯至極的回答。

但那惹來了魔女的調侃。

「你只是想看光溜溜的女生吧？」

「少亂說！我、我早就看習慣了！」

「處男還敢說這種話。」

「！」

不會吧，真的是處男嗎！

原來是同胞啊！

為拯救同胞，處男立刻提議：

「在這裡亂猜也沒用，我們就去看個究竟吧，要是有人被襲擊就糟了。這裡人也能進，動手的並不一定是怪物。」

人跡罕至的深邃地城是輪姦女孩子的絕佳情境。雖然異種姦也不錯，但輪姦還是人類自己來比較興奮得起來。觸手強姦這種跟按摩棒自慰這種未來系差不多。

還是人類之間價值觀相近的意識互相碰撞比較銷魂。

「說得也是，快走吧！」

淫亂魔女隨即同意。

大家都跑起來，奔向通道彼端的小房間。距離並不長，我們提防著陷阱一類，跑過這幾十公尺。

隨後衝進我們眼中的畫面，ＧＪ極了。

「啊！啊啊！啊啊啊啊啊啊啊啊啊！」

是神情恍惚，淫聲媚叫的女體。

大量觸手纏縛女體，在其周圍不斷蠢動。順著觸手找到的源頭，有顆巨大的眼睛。眼珠乍然一轉，直盯進入房間的我們看。

是樹繩妖。

正在對剝得半裸的女孩做色色的事。

要說ＯＵＴ還是ＳＡＦＥ嘛，當然是ＩＮＳＩＤＥ。

而且我見過這女孩。

不是別人，正是梅賽德斯的肉便器。

「距離這麼近，他的火球就不能用了，我們自己來處理吧。田中先生不好意思，請你幫我們注意有沒有其他怪物來襲。」

「啊，好。知道了。」

當肉便器妹妹的鹹濕鏡頭奪占我的視線時，魔女從旁下了指示。看來和風臉只需要鑑賞她的淫相就行。希望可以看上一個小時。

然而，重刑犯團手腳很俐落。

在他們世間少有的團隊配合之前，樹繩妖很快拋下女體，開始非常普通的戰鬥。醜男為執行補師的天職，來到呼呼喘息，不時痙攣的她身邊。

「我馬上幫妳治療。」

「啊，走開。我、我還要……」

「…………」

濕濡的眼眸欲求不滿地注視樹繩妖的觸手。

放心，我懂。

但是很遺憾，醜男什麼忙也幫不上。

社會倫理道德這些鬼東西，又葬送了一個人的幸福。

多重全自動鮮肉按摩棒，就這麼在肉便器妹妹眼前慘叫著倒下了。

*

等肉便器妹妹平復下來，我們向她詢問事情經過。

原來她是以普希共和國士兵身分進入這座史跡調查。城鎮裡出現一個有怪物棲息的地城，這也是應該的。

但是任務途中遭遇這隻樹繩妖，同伴留下她一個跑了。憑她一己之力當然是無法抵抗，一直被玩弄到現在為止。不曉得有幾成是實話。

她的師父也做過類似的事呢。

無論如何，我能了解她想來這裡的心情。

「既然這樣，就讓我們送妳回城吧。」

果不其然，淫亂魔女如此提議。

真的是個好女人啊。

「不了，我、我還有任務……」

「妳這樣的裝備戰鬥不下去吧，應該要回去補充才對。我知道妳擔心同伴，但是在擔心那些丟下妳的人之前，妳要先顧好自己的身體。」

「…………」

肉便器妹妹用極為懊惱的眼神瞄和風臉一眼。

那表情彷彿在要我幫她解釋。

可是就算瞪出洞來，處男還是無能為力。拜託住手。

吸我的老二解渴比較快。

「那麼，今天就先回去吧。」

「好，就回去吧。」

獲得大盜同意後，我們決定返回城鎮。

其他人並沒有異議。怪物也幹掉了不少隻，差不多該撤收了。

只有肉便器妹妹依依不捨地注視樹繩妖的殘骸。

此後，我們每次進入地城都會看到她被樹繩妖或史萊姆這些怪物強姦，不過這又是另一個故事了。

*

【蘇菲亞觀點】

弄現金比想像中更花時間。

使者從龍城騎快馬趕往首都卡利斯，將我換成其他形式的資產兌現再快馬趕回龍城送前，這樣就花了幾天時間。

而且這還是用上了螺旋捲小姐的名字，聯絡和作業本身都十分順暢的情況。即使是外國人，貴族頭銜還是很厲害呢。而這位使者，是請黃昏戰團的人幫忙的。

我一個人做不到這種事吧。如果是自己辦，光是來回就要十天了。考慮到需要保鏢跟一些有的沒的，再怎麼快也要半個月。

真是打從心底感謝幫助我的所有人。

多虧他們，我才能這麼快又順利地拿到這筆錢。

於是今天，我們再度來到北方地區的奴隸商。

這次沒有在展示間談，而是一進門就直接帶進會客室。硬要跟來的螺旋捲小姐就在身邊，我們在長長的沙發上並肩而坐。

老闆隔張矮桌坐在對面。

他深深鞠躬以後，說的是道歉的話。

「非常抱歉，其實這對奴隸要賣給其他人了……」

「咦？要、要賣給其他人？」

「真的非常抱歉。對方說無論如何都要她們。」

老闆以十分愧疚的表情繼續說：

「這位客人是以前對我有過大恩的貴族，也給了我不少投資。所以蘇菲亞小姐，真的非常抱歉，能請妳……」

原本只是付錢領人就結束的事，用不了多少時間，我還打算在回程上幫她們買點小孩的衣服，結果就聽見這個壞消息。

螺旋捲小姐當然是抗議了。

「哎呀～先說要買的是我們吧？」

「是沒錯，不、不過對方是大派系的貴族，要是一個不小心，說不定會給二位造成不必要的麻煩。若有需要，請讓我再介紹幾個不錯的貨。」

「你的眼睛是瞎了嗎？我也是大派系的貴族喔？再說，商人把顧客的身分告訴別人，本身就會造成信用問題了吧～？」

「咦？啊，是、是的！您教訓得是！可是您的伴看起來只是平民，而且貨物的去向會從哪裡洩漏出去也不知道，以後要是有個萬一……」

「哎呀～要說這種話嗎？她要買的東西，就等於是我要買的東西，這點你能懂嗎？」

「唔……」

老闆臉都綠了。

他沒想到螺旋捲小姐會在買奴隸的事情上替我出頭吧，我也沒想到。說不定她就是知道可能會有這種事，才硬要跟我一起來的呢。

「這、這這、這這這，您說得是！」

被螺旋捲小姐這個貴族一逼，老闆慌了起來。

說不定老闆夾在兩個貴族中間，其實也很為難，畢竟他只是個平民商人。像我家隔壁的隔壁那間雜貨店，就是因為這種事搞得家破人亡，女兒和太太都淪為奴隸了。

「對了，那、那個，請恕我冒昧，請問您的尊姓大名是……？」

「我嗎？你問我嗎？」

「是、是的。請務必告訴我您的大名。」

「我是普希共和國的貴族，朵莉絲・歐布・亞杭子爵！」

螺旋捲小姐平時很少對平民表示自己的身分，還會跑到平民那邊一起玩呢。但是在今天，她特別強調了這件事，大概是為了小女僕吧。

這一點跟艾絲特小姐還滿像的呢。

「我的天啊，原、原來您是亞杭公爵家的千金嗎！」

「是啊～我是亞杭公爵家的喔？」

「我在共和國也受了府上許多照顧，嗯，真的很多很多……」

「既然這樣，你有沒有話想對她說的呀？」

「看、看來非要不可呢。貨本身還在我們店裡，而且是兩位先訂下的，嗯，我、我會再盡可能跟對方談談。」

「什麼嘛～還是可以談的不是嗎～」

「…………」

老闆額頭上滿滿都是汗。

好像很難受。

「可是有一件事，我想跟先確定一下……」

「好、好的！什麼事！」

「我還能向您介紹同樣價位而且更好的貨，不知道您有沒有興趣？您要的貨其實有點問題，個人不是很推薦。以後想在佩尼帝國裡賣掉的話，恐怕要打很多折扣。」

有問題，聽起來好嚇人喔。

該不會是有傷病在身吧？那麼請田中先生幫個忙，應該就能治好了。公主殿下的病連法連大人都束手無策，他卻一次就解決了呢。

「那個，我、我真的只要那兩個孩子。」

小女僕據實以告。

我不能在這裡退縮。

不然就糟蹋螺旋捲小姐這麼挺我了。

「其他奴隸真的不行嗎？」

「抱歉讓您為難，拜託，請、請、請您幫幫忙！」

我低頭大聲拜託。

老闆的提議其實很有魅力，我超想要又帥又勇猛的奴隸。拿到那一大筆錢以後，我就一直在考慮這件事。怎麼現在會想要買這對小妹妹呢，真傷腦筋。

在我往後的人生中，不會再有機會拿到百枚金幣這麼大一筆錢吧。未來的每一天，我都會為這個決定後悔吧。但是我還是決定了，決心要買了。所以，我要憑自己的意願買下來。

帥哥奴隸莎喲娜啦再會啦。

「那個，真、真的不行嗎？」

「…………」

這時老闆的表情起了變化。

原本因螺旋捲小姐的逼迫而慌張的表情在聽了小女僕的訴求之後忽然變得哀淒。我向來都覺得奴隸商是很可怕的人，原來也有人會有這種表情呢。

「……原來是這麼回事啊。」

該不會是誤會些什麼了吧。

他稍微放柔聲音說：

「既然這樣，我就盡可能來幫妳吧。雖然在這裡不能跟妳保證，但我願意盡力到最後。為此，非常抱歉，可以給我兩天時間嗎？」

「真、真的可以嗎？」

「別放心上，造成妳的困擾，我才抱歉呢。」

老闆恭敬地低下頭。

說不定他其實是個好人。

談好以後，小女僕跟隨螺旋捲小姐起身，匆匆離開會客室。踏進走廊之際，店長忽然低聲說：

「蘇菲亞小姐，祝妳在新主人底下也能過得幸福。」

「咦？啊，謝謝。」

新主人是什麼意思？

聽不太懂。

不管了，多半是因為那對姊妹吧。

＊

地方都市派龐的地城生活稍縱即逝。

起床就進地城打怪到天黑為止的奇幻遊戲生活持續了幾天，醜男終於達成目標，桌上有一大排金幣。

賺到歐曼跟我約好的金額啦！

「感謝各位，我終於籌到足夠資金了。」

錢放在冒險者公會的一張圓桌上。

重刑犯團隊的成員也一起圍著桌子，全都是陪伴我攻略地城到今天的人。最後一次清點就在剛才結束，徹底告一段落。

「能順利籌到錢真是太好了。」

淫亂魔女微笑著點點頭。

結果到最後的最後，我還是沒能見到她在地城裡撇尿的倩影。要說哪裡遺憾，也只有這裡吧。整段攻略過程，可說是一帆風順。

「可是這樣真的好嗎？這占了整體報酬的一半耶。」

「只憑我們自己，連這一半都賺不到呢，都是因為有你才有這個結果。既然你貢獻這麼大，給相對的酬勞也是應該的。」

「謝謝各位這麼替我想，我誠心收下了。」

分我這麼多，人真是太好了。

即使很不好意思，我還是滿懷感激地把剛排上桌的金幣裝進當錢包用的皮袋裡。托皮袋的手傳來的感覺比想像中更沉。

這就是純潔處女膜的重量啊。

「那麼，你要立刻回龍城去了嗎？」

「是啊，我是這麼打算的。還有什麼需要我幫忙的嗎？」

龍城的事是我在探索地城途中跟他們聊起的。不過升男爵的事可能會比較麻煩，我就含混帶過，說自己是在那座城受人照顧。

「沒有。既然這樣，你就回去吧。其實我們也差不多該出發了，目前在這裡沒有其他事要做，所以等於是就此別過。有點寂寞呢。」

「這樣啊，的確是有點寂寞。」

我想他們早就賺到充足旅費，是為了幫醜男湊錢才待到最後吧。這麼豪爽地分出一半報酬，肯定是這個緣故。明明比我不能久留，但還是大方留下來了。

雖然被冠上重刑犯之稱，骨子裡一定都是好人。

「既然有緣，說不定又會一不小心就碰面的啦！」

場面有點感傷時，大盜說話了。

該不會是捨不得我走吧？

「希望下次見面不是牢房，而是更好的地方。」

「哈哈，說得對。」

別說我，那對他們來說絕不是可以開玩笑的事吧，但他們仍保持這樣的輕鬆活在當下，以後也不會有問題吧。再說他們團隊默契這麼好，相信遇到什麼事都能夠化險為夷。

「…………」

那麼，這群重刑犯要到哪裡去呢？

突然很好奇。

可是現在問這種事太破壞氣氛，就忍住了。

「……嗯？怎麼啦？」

「沒事，別在意。」

又聊了一會兒後，和風臉準備離開。

不能在這裡耽擱太久。要是歐曼離開龍城，我這些努力就全泡湯了。雖然他應該不會不告而別，但人家也是會有不方便的時候。

「不好意思，我差不多該走了。」

我這麼說著離席。

重刑犯一行也起身送別。

「有緣再見。」

「再見。」

明明只相處幾天，心裡就這麼惆悵。

「嗯，謝謝各位大力相助。」

我就此獨自離開冒險者公會。

發動飛行魔法，直奔龍城。

*

從亞杭子爵領地的都市派龐起飛約一小時後。

這一刻終於要來了。

和風臉腳步急切地來到歐曼商館，隨員工進入會客室，老闆就在裡頭。我在他招呼下坐上沙發，迫不及待想見我可愛的新娘，心兒怦怦跳。

而這蘿莉控所得到的，是接下來這句話。

「其實呢，在您之前下定的那位客人是普希共和國的大貴族，所以真的很不好意思，在這個狀況下我還是不太方便賣給您。」

看來上次那件事還有麻煩的後續。

歐曼先生說和我競標金髮蘿莉美少女肉便器奴隸姊妹的對手是鄰國的大人物，且準備了比我更高的資金。

店家當然會想賣給出價高的客戶，且對方還是大貴族。即使國別不同，也不是領地偏僻的新手男爵比得上。

我十分能理解他想說的話。

「原來是這種狀況啊。」

完全是預料之外。

死處男完全是抱著帶回家的心情來的，還很雀躍地在計畫邊插姊姊邊舔妹妹一堆有的沒的，亢奮得腳都有點抖。人在面臨第一場戰鬥時，都會有這種顫抖。

結果聽到他的話之後，整個抖不起來了。

「不過，我還是非常希望繼續與田中男爵您維持良好關係。假如可以接受，我再用現在這個價介紹等級更好的給您，不知您意下如何？」

真傷腦筋。

買其他奴隸，我準備的藉口就毀了。

這完全是救人，沒有任何歪腦筋喔。我是抱著非常純粹的心態在救人，不是想讓雞雞達陣喔。不是想舔爆喔。就只是想從普希共和國的變態貴族手中拯救美少女而已喔。

或許終有一天，這會演變成薄幸奴隸姊妹跟我玩3P，但這不在我的預期之內。和土耳其浴一樣，目的絕不是打炮，純粹是去洗澡的，結果卻乾柴烈火一發不可收拾而已。

「對不起，真的是非她們不可。」

「無論如何嗎？」

「對，無論如何。」

「這、這樣啊……」

歐曼表情十分煎熬。

夾在客人之間這種事，我也能感同身受。見到他那樣的表情，我也覺得很對不起他。但是，死處男仍然不願放棄金髮蘿莉美少女肉便器奴隸姊妹。

「知道了，那我再試試看。」

「不會太勉強嗎？」

「不會，可是或許會需要您一點幫助，可以嗎？」

「那當然，只要是我能幫的請儘管說。」

「那麼非常抱歉，我需要提高售價，這樣才有籌碼能談。雖然我一定會盡全力逼退對方，不過很遺憾，我無法在此向您保證一定成功，這點還請您體諒。」

「這麼麻煩您真是不好意思，但還是萬事拜託了。」

「那個關於金額，最少也需要這樣……」

歐曼同樣從懷中取出小冊子翻起來。這世界沒有電腦這樣的資管工具，所以都是用口袋裡的筆記本管帳吧。

「……這樣啊。」

怎麼漲這麼多啊。

近兩倍耶。

可是她們值得。

她們可是有膜姊妹呢。

「我明白了，一定會準備好。」

「謝、謝謝這麼體諒。這筆錢，請您在兩天後的早上交給我。我跟對方是約在兩天後交貨，要是錯過，我恐怕說破嘴也圓不了了。」

「知道了，兩天後的早上吧。」

頗像是不可能的任務。

這次得在兩天之內賺到前幾天賺的錢。一般而言，遇到這種條件也非得放棄不可。說不定這就是歐曼要的呢。可是呢，和風臉不會放棄喔。放棄了，處男資歷就不會結束喔。

「田中男爵，麻煩您再配合一下了。」

「好，兩天後我會再來的。」

兩人互相敬禮，結束談話。

醜男轉換心情，離開沙發快步走出商館。現在分秒必爭，頭一抬就發動飛行魔法，升上天空。

目標已經確立。

那就是出現在地方都市派龐的遺跡地城。

最後這兩天，我要全力攻略。

看我把魔王也一起推掉！

*

【蘇菲亞觀點】

和歐曼先生約好的日子到了。

小女僕照例在螺旋捲小姐的陪伴下前往他的商館。

員工似乎記住了我們的臉，一進門就帶到會客室。

「亞杭小姐、蘇菲亞小姐，讓妳們久等了。」

歐曼先生已經在房間裡。

其他還有兩張熟悉的臉。

不是別人，就是奴隸姊妹。

她們與先前髒兮兮的樣子截然不同，穿上了非常可愛的潔白連身裙，且做工質料都不輸貴族水準呢。至少比我穿的女僕裝高級太多了。

而這也讓箍住她們脖子的項圈好顯眼。

「啊……」

「……」

兩人見到我時都驚訝得張大了眼睛，甚至能聽見她們倒抽一口氣的聲音。說不定到今天都不知道誰要買下她們呢。

「您要的貨就在這裡，她們穿的衣服都是附送的。這次交易給亞杭子爵添了不少麻煩，這是一點小小心意，還望子爵海涵。」

「哼~還算有誠意嘛~」

「希望您未來也能繼續關照。」

「好，我會考慮。」

「感謝亞杭子爵寬宏大量。」

老闆深深行禮。

螺旋捲小姐表情滿意極了。

「那麼蘇菲亞小姐，我們趕快來辦手續吧。」

「好、好的！」

我趕緊坐到沙發上。

前方桌上已經整齊擺好一張張文件，紙上寫滿了字。我一個角落也不放過地仔細閱讀。

途中，螺旋捲小姐的視線從旁探了過來。

我偷偷看她的側臉，發現她也在看文件，而且表情非常認真。和平常老愛喔呵呵的她完全不一樣，甚至有股英氣。原來螺旋捲小姐也會有這種表情啊，心臟不禁跳了一下。

「蘇菲亞，那邊的拿過來~太遠了看不見~」

「啊，是！」

我連忙將女僕這邊的文件交過去。

她好像是要幫我一個角落也不放過地仔細看一遍。

突然間，我覺得好放心喔。想不到螺旋捲小姐也會有給我這種感覺的一天。好像能理解艾絲特小姐為何將她視為競爭對手了。

「……應該沒問題吧~」

最後，她給了我肯定的答覆。

文件裡到處是難懂的字詞，讓才疏學淺的小女僕看得很緊張。有螺旋捲小姐點過頭，讓我好安心。這次真的是從頭受她照顧到尾呢。

螺旋捲小姐，實在太謝謝妳了。

我在心中這麼說，並從懷中取出裝金幣的皮袋。

「那個，請、請您點收。」

「好的，請稍等。」

老闆接下買姊妹的錢了。

他輕柔地打開袋子，一枚一枚地拿出金幣數。我看得好緊張，深怕自己數錯了。直到最後一枚百上桌，老闆的視線才回到我身上。

「謝謝，數字沒錯。」

「好、好的！」

「從這一刻起，這兩位小姐就是蘇菲亞小姐您的了。」

「！」

老闆理所當然的一句話讓我的心猛力一跳。

自己買了奴隸的真實感到現在才在我體內流動起來。回頭想想，我還是有生以來地一次花這麼多錢呢。

想不到我會比主人先有奴隸。

「辛苦了。希望妳以後能過上幸福快樂的日子。」

老闆看著螺旋捲小姐說。

和剛見面時相比，他的眼神柔和了好多。

「哎呀～為什麼要看著我說這種話呢？」

「亞杭子爵胸襟之寬大，讓我歐曼深感欽佩。」

「嗯？好啦，隨你怎麼說。」

「外頭已經備了馬車，請一併坐車回去吧。」

對了，我該跟她們說些什麼才好呢。

想不太到耶。

啊，對了對了。回到鎮長府邸以後，先請田中先生幫她們看看吧。老闆說的「有問題」三個字，依然在女僕心中結著小小的疙瘩。

「…………」

想著想著，我忽然注意到一件事。

這幾天都沒見到田中先生呢。

＊

處男正轟轟烈烈地攻略地城中。

與歐曼先生講好之後以經過了一天，第二天也分分秒秒過去。為此焦急的我三步併作兩步向前進。在狹窄的地下遺跡裡，不能用魔法飛來飛去。

肩上吊著裝殺怪證物的大皮袋，我都是殺到裝滿才到地面換錢，然後立刻返回地城繼續殺，並不眠不休地反覆。

都刷了不曉得第幾趟，距離目標還是很遙遠。

我全是亂逛亂打，遇敵率明顯比上次低很多。距離出入口近的樓層幾乎遇不到怪，我自然就深入再深入。

起初不時會見到的冒險者，也隨深入漸漸減少，現在完全遇不到了。所幸怪物的出現率並沒有因此下降。

「唔喔！」

又踩中陷阱，不知是第幾次了。

我踏穿地面，人往下掉。

倉促之間用飛行魔法懸浮身體，眼睛跟著往腳下開啟的空間看去。底下是一大堆尖銳的金屬棘刺，排得一點縫隙也沒有。

「…………」

少了大盜，才感受到他的偉大。不帶他隻身入侵地城，實在是危機四伏。怪物一發火球就能解決，可是陷阱就不曉得會玩什麼花樣了，很恐怖。

但即使要賭上性命，我也要達成自己的目標。

寫作奴隸，讀作妻子。

其他路早就已經斷光光了。

「……加油。」

沒時間在陷阱上逗留。

我以最後衝刺的心態向前衝。

既然遺跡在地下，我便不斷往下尋找敵人。打倒怪物、中陷阱、下樓、打倒怪物、中陷阱、下樓的動作反覆再反覆。

熬通宵的那種亢奮開始充斥全身。

路上還經過了梅賽德斯的肉便器。

「拜、拜託，留這隻樹繩妖給我……」

「不好意思，我趕時間。」

當場無視。

我知道這樣很敷衍，但也是逼不得已。新車在等著我呢，哪裡還有嫌功夫照顧中古車。新車配新車，好一對天作之合。處女膜之神與處男之神一定是對等關係。

我行的。還早得很，我一定行。

我對自己這麼說，並壓抑著飛揚的心情奔過地城。

最後，總算來到像是終點的地區。

「……真的假的？」

近三公尺高的巨大門扉聳然鎮坐於通道之中。

與過去的門截然不同。

十之八九是魔王的房間。

這樓層沒有其他像樣的房間，上一層我也每個角落都逛遍了。如果要繼續獵怪，非得通過這扇門不可。不過要打魔王了，我還是會緊張。跑出強怪來怎麼辦？

「…………」

不，現在不是皮皮挫的時候。

為了接回新車家人，管他魔王是一個還兩個，我都要用火球輕鬆ＫＯ。

「好。」

下定決心後，我擊出一顆大一點的火球。

剎那間激出轟然巨響，門往通道另一邊炸飛。用手開不曉得會中什麼陷阱，從過去經驗判斷，門後有陷阱的機率很高。

緊接著，房內傳出慘叫聲。

「嘎啊啊啊啊啊！」

好像是門砸到人了。

是魔王嗎？

是魔王吧。

待煙塵散去，我跨進門框另一邊。

這裡與先前的狹窄通道和小房間不同，非常寬敞，大概有一百平方公尺吧。不只又寬又深，高度也很夠，有中小學體育館那麼高。深處地面有個稍為墊高的部分，有謁見廳的感覺。

台上有張椅背損毀的寶座。

一旁有個人狼狽地抓著它。

「……不好意思，請問你是哪位？」

「我、我才想問你咧！你是什麼人！」

吼叫聲響遍整個廳房。

對方是年紀與魔導貴族相仿的男性，M字禿的黑髮梳成油頭。眼睛赤紅，披了件能覆蓋全身的紅內襯黑披風，皮膚顏色是病態的蒼白，五官輪廓有柔菲爸爸那麼深。

而且是帥哥。

「我是田中，你呢？」

「…………」

沒回答。

好像在提防我。

「怎麼了嗎？」

「你是亞杭那邊的人嗎？」

「什麼？」

意外聽見鑽頭捲的姓，嚇我一跳。

話說她也是未開封全新處女，不禁想起那張喔呵呵笑的活潑巨乳蘿笑臉。一想到她隨風盪漾的裙襬下還有毫髮無傷的處女膜，心裡就暖呼呼的。

那一片膜就是她傲氣的來源。

「到、到底是不是！」

「說哪邊的話，還算是認識啦……」

「！」

我含糊回答，對方表情不變。

看來他跟亞杭家有點恩怨。

那說不定和遺跡位在鑽頭捲城地下有關，可是那跟他為何住在怪物猖獗的地城裡，目前還看不出關連。

「嘖，既然被你找到就別怪我狠心，納命來吧！」

不由分說就要開打的預感。

他腳下浮現魔法陣。

「吃我這一擊！」

對方的手隨這一吼射出七彩光束。

是附近地區的人都很愛用的魔法呢。

「……」

和風臉丟火球對付。

我對幾十條光帶射出同樣數量的火球，一一對撞而炸裂。轟轟轟的連續重低音，透過空氣搖撼骨髓。感覺頗暢快。

「什麼……！」

同時我查看他的屬性。

名字：羅伊・阿蒙
性別：男
種族：吸血鬼
等級：199
職業：喪家犬
HP：121010／151000
MP：228021／240111
STR：13000
VIT：14010
DEX：20002
AGI：10035
INT：29100
LUC：1100

不愧是魔王，與其他怪物有明顯區隔。

「難道你、你也是……魔族嗎？」

「…………」

他戰戰兢兢地問。「也」指的是他見過噁長毛吧，看來眼前這個人肯定認識鑽頭捲。兩者之間究竟有怎樣的糾葛呢？

「不好意思，有話慢慢說吧？」

「……到現在還說什麼？」

「我沒有攻擊你的意思，來到這裡就只是湊巧而已。」

「…………」

無論如何，我決定先問出點資訊出來。

沒想到，他很乾脆地說了一大堆。

因此揭露的是鑽頭捲的過去。

直至幾個月前，治理這裡的還是前一個貴族，而眼前的吸血鬼是那個貴族的心腹。既然跟權貴結夥，自然是吸了很多油水。

獲得貴族地位並操縱怪物施暴。

鄰近地區都成了他恣意玩弄的對象。

說不定領主也被他操控了。

後來有人在共和國的中央議會告發了這件事，甚至予以制裁，而這個人就是鑽頭捲。被視為怪物的吸血鬼和貴族遭到肅清，最後這裡成了鑽頭捲的領土。

巨乳蘿不愧是巨乳蘿，演出了一場不輸艾絲特的加官晉爵秀。

而遭到肅清的吸血鬼則如眼前所見，隱居到地下城樓裡療傷，引頸期盼復仇之時。結果蘿莉龍的猛攻暴露了他的藏身處，還被捲進死處男的賺錢計畫中。

「原來是這麼回事啊。」

「所、所以你想怎麼樣？」

他是從剛才的攻防中發現自己處於劣勢吧。

會這麼問，表示他也是個謙遜的人吧。

「迫害與我有相似外形的人，我心裡也不好受。而既然我們有都認識的人，我想盡可能和平解決這件事。」

「…………」

鑽頭捲究竟知不知道自己的城堡底下有怪物棲息呢？嗯長毛那麼愛主人，說不定沒告訴她。直接在這裡神不知鬼不覺地處理掉也是可行。

但是假如鑽頭捲知道吸血鬼的存在，打倒他就有可能破壞我跟鑽頭捲的感情了。因此我必須慎重，不能冒然動手。

「有件事我想問清楚，你現在還想殺她報仇嗎？」

「…………」

吸血鬼沉默不語。

一會兒後，他終於開了口。

「好、好吧……我走。」

「你也決定得真突然。確定就這麼走了嗎？」

「我還不想死。在吸血鬼裡，我還算年輕的呢。」

「了解。」

這個人個性比想像中還乾脆嘛。說不定是被鑽頭捲修理過後，對她有所恐懼。無論詳情如何，這對我是好事。既然他自願要走，我也沒理由留人。

「年輕氣盛這種事，不、不是很常有嗎？你們人類也會吧？」

「是啊，或許是這樣沒錯……」

喔不，等等。

我有留人的理由啊。

要是讓他就這麼走了，醜男不就糗大了嗎？這個遺跡似乎就是眼前這位吸血鬼的傑作，有怪物出沒也是拜他所賜。

他還有重置怪物的重責大任在啊！

「不過，這也未免太對不起你了。」

「說什麼傻話，至少比乾等那個魔族殺進來好多了。」

「這麼大的一座地城，還是不要說放棄就放棄比較好吧……」

「我要走了！現在就走！好不容易弄到這麼一副不會衰老的身體，死了不就一點意義都沒有了嗎？下次我會做得更好。」

「可是……」

眼睜睜放它走，我就無處賺錢了。

非要阻止他不可。

但他似乎是意志堅決。

「好吧，我把地下收集來的寶物都給你，夠、夠了吧？不要再糾纏我了！我要趁早趕快走！誰要跟魔、魔、魔族再有牽連啊！我受夠了！」

話一說完，吸血鬼就從寶座邊跑掉了。

那腳步是一個匆忙。背影霎時遠去，消逝在走廊盡頭。他是真的很害怕噁長毛吧。地板上激起的腳步聲，轉眼就聽不見了。

和風臉只能愣愣地看著這一切。

地城裡的怪物在他走了之後會繼續補充嗎？應該不會吧。這裡有沒有水源都很難說，恐怕沒有自然棲息的樹繩妖或史萊姆。石像鬼這種就無疑是人工產物了。

好啦，現在該怎麼辦呢？

為接下來該怎麼賺錢頭痛時，王座後方的房間角落忽然傳來叩的一聲乾響。原本沒有任何動靜之處，好像有什麼移動了。

往那一看，見到的是一道往下的階梯。

「喔、喔喔……」

現在的我感覺是RPG到不行啊！

吸血鬼臨走前的話在腦中迴響。

寶物。

是寶物啊！

＊

離開普希共和國地方都市派龐沒多久。

和風臉回到了龍城。

懷裡裝了飽飽的金幣，胸口的衣服都拉垮了，支付歐曼先生提出的款項也綽綽有餘。地下遺跡的吸血鬼，比想像中更會儲蓄。

這樣醜男就能把金髮蘿莉美少女肉便器接回家了。

——我以為是這樣的。

「……啊。」

到達歐曼先生商館的當下。

原本停在門口的馬車駛動起來，而且樣式和先前歐曼先生用的不一樣，頗為豪華。不是用來送貨，是用來載人的，還是有點身分的人物，例如貴族。

心中立刻大嘆不妙。

從後窗瞥見的容顏更是將預感化作了肯定。

雖然只有那麼一瞬間，和風臉仍在小小玻璃窗的另一邊見到了金色。被我看到了。視線順金黃色頭髮覆蓋的漂亮臉頰往下探，下巴底下有個粗糙的金屬項圈。

「…………」

剎那間，我似乎與她四目相交。

大概是姊姊吧。

但那身影很快就消失在馬車中。大概是車裡其他人把窗簾拉上，再也看不見裡頭的狀況。馬車就這麼叩叩叩地踏著輕緩節奏，不知要駛向何方。

「…………」

我也沒有攔車的道理。

對方是用正當手段買下他們，就算對方是蘿莉控貴族，我也不該橫刀奪愛。我也是蘿莉控貴族，我當然懂。要是我被搶，一定會傷痛欲絕。

「……田、田中男爵。」

商館有人對我說話。

轉頭一看，歐曼站在門前。

「那個，非、非常抱歉。對方先來了一步……」

「看來就是這麼回事。」

他說得沒錯，太陽已經爬得很高。

是我沒能在早晨時間赴約。

他想盡辦法拖到現在，和風臉卻遲到了。沒能在約定時間趕到。錯不在歐曼，全都得怪我自己的愚蠢。

而這是非常、非常非常悲痛的事。

「田中男爵，這次我處理不當，害您白費苦心，真的是萬分抱歉。我知道她們是獨一無二，但、但如果您願意，我向您保證一定會弄到更好的貨來給您。」

歐曼不知在說些什麼。

傳不進處男心裡。

我就是非她們不可！

非她們不可啊！

「啊，對了！田中男爵，我接下來要到普希共和國的奴隸市場調貨，若您願意，不如就與我同行吧？這個市場一年就只有幾次，而且貨物種類是五花八門，錯過可惜啊。」

「這個提議是很動聽，但我現在不需要了。」

「啊，田、田中男爵！」

「給您添了這麼多麻煩，我也很抱歉。先告辭了。」

緊繃到現在的心弦一下全斷了。

突然覺得好累，回家吧。

回家好好睡一覺。

沒錯，這就對了。

「請留步啊，田中男爵！田中男爵！」

歐曼的聲音，聽起來好遠好遠。

和風臉背對著那朦朧的聲音，離開了商館。

*

這幾天為了錢疲於奔命，肉體跟精神都累壞了吧。

和風臉一撲到鎮長府裡我房間床上，睡意馬上就來了。睡得跟死豬一樣。再回神已是隔日，太陽曬屁股了。

「…………」

剛醒來，就想到奴隸商館門前那一幕。

我就這麼躺在床上，望著石牆術牌天花板想這想那。

然後全都已是過往雲煙，床邊桌上的錢包一枚金幣也沒用到，圓滾滾一整包。

「…………」

是不是放自己幾天假比較好啊？

真的好累。

雖然是自作自受，但我真的好累。

想到這裡，我慢慢地重新閉上眼睛。

窗外透來的和煦陽光照得我好舒服。不會太冷也不會太熱，是正適合瘋狂賴床的好天氣。啾啾嘰嘰，麻雀般的鳥鳴聲不時傳來，心靈祥和到極點。這就是所謂風和日麗的下午吧。

「…………」

我要放假。

其餘免談。

今天就在床上過一整天好了。一步也不出房門，全心全意享受無為的時光。我的心也笑咪咪地選擇了睡回籠覺。

然而緊接著在下一刻，房外出現動靜。

「那個，田中先生，你、你在嗎……」

叩叩叩，有人輕聲敲門並這麼問。

是蘇菲亞的聲音。

蘇菲亞在呼喚處男。

「…………」

沒能拜請金髮蘿莉美少女肉便器奴隸姊妹，固然是極為遺憾，但和風臉還有蘇菲亞。想像自己還能與她有怎樣的生活，這點創傷也不是熬不過去。

嗯，沒有錯。

我可不能就此自甘墮落。

因為她也是處女。

「我馬上出去，可以稍等一下嗎？」

「好的。」

有膜女僕來叫我，豈有不理人的道理。我急忙起身穿衣，整理儀容。拉平皺巴巴的床單，被子也簡單鋪好。

房間弄到自己也看得過去以後，我拉椅子坐下。面前桌上散亂著之前發給黃昏戰團的各種施工指示。最後一手拿起筆，什麼事都沒發生過似的轉向門口。

再翹起一腿，低聲回答就完美了。

「請進。」

「打、打擾了！」

熟悉的女僕裝蘇菲亞開門進來。

同時瞄了瞄房內狀況。

沒問題，房間每一處都很完美。今天兒子是軟趴趴中的軟趴趴，不需要替他在褲子裡找歸宿。讓新玩具在眼前飛走，給了他很大的打擊吧。

「那個，有件事想拜託你一下……」

「拜託我嗎？不管什麼都儘管說。」

蘇菲亞有求於我呢，好高興呀。

我什麼都答應妳。

想吃雞雞？真拿妳沒辦法。

醜男同意後，她往走廊的方向看。哎喲喂呀我的天啊！保持敞開的門外，有兩個可愛的金髮蘿莉羞怯地進房裡來。

「不、不好意思，可以看一下這兩個孩子有沒有生病嗎……」

「…………」

她們穿白色連身裙真是好看極了。

後記

寫網路小說的人隨時可以修改自己的文章。

這對作者來說是一大優點，我天天都受其潤澤。當我覺得內容太刺激了點時，也會覺得以後再改就好，輕鬆上傳。

無論最後改不改都可以毫不猶豫地踏出第一步。以「先寫再說」這麼一個馬虎的想法為依歸，怡然自得地寫。於是這系列就變得這麼放肆了。

結果如各位所知，網路版錯漏字充斥，在邊喝邊寫的日子裡更是嚴重。錯漏字愈喝愈多，莫名其妙的描述也愈多。

到了第二天，自然就忘了打算以後再改的地方。

出門工作回來繼續寫時也早就忘光了。

而理所當然地，有人幹這種鳥事，就有人要替他收爛攤子。真的很抱歉，這樣的人的確存在。是誰呢？就是審閱本作的所有人。

本作在出版過程中，真的是經過許多人的幫助才能將網路刊載的文本修整成實體書籍的形式。其中最不可或缺的就是讓自己以外的人查看原稿。

書籍在送印之前，基本上有兩道大關卡。

第一關是I責任編輯的檢閱。在這裡編輯會將網路上的文本看過一遍，挑出需要調整編排或增寫的部分，對作品整體影響較大。

第二關是由I責任編輯與校潤大人一起修整文章，訂正錯漏字，將漢字拆成假名或相反，以及指定標音。與第一關相比都是些細部的檢查。

在《田中的工作室》變成《田中》的過程中，第二關是個枯燥、不為人知，且相當累人的作業。如前述所言，刊載於網路上的文本滿是錯漏字，甚至比其他作家高出了兩三倍之多。

每次都這麼麻煩各位，實在很抱歉。

說來丟人，我在網路上還把「閑古鳥が鳴く」打成「九官鳥が鳴く」過。我當時到底在想什麼？想像一下畫面，反而變得很熱鬧呢。雀目的鳥很可愛，很多聚在一起也不錯。

能將這種貽笑大方的錯誤提升到擺在店頭也不丟人的水準，功勞全在前述的兩人身上。他們挑出錯誤時，還會考慮到可能是我故意為之，補上各種貼心的話。

真的感激不盡。

過去我絕不是刻意敷衍，而此後我也一定會提醒自己要更仔細地審閱自己的稿。在紙本上見到九官鳥時我也覺得實在太誇張，於是深深地反省。

接下來是一些關於本集的話。

I責任編輯說這集是分水嶺。本作原本也有三集腰斬的危險，但多虧各位的支持，第四集才能平安問世。這樣的事實讓我感到無比欣喜。

隨第三集發售舉辦的人氣投票，也獲得逾三萬的投票數。我本來就是會特別注意各作品人氣投票的人，見到這次投票也能登上盛況之列時，我簡直樂壞了。

真的是感激不盡。

接下來的第五集，她就要登場了。我自己也非常期待，說是為了她努力到現在也不為過。MだSたろう老師所畫的黑肉蘿莉已經近在眼前。

能走到這一步，全是託各位讀者支持本作的福，請容我在此再次感謝。網站上的感想對我也是非常大的助力，我都會用心去讀。

最後，抽空繪製精美插圖的MだSたろう老師，一張張數人氣投票的I責編，校稿、營銷、版面設計等負責人，Crowd Gate 公司與所有書店等曾為本作提供協助的全體關係人員，請受我一拜。非常感謝各位。

煩請各位繼續關照起步於「成為小說家吧」，GC NOVELS 發行的《田中》。

ぶんころり（金髮ロリ文庫）

29歲單身漢在異世界
想自由生活卻事與願違!? 1~10（完）

Kadokawa Fantastic Novels

作者：リュート　插畫：桑島黎音

專心國政而疲於奔命的大志
迎來命運的分歧點，他的選擇是——!?

大志讓國家恢復和平之後，開始專心處理內政。勇魔聯邦內的問題堆積如山，使他疲於奔命！這時候，某人突然鎖定大志展開襲擊……！不僅如此，眾神向大志提出了某項要求。大志是否要走上成為神的道路——抉擇的時刻到來！

各 **NT$180~220/HK$50~68**

國家圖書館出版品預行編目資料

田中：年齡等於單身資歷的魔法師 / ぶんころり作
; 吳松諺譯. -- 初版. -- 臺北市 : 臺灣角川, 2020.06-
冊 ; 公分. -- (Kadokawa fantastic novels)
譯自：田中：年齢イコール彼女いない歴の魔法使い
ISBN 978-957-743-815-7(第4冊：平裝)

861.57 109005094

Kadokawa
Fantastic
Novels

田中～年齡等於單身資歷的魔法師～ 4

（原著名：田中～年齢イコール彼女いない歴の魔法使い～ 4）

2020年6月8日 初版第1刷發行

作　者：ぶんころり
插　畫：MだSたろう
譯　者：吳松諺

發 行 人：岩崎剛人
總 經 理：楊淑媄
資深總監：許嘉鴻
總 編 輯：蔡佩芬
編　輯：高韻涵
美術設計：胡芳銘
印　務：李明修（主任）、張加恩（主任）、張凱棋

發 行 所：台灣角川股份有限公司
地　址：105台北市光復北路11巷44號5樓
電　話：（02）2747-2433
傳　真：（02）2747-2558
網　址：http://www.kadokawa.com.tw
劃撥帳戶：台灣角川股份有限公司
劃撥帳號：19487412
法律顧問：有澤法律事務所
製　版：巨茂科技印刷有限公司
ISBN：978-957-743-815-7